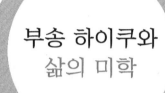

부송 하이쿠와
삶의 미학

저 자 약 력

❚유 옥 희

계명대학교 일어교육학과와 동 대학원 일어일문학과를 졸업하고 일본 문부성국비장학
생으로 오차노미즈(お茶の水)여자대학에 유학하여 하이쿠관련 연구로 석·박사학위
를 받음. 현재 계명대학교 일본어문학과에 재직 중.
일본어문학회 회장 및 계명대 인문과학연구소 소장 역임.
현재, 하이쿠(俳句), 와카(和歌) 관련 연구로 활약 중. 최근에는 한국과 일본을 오가며 한
일비교문화 차원에서 우리 시조(時調)를 알리는 활동도 하고 있음.

저서
『바쇼하이쿠의 세계』(보고사,1998)
『바쇼 하이카이의 계절관(芭蕉俳諧の季節観)』(동경: 信山社, 2005)
『하이쿠와 일본적 감성』(제이앤씨, 2010)

역서
『마츠오바쇼오의 하이쿠』(민음사, 1998)
『일본중세수필』(계명대학교출판부, 1998)

논문
하이쿠, 와카, 시조 관련 논문 다수.

이 저서는 2008년 정부(교육부)의 재원으로 한국연구재단의 지원을 받아 수행된
연구임(NRF-2008-812-A00366)

부송 하이쿠와 삶의 미학

초 판 인 쇄	2015년 01월 20일
초 판 발 행	2015년 01월 29일
저 자	유 옥 희
발 행 인	윤 석 현
발 행 처	제이앤씨
책 임 편 집	최인노·김선은·최현아
등 록 번 호	제7-220호
우 편 주 소	⑨ 132-881 서울시 도봉구 우이천로 353 / 3F
대 표 전 화	02) 992 / 3253
전 송	02) 991 / 1285
홈 페 이 지	http://www.jncbms.co.kr
전 자 우 편	jncbook@hanmail.net

ⓒ 유옥희 2015 All rights reserved. Printed in KOREA

ISBN 978-89-5668-374-4 93830   정가 26,000원

부송 하이쿠와
삶의 미학

유 옥 희 저

제이엔씨
Publishing Company

‖ 머리말 ‖

　일상이 번다해지고 편리한 매체들을 통해 알아야 할 정보가 넘쳐나고 숨 가쁜 일정들이 우리의 휴식을 앗아가고 있다. 이럴 때, 그간 하이쿠 연구를 계속 해 온 것이 참으로 다행이었다는 생각을 한다. 일에 시달리다가도 자투리 시간에나마 하이쿠 작품들을 접하면 마음이 고요해지고 삶의 문제와 결부시키면서 연구로도 발전시킬 수 있어서이다.

　사실, 이러한 이야기는 하이쿠 관련 연구서를 펴낼 때마다 늘 비슷하게 했었던 것 같다. 그러나 이번에는 그 이야기의 방향이 다소 다르다. 그간 연구를 계속했던 마쓰오 바쇼松尾芭蕉의 경우는 하루빨리 번잡한 일상을 벗어나 어디론가 방랑을 떠나라고 종용하는 듯했다. 그래서 늘 현실을 박차고 싶은 마음을 하이쿠에 담아 글을 쓰곤 했다. 그러나 요사부송与謝蕪村의 경우는 오히려 발밑의 삶의 이야기가 아름다울 수 있다는 이야기를 들려주며 떠나지 못하고 얽매여 사는 우리에게 많은 위안을 준다.

구차한 이 현실을 모두가 박차고 떠난다면 누가 우리 삶을 지탱해 줄 것인가? 자질구레한 일상을 긍정하고, 매일 부대끼며 살아가는 각양각색의 사람들, 주변의 작은 동식물들을 연민하며 존재 자체가 아름다울 수 있음을 이야기하는 사람이 요사부송与謝蕪村이다. '파 한 단 사서 / 마른 수풀사이를 / 돌아서 왔네葱買て枯木の中を帰りけり'라는 하이쿠나 '황량한 겨울 / 북쪽 집 뒤란의 / 부추를 뜯는다冬ざれや北の家陰の韮を刈'에서 볼 수 있듯이 파, 부추라는 저녁 찬거리 이야기가 시로 승화되는 '삶'의 하이쿠에 대한 이야기이다.

부송은 성공 욕구, 행복 욕구를 부추기지도 않는다. '저 혼자 데워져 오는 / 술병이 있었으면 / 겨울 칩거ひとり行德利もがもな冬籠'라고 게으름을 부리고 싶을 때 게으름을 부려도 되고, 숨고 싶을 때 숨어도 되고, 객기를 부리고 싶을 때 마음껏 객기를 부려도 될 것 같은 편안함을 준다. '유채꽃이여 / 고래도 오지 않고 / 저무는 바다菜の花や鯨もよらず海暮ぬ'라고 뜬금없는 말을 내뱉어도 시가 되는 분위기가 있다.

물론 작품을 즐기는 것과 연구를 하는 것은 전혀 다른 차원의 이야기이다. 최근 부송의 하이쿠에 빠져 지내면서 부송 하이쿠의 매력을 어떻게 학문적으로 풀어낼 수 있을까 계속 고민하며 자료를 모았다. 오늘날, 세상의 변혁에 대한 거대담론이 무성하며 우리의 일상의 삶은 무시되기 일쑤여서 부송 하이쿠와 같은 것은 별로 피력할 장이 없는 것이 사실이다.

그러나 삶에 대한 부송의 디테일한 관심과 눈앞의 존재들에 대해 함께 호흡하는 그의 숨결을 느끼면서 최근 몇 년간 부송 논문을 수차례 발표해 왔다. '부송 하이쿠에 나타난 사소함의 포에지'(일본어문학37), '인간사와 관련한 부송의 홋쿠 연구(일본어문학53)', '하이쿠에 나타난 스시의 미학'(외국문학연구46), '하이카이 통속지에 나타난 계어의 양상'(일본어문학57)등의 일부의 논문은 본서를 기획하게 된 결정적인 계기가 된 논문들이다. 이 논문들의 일부를 발전시키고 부송의 편지글을 통해서 그의 인간적인 면모를 유추하고, 당시 사람들의 삶의 구석구석, 사는 집들, 도구들, 인간 군상들의 모습을 풍속자료들을 참고하면서 분석했다.

삭힌 생선식해의 냄새와 맛을 느끼게 하는 '적막하게 / 한낮의 스시는 / 알맞게 삭고寂寞と昼間を鮓のなれ加減'라는 하이쿠는 부송만이 읊을 수 있는 삶의 미학이라고 할 수 있다. 나레즈시(삭힌 스시)에 관한 논문을 아주 재미있게 썼던 기억이 난다. 이처럼 당시 서민들의 삶을 지탱했던 정치, 사회, 문화적 배경, 부송의 전기적인 배경을 바탕으로 부송의 관심을 적극적으로 추적할 수 있었다.

본서에서는 부송이 복닥거리는 인간의 삶과 일상을 어떻게 아름답게 읊고 있는지, 그 배경은 무엇인지, 일상을 읊되 그 일상에 매몰되지 않고 어떻게 예술의 경지까지 승화될 수 있는지를 풀어내고자 했다. 전술했듯이 부송 연구 이전에 필자는 한참동안 방랑자 바쇼에 빠져 있었다. 졸저『바쇼 하이쿠의 세계』(2002), 『바쇼 하이카이의 계절관芭蕉俳諧の季節観』(2005)과 같은 연구서를 통해 일생을 떠돌며 살

앉던 바쇼에 대한 분석이 뒷받침이 되어 있었기 때문에 이번 연구에서 그와는 다른 부송의 모습을 조망할 수 있었다는 생각이 든다. 책의 본문 가운데 누가 묻지도 않았는데 '바쇼와는 …가 다르다'는 이야기를 끊임없이 하고 있는 이유도 그 때문이다. 또한 졸저『하이쿠와 일본적 감성』(2010)에서 했던 작업처럼 하이쿠 문학의 특성에 대한 연구가 받침이 되어 '생활감각'에 바탕을 둔 부송 연구가 가능했던 것으로 여겨진다.

최근 들어 하이쿠 연구뿐만이 아니라 2가지의 새로운 시도를 하는 가운데 이러한 연구가 더욱 필요함을 절실히 느끼게 되었다.

그 하나는 우리나라의 시조와 일본의 와카, 하이쿠를 함께 비교 논구하는 작업이다. 일본의 '한국 시조에 나타난 계절의 미와 흥'(동아시아비교문화7), "시조와 사랑"(아시아유학152), "유자儒者들의 시조-그 자유와 기백과"(나라시아큐5) 등을 발표하면서 일본인들의 우리 시가에 대한 지대한 관심을 엿볼 수 있었다. 일본인들도 자신들의 문학과는 다른 우리 시조의 매력을 발견할 수 있었기 때문일 것이다. 특히, 시조에 나타난 '흥', 유자들의 기백에 넘친 삶, 기녀들의 열정적인 사랑 표현과 같은 것은 일본인들의 흥미를 이끌어내기 충분했다.

일본인들은 우리 시조에서 느껴지는 '흥', '기백', '열정'에 감동을 받는다. 반면, 나는 우리 시조의 문맥에서는 발견할 수 없는 일본 특유의 자잘한 생활미학을 부송의 하이쿠에서 발견한다. 이렇게 한일 시가詩歌, 때로는 중국의 한시와의 대조에서 오는 여러 가지 생각들이 내 안에서 화학반응을 일으켜 부송에 관한 책을 저술하는 바탕이 되었다. 부송에게는 고매한 유자나 불자와는 다른 편안함과 애조 띤 아름다움이 있다. 다만, 그들과는 달리 큰 스케일로 세상을 관조하거나 벼슬에 나가거나 오랜 방랑의 경험이 없기 때문에 사회의식을 요구하는 것은 아무래도 무리인 것 같다.

또 하나의 시도는 최근 학생들을 위한 인문학 교양과목으로, 한중일 고전시가를 바탕으로 한 '동양시문학의 이해'라는 과목을 개발한 것이다. 소위 흥미진진한 인기과목이라고는 할 수 없으나 수강생들은 의외로 하이쿠에 많은 관심을 보여 주었고 그 중에서도 부송의 하이쿠에 많은 관심을 보여주었다는 사실이 놀라왔다.

예컨대 '잿속의 불처럼 / 있는 듯 느껴지는 / 어머니 온기埋火やありとは見えて母の側'라는 작품이다. 잿불 속의 은근한 불처럼 느껴지는 어머니 사랑을 느꼈다는 것이다. '벚꽃을 밟았던 / 미투리도 보이는데 / 아침잠 깊고花を踏みし草履も見えて朝寐哉'에서는 밤늦도록 벚꽃놀이에 심취하다가 늦잠을 늘어지게 자는 일탈된 모습을 '신발에 묻은 벚꽃 잎'으로 나타낸 것이 재미있다는 것이다. '가는 봄이여 / 죽은 아내의 빗을 / 안방에서 밟았다'라는 하이쿠에 대해서도 애틋한 스토리가 연상이 된다며 흥미로워했다.

이처럼 부송의 하이쿠는 철학적인 깊이, 우주적인 섭리보다도 '인간의 사연'을 떠올리게 한다. 관념적이 아니라 먼저 오감이 작동되도록 감각적으로 다가온다. 그리하여 삶에 대한 연민, 희로애락으로 발전되게 한다. 때문에 학생들이 바쇼보다는 쉽게 접근할 수 있고 상상력을 자극받는다.

관찰이 섬세하며 다채로운 삶의 국면을 그려내는 것은 부송이 화가였기 때문이기도 하다. 부송은 '그림을 그리듯이 하이쿠를 읊었고, 하이쿠를 읊듯이 그림을 그렸다'고 말할 수 있다. 때문에 광고 카피나 그림의 소재로 사용할 수 있는 하이쿠가 많다. '하이가俳画'라는 해학을 곁들인 가벼운 터치의 하이쿠 그림은 그만의 독특한 경지라고 할 수 있다.

무엇보다 놀이처럼 하이쿠를 읊고 그림을 그리고 있다는 사실에서 우리도 함께 그 경지에서 노닐 수 있는 장점이 있다. 놀이 기분으로 예술을 하는 것이 그의 매력에 빠져 들게 하는 힘이다. 그렇다고 행복감에 빠진다는 뜻은 아니다. 우리는 행복해야만 한다는 강박관념 때문에 우리 스스로를 괴롭히고 있다. 오히려 인간이면 누구나가 지니고 있는 '삶의 우수'는 우리가 숨 쉬고 살고 있다는 증거이기도 하며 오히려 그 안에서 편안해질 수 있다. 부송 하이쿠에는 바로 그 삶의 우수가 묻어나와 카타르시스를 느끼게 한다.

부송은 삶을 현미경을 들여다보듯이 읊고 있다. 스쳐가는 삶의 편린들이 계절의 흐름 속에 빛을 발하고 있다. 자칫 자폐적이 될 수도 있는 우리의 심성에 '삶은 흥미롭고 아름다운 것이야'라는 귀엣말을 들려준다. 시선이 바깥으로만 향하며 까칠해져 가는 우리 마음을 거두어들여 발밑의 삶과 생명을 좀 더 세심히 관찰하고 음미하기로 하자. 아름다움은 바로 그곳에 있다.

그간 많은 가르침을 주었던 친구 가나타 후사코金田房子 선생, 교정 작업을 도와준 박연숙, 송경희, 최진희, 이용미선생께 감사드리며, 출판을 흔쾌히 수락해 주신 제이앤씨 윤석현 사장님과 복잡한 책의 구성에도 불구하고 꼼꼼한 편집을 해 주신 직원들께도 깊은 감사를 드린다.

2015. 1. 10

영암관 연구실에서

1. '蕪村'은 한국어로 '부손' 혹은 '부송'으로 읽힌다. 본서에서는
   조사가 함께 쓰일 경우의 자연스러운 발음에 따라 '부송'으로
   표기했다.
2. 하이쿠는 3행으로 표기했다. 일본에서 하이쿠는 행으로 나누지
   않으나 기레지切字와 계어季語의 역할로 인해 자연히 의미단락이
   지어져 있다. 그러나 한글로 번역했을 경우는 단순히 짧은 글귀
   로 보일 우려가 있어서 본서에서는 3행으로 표기했다.
3. 본서의 주석은 각 장章마다 미주 형식으로 처리했다.
4. 하이쿠 작품 출전에 연대 표기에 '?'가 되어 있는 것은 창작된
   시기가 불분명하여 추정된 연대이다. 한글 번역에는 서력을 함
   께 제시하였다.
5. 본서에서 사용한 부송의 홋쿠는 주로 후지타 신이치藤田真一・기
   요토 노리코淸登典子의 『부송전구집蕪村全句集』에 의거했다.
6. 약칭으로 출전을 표기한 것은 다음과 같다.
   句集(『蕪村句集』), 自筆句帳(『蕪村自筆句帳』), 遺稿(『蕪村遺稿』),
   落日庵(『落日庵句集』), 夜半叟(『夜半叟句集』)
7. 색인은 단어 색인과 작품 색인을 함께 권말에 제시했다.

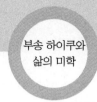

부송 하이쿠와
삶의 미학

‖차 례‖

부송 하이쿠와
삶의 미학

부송 하이쿠와
삶의 미학

제1장

들어가며

　근래에 하이쿠俳句[1] 연구는 작품이 출현하기까지의 작가의 철학, 종교, 사상을 둘러싼 연구가 주류를 이루어왔다고 할 수 있다. 그러나 하이쿠는 기본적으로 서민층을 중심으로 한 생활사 가운데서 출발한 성격이 강하기 때문에 보다 깊은 이해를 위해서는 작품이 읊어진 당시 사람들의 일상적인 삶과 생로병사, 희로애락의 양상을 좀 더 세밀하게 들여다 볼 필요가 있다.

　근세 하이쿠 연구에 있어서는 그 당시의 일상을 상세히 들여다보고 그들의 정서를 이해할 수 있는 수많은 자료들이 있다.

　첫째, 풍속 자료이다. 『진린킨모즈이人倫訓蒙図彙』(1690, 전7권), 『와칸산사이즈에和漢三才図会』(1712, 전105권 81책), 『모리사다만코守貞謾稿』

(1837~약 30년간의 작업. 전35권) 등이 그것이다. 근세 풍속과 사물 등에 대한 백과사전적인 기록이며 전자의 두 자료는 그림을 첨부하여 이해를 돕고 있다.

둘째, 하이쿠 관련 참고서들이다. 그 중에서도 계절감각을 바탕으로 하이쿠의 핵심적인 시어가 되는 '계어季語' 관련 자료들이다. 계어를 분류하고 해설을 곁들인 '기요세季寄', 계어 분류와 더불어 하이쿠 예를 곁들인 '사이지키歳時記'가 그것이다. 『야마노이山の井』와 같은 것은 기요세와 사이지키 두 성격을 겸한 것으로 증보판, 속편까지 계속 편찬될 정도로 인기가 높았다.

셋째, 개인별 단체별 구집句集을 비롯해 하이쿠 작품들을 제목별로 분류한 '루이다이 홋쿠슈類題発句集' 종류 등이다. 주제별로 당시 사람들의 의식을 살펴보기에 용이하다.

넷째, 명소안내기다. 교통의 발달로 여행이 일반화되어 가볼만한 명소를 그림을 곁들여 설명한 『미야코메쇼즈에都名所図会』, 『에도메쇼즈에江戸名所図会』등 자료가 다수 출간되었다.

다섯째, 정치적 상황도 서민들로 하여금 현재의 삶 자체에 충실하도록 하는 정책이 실시되었다는 점이다. 도쿠가와 막부德川幕府는 체재 안정을 목적으로 서민들의 신분상승 욕구를 잠재우는 정책을 폈다. 출세 욕구를 부추기지 않고 각자가 발붙인 공간에서 소극적으로 삶을 즐기도록 하는 방책이었다고 할 수 있다. 그리하여 오감을 즐겁게 할 수 있는 다양한 볼거리, 먹을거리들이 존재하여 현실 도피적이거나 염세적이지 않고 '사소한 낙樂'을 추구하며 살 수 있는 시대적 분위기였다고 할 수 있다.

이러한 배경 하에 요사 부송[2]与謝蕪村(1716-1783)이라는 '하이진俳

人'[3]이 등장하여 '사소한 일상'을 읊는 가운데 인간의 근원적인 애수와 낭만을 노래했다. 일본의 하이쿠 중에도 요사 부송의 경우는 '삶에 가장 밀착되어 있으면서도 속되지 않고 잔잔하게 영혼을 울리는 하이쿠'를 읊었다는 점에서 그 연구 가치가 높다고 하겠다.

요사 부송은 '마쓰오 바쇼松尾芭蕉'(1644-1694), '고바야시 잇사小林一茶'(1763-1828)와 함께 하이쿠의 역사에 있어서 세 다리 역할을 했던 하이진이다. 자연과 인간사의 합일을 통한 시의 깊이를 추구했던 바쇼나 토속적인 전원시를 읊었던 잇사와 달리, 부송은 하이쿠의 역사에 있어서 아름다운 색채감과 낭만적 우수를 노래하여 근대 낭만주의 시와도 통하는 면이 있었다.

그는 생존했던 당시에는 바쇼의 그늘에 묻혀 있었지만 근대에 이르러 재평가되고 있다. 19세기 후반에 마사오카 시키正岡子規(1867-1902)가 '사생寫生'에 뛰어난 시인이라 극찬하고, 하기와라 사쿠타로萩原朔太郎(1886-1942)가 '낭만적 향수'를 읊은 시인이라 할 만큼 새롭게 평가했다. 시키나 사쿠타로가 사실상 바쇼보다 부송을 더 추켜올림으로써 일약 주목을 받았던 것이다. 최근에는 오가타 쓰토무尾形仂와 모리모토 데쓰로森本哲郎, 하가 도오루芳賀徹 등에 의해 부송의 일생과 작품이 다시 조명되고 구체적인 작품 연구도 활발하게 이루어지고 있다.

또한 기라 스에오雲英末雄는 부송의 하이가俳画(하이쿠적인 맛이 나는 그림)를 중심으로 그 자유자재함을 논하였고,[4] 기요토 노리코清登典子도 「에도 하이단江戸俳壇」과의 관계를 분석하여 전기적傳記的인 연구에 큰 진전을 이루었다.[5]

이처럼 부송 연구의 주류는 '사생'의 시인, '향수'의 시인, 혹은 문인화화가로서의 '호사주의' 즉, 흔히 말하는 '딜레탕티슴dilettantism(예술을 직업으로 하지 않고 여유롭게 취미삼아 하는 활동'적 요소에 집중되어 있다고 할 수 있다.

그런데 일본인 연구자가 아니라 바깥에서 부송의 하이쿠를 바라볼 때 종래의 하이쿠가 대자연의 섭리와 관련하여 '자연시'로서 논란되어져 왔다고 할 수 있는데 부송은 생존당시의 향락적인 현실과도 맞물려 '생활시', '삶의 시'로서의 아름다움을 제시한 작가가 아닌가 하는 것이 본 연구의 출발점이다. 삶을 채색하고 조형하고 때로는 명암을 적절히 배치하여 우리에게 보여 준 작가이며 '삶이 아름다울 수 있다'는 것을 증명한 작가라는 점이다. 또한 그가 조형한 삶은 인간 내면의 '근원적인 우수'를 느끼게 하는 그 '무엇'으로 독자를 매료시키고 있다.

20세기 초 프랑스에 소개된 부송론은 본서의 연구 방향에 많은 힌트를 준다. 1906년 프랑스의 문예잡지 『Le Letters』(Paris, 1906, No 3, 4-5, 6, 7)에 폴 로이 쿠슈Paul Louis Couchoud가 기고한 「Les Haikai」 논문이 그것인데, 부송은 이 논문을 통해 유럽에 소개되었다. 쿠슈는 부송 하이쿠의 문학적 깊이를 인정하고 그 작품을 불어로 번역하고 다음과 같이 적고 있다.

> 부송의 하이쿠를 바쇼와 비교하면 그 깊이, 고아함, 철학적인 점은 바쇼에 미치지 못하지만 부송의 작품 쪽이 순수한 회화성이 있다는 점에서 뛰어나고, 아마 가장 다양성이 풍부하고 때로는 보다 소박한 인간성이 넘쳐나는 것으로 생각된다. 부송 구집을 한 권 읽으면 하이쿠 제재의 모든 것을 이해할 수 있는 길잡이가 될 것이다.[6](이하 밑줄 필자)

철학적인 면에서는 바쇼를 따르지 못하지만 회화성과 소박한 인간성에 있어서는 부송을 높이 사고 있다는 점이다. 특히 위에서 '부송 구집을 한 권 읽으면 하이쿠 제재의 모든 것을 이해할 수 있는 길잡이가 된다'는 쿠슈의 말은 무척 공감이 가는 견해이다.

쿠슈는 「하이카이」(Les Haikai)라는 글에서 부송의 하이쿠 분류를 「1. 동식물 / 2. 풍경 / 3. 소풍속화小風俗畵」로 나누어 정리하고 있다. 그가 '소풍속화'라고 분류한 것이 소위 하이쿠에서 중요시 되는 인간사이다(사이지키에서는 '인사人事'로 분류되는 것이다). 부송은 실로 인간 삶의 다양한 국면을 하이쿠로 그려내었으며 쿠슈가 번역한 63구중에 생활을 다룬 것이 31구로 가장 많은 수를 차지하고 있다.

쿠슈는 하이쿠의 역사에 관해서 하이쿠의 황금시대인 17세기의 하이진들은 오로지 풍경화가나 동물화가와 같았지만 18세기에 들어서 처음으로 소풍속화에 관한 관심이 늘었다고 지적하고 있다. 그리고 '소박한 인간성 넘치는' 여러 인물 유형, 예를 들면 농민, 나무꾼, 승려 등을 제재로 하여 그 표정이나 순간적인 정경을 사실적이면서도 골계적으로 묘사하고 있다고 하고 있다.[7] 그의 '소풍속화'라는 표현은 흥미로운 지적이라고 할 수 있다.

쿠슈의 부송관無村觀을 소개한 시바타 요리코柴田依子는 쿠슈에 대해 다음과 같이 말하고 있다.

> 극동의 근대 사회학을 배우고 싶은 목적을 지닌 젊은 프랑스 번역자가 일본 시정 사람들 삶의 모습이나, 「사실적인 묘사」가 뛰어난 하이쿠들, 또한 하이쿠의 모티프에 대해 깊은 관심이 있었음을 엿볼 수 있다.[8]

여기서 지적하고 있는 '일본 시정 사람들 삶의 모습'이나 그 뛰어난 '사실적인 묘사'는 참으로 주요한 언급이라고 할 수 있다. 하이쿠가 촌철살인寸鐵殺人의 선문답적인 요소로 우주적, 철학적 깊이를 추구하는 측면에 대해서는 부인할 수 없다. 그러나 그 방법론에 있어서는 인간보다 자연을 우위에 두고 가급적 '속俗'을 벗어나 탈속적인 것을 추구하고자 하는 경향이 강했다. 그러나 넓게 볼 때 인간도 자연의 일부이므로 자연 속에 녹아들어 자연의 일부로서 살아가는 인간들의 '삶', 특히 위에서 언급하는 '시정 사람들 삶의 모습'을 대상으로 한 작품 활동에 있어서는 부송의 지대한 역할을 강조하지 않을 수 없다.

다만 위에서 '사실적 묘사'라는 지적에 있어서는 전적으로 동의할 수 없는 부분도 있다. 짧은 하이쿠의 특성상 독자의 상상을 유도해내기 위해 선문답적인 표현을 하거나, 하나의 클로즈업 기법으로 전체를 상상하게 하는 방법, 선명한 대비를 통하여 상승효과를 노리는 기법 등에 있어서는 소위 '사실적' 표현과는 다른 시적 효과를 노리고 있기 때문이다.

아무튼, 부송의 하이쿠는 에도시대 서민의 생활사를 그대로 반영하고 특히 인간 그 자체에 관심을 둔 작품들이 많다. 근세 서민 삶의 희로애락을 마음으로 느끼게 하고 한층 더 나아가 그 미학을 우리의 심미안으로 느낄 수 있게 한다는 점은 부송 하이쿠의 중요한 가치라고 할 수 있을 것이다.

최근에 많은 학문분야에서 '정치사'에서 배제된 '문화사'에 대한 관심이 일면서 '일상사'에 대한 연구가 다각도로 행해지고 있다. 그러나 흔히 '지배계급에 억압받아온 노동자'들의 고통에만 초점을 맞추거나 특별한 '사건' 중심으로 이야기를 전개하는 방식이 많아서 당시 서민들이나 하층민들의 일상의 디테일을 읽어내는 소위 '두껍게 읽기'는 불가능한 경우가 많다. 때문에 당시 사람들 희로애락의 감정을 함께 추체험追體驗하기는 상당히 어렵다. 그에 비해 부송의 하이쿠는 일상생활사적으로도 중요한 가치를 지니며 일상을 살아가는 사람들의 표정과 마음을 읽어낼 수 있다는 점에서 그 매력을 인정할 수 있을 것이다.

본 연구에서는 이와 같은 문제의식에 바탕을 두고 부송 하이쿠를 연구함으로써 바쇼에 집중된 우리나라 하이쿠연구에 한 단계 새로운 연구바탕을 마련하는 데 일조하고자 한다. 이에 다음과 같은 방법으로 연구를 진행하고자 한다.

첫째, 부송 하이쿠의 기반 연구로서 작품에서 느껴지는 삶에서 묻어 나오는 근원적인 향수의 문제와 로맨티시즘을 에도시대의 시대상과 당시 교토의 서민문화에서 찾아보기로 한다. 아울러 부송자신의 다채로운 삶의 궤적을 따라가 봄으로써 하이쿠 풍경의 근원을 찾아보기로 한다.

둘째, 부송 하이쿠의 예술성에 대해 알아보기로 한다. 이는 하이쿠의 성자라고 일컬어지는 바쇼와의 비교를 통해 이야기될 수 있는 부분이 많으리라 생각된다. 바쇼가 종교, 철학, 사상과 관련하여 주로 논의된다면 부송의 경우 표현 기법과 관련하여 논할 수 있는 부분이 많기 때문이다. 바쇼는 철학적 사색을 통해 우주자연의 섭리와 구도적求道的 삶을 이야기했다면 부송은 일본문학의 유미주의적唯美主義的 적이고 조형적인 특성과 맞닿아 있는 부분이 많다고 할 수 있다.

바쇼를 논할 때는 늘 유불선儒佛仙의 세계와 철학, 사상을 함께 논한다면 부송은 미술과 같은 순수예술의 입장에서 논하는 경우가 많은 것도 그 때문이다. 그것은 부송이 문인화 화가였기 때문이기도 한데 그의 화가적인 기질로 자연이나 인간사를 미적 대상으로 보고 순수한 아름다움의 세계를 조형해내는 능력을 지니고 있었던 것이다.

셋째, 부송이 하이쿠를 읊는 태도에 있어서 관찰의 세밀함과 구심적 시선에 대해 살펴보기로 한다. 현실을 탈출하고자 하는 탈속적인 입장보다는 주변의 사물이나 사람들, 작고 소소한 일상을 구심적으로 들여다봄으로써 관찰이 세심할 수 있었던 것이다. 부송은 '자연'보다 '인간'의 체취에 관심이 많았던 시인이었다. 바쇼는 자연과 인간의 합일을 주장하면서도 '자연'의 섭리에 무게가 실려 있었다면 부송은 자연과 인간을 함께 읊어도 '인간'에 보다 무게가 실려 있었던 것은 아닐까? 벚꽃을 바라보아도 인생무상을 논하는 것이 아니라 이렇게 읊고 있다.

> 벚꽃을 밟았던
> 미투리도 뒹구는데
> 아침잠 깊네
> 花を踏みし草履も見えて朝寐哉　　　　　　　(句集, 安永5[1776]?)

밤에 벚꽃구경에 취해 있다가 아침녘에나 잠든 사람의 모습을 '신발에 묻어 있는 벚꽃잎들'로 표현하고 있다. 벚꽃에 탐닉하는 인간을 아름답게 보고 있으며, 정형화된 아름다움이 아니라 흐트러진 모습에서 인간의 체취, 삶의 정취를 발견하고 있는 것이다.

넷째, 당시의 도시적 삶에 밀착하여 작품을 읊고 있는 부송 하이쿠의 특성과 그 의미를 분석하고, '인간사人事' 즉, 생활 계어를 집중적으로 분석하고, 그 중심이 되는 계어들에 나타난 계절적 정서를 살펴보기로 한다.

여섯째, 부송이 관심을 기울인 신변의 '세세한 일상'의 미학을 분석해 보기로 한다. 항간의 골목 풍경이 계절의 추이와 어우러져 삶의 미학으로 승화되어 가는 과정을 볼 수 있을 것이다.

겨울바람이여
무얼 먹고 사는가
초가 다섯 채
こがらしや何に世わたる家五軒   (自筆句帳, 安永2[1773])

초겨울이여
향이며 꽃을 파는
백정의 집
初冬や香華いとなむ穢多が宿   (落日庵, 明和5[1768]?)

일곱째, 당시의 시대적 배경과 부송 자신의 다채로운 삶에서 비롯된 다양한 인간군상의 모습과 그 미학을 분석하기로 한다. 불가佛家, 유가儒家, 신도神道 종사자, 무가武家, 장사꾼을 비롯한 생업에 종사하는 사람들, 백정을 비롯한 하층민, 병자, 죄인, 도적, 무법자, 그리고 역사 속 상상의 인물들이 그려지고 있기 때문이다. 또한 부송 자신의 여성체험에서 비롯된 여성들의 애환을 그린 작품도 살펴본다.

　마지막으로, 일반 시가와는 달리 부송의 화가적 기질로 인해 자주 등장하는 인간의 신체표현에 관한 작품도 분석한다. 인간의 몸에 대한 구체적인 표현이 많이 보이기 때문이다. 인간의 체취가 나는 것은 일본의 시가에서는 좀처럼 등장하지 않았으나 부송은 하이쿠가 모든 영역의 삶을 비춰낼 수 있는 가능성을 열어놓았다.

　바쇼는 '고오귀속高悟歸俗(깨달아서 속으로 돌아가라)'을 주장하고 부송은 '이속론離俗論(속에 있으되 속을 떠나라)'을 주장하고 있다. 결국은 유사한 내용일 수 있지만, 둘의 작품의 성향을 비교해 보았을 때 '고오귀속'은 '깨달음'을 전제로 하여 속된 일상에서도 자연과 우주의 섭리를 발견해 내는 데 그 주안점이 있다면, '이속론'은 속된 일상에서 예술적 가치를 발견해 내고 고단하고 궁색한 삶에 색채감과 온기를 더하는 데 가치를 둔다는 점에서 다소 차이가 있다고 할 수 있을 것이다.

　속된 인간사 속에서 느끼는 계절의 정서, 그것이 하이쿠의 중요한 매력의 하나인 것이다. 히나타 가즈마사日向一雅가 지적하듯이 『고킨슈古今集』 등에서는 인간사는 처음부터 그다지 등장하지 않으며 계절도 '현실의 계절과는 다른 이념화되고 체계화된 계절'을 형상화하고 '계절은 온화하게 추이하고 자연은 인간생활을 풍요롭게 장식하고 매년 똑같이 순환하는 사계의 모습'을 형상화하고 있다고 했다.[9] 옛 귀족들이 묘사하는 자연은 심미적 아름다움이 존재하지만 때로는 서민들이 삶 속에서 느끼는 일상적인 계절과는 현격한 차이가 있는 것이다.

　전술했듯이 마사오카 시키와 하기와라 사쿠타로에 의해 부송이 재조명되기는 했지만 아직도 그 문학적 가치나 미학적 가치에 있어서는 제대로 인정을 못 받고 있다. 사상적 기반과 이론에 있어서는 바쇼의 그늘에 가리고, 서민성과 토속성의 면에 있어서는 잇사의 그늘에 가려서 부송은 아직까지도 크게 주목받지 못하고 있는 점이 없지 않다고 본다.

 '일상'이 키워드로 부상하고 있는 요즈음 부송 하이쿠를 통해서 좀 더 일상적 삶의 가치를 발견하는 계기가 될 수 있기를 기대해 본다.

1 　근세, 에도시대(1603-1867)에는 와카(和歌)의 5/7/5/7/7 중 앞의 구(5/7/5)와 뒤의 구(7/7)를 두 사람 이상이 번갈아 읊는 렌쿠連句까지 포함하여 '하이카이俳諧'라고 하였고, 렌쿠에서 독립한 첫구를 '홋쿠発句'라고 하여 이것이 오늘날의 하이쿠가 되었다. 이 모든 것을 통틀어 통상적으로 '하이쿠'라고 하므로 여기서도 그렇게 사용하기로 한다.
2 　한국의 일본어표기법에 따르면 '부손'이라고 해야 하지만, '부손은', '부손에', '부손이' 등과 같이, 뒤에 모음조사가 따라 왔을 때의 어색함을 해소하기 위하여 '부송'이라고 부르기로 한다.
3 　하이진은 하이쿠 시인을 말하며 에도시대는 '하이카이시俳諧師'라 하였다. 편의를 위해 이하 '하이진'이라 한다.
4 　雲英末雄(2005)『芭蕉の孤高　蕪村の自在』草思社.
5 　清登典子(2004)『蕪村俳諧の研究-江戸俳諧からの出発の意味』和泉書院.
6 　Paul Louis Couchoud(1906) "Les Haikai"(柴田依子(1996. 12)「西洋における蕪村発見 P.L クーシューからR.M. リルケーへ」『国文学-解釈と教材の研究』41권 14호 学燈社에서 재인용), p.128.
7 　柴田依子(1996. 12) 위의 책, p.128.
8 　주7과 동일.
9 　日向一雅,「일본고전문학에 보이는 자연과 인간ー『고킨와카슈』『마쿠라노소시』『겐지이야기』를 중심으로」, 2010, 한국학연구원 심포지엄.

부송 하이쿠와
삶의 미학

제2장

부송 하이쿠의 배경과
그 기반

1. 부송의 시대

1) 도시문화의 발달과 그 명암

부송의 하이쿠는 근세중기, 말하자면 메이와明和(1764-1772), 안에
이安永(1772-1781), 덴메이天明(1781-1789) 무렵의 사회 여건에 기반을
두고 있다. 부송이 살았던 시기는 소위 중상주의重商主義를 폈던 다누
마田沼 치하였다.

다누마 오키쓰구田沼意次(1719-1788)는 에도시대 중기 9대 장군 도
쿠가와 이에시게德川家重, 10대 장군 도쿠가와 이에하루德川家治 2대에

걸쳐서 일한 가신이다. 다누마 오키쓰구가 장남 오키토모意知와 함께 정치 실권을 장악했던 1767(明和4)년부터 1786(天明6)년간의 시기를 소위 '다누마시대'라고 한다. 다누마가 생존한 시기(1719-1788)와 부송이 생존한 시기(1716-1784)가 거의 일치하고 있다.

다누마는 막부의 재정 적자를 메우기 위해 중상주의 정책을 실시하여 막부의 재정은 상당히 회복되었다. 그러나 상품경제의 발달로 조닌町人(상인)과 관리들의 생활은 금전 중심의 성향이 강해졌다. 대규모의 경제정책에 의해 상업이 발달한 이면에 농민층의 이탈, 무사들의 궁핍, 재해의 빈발 등의 이유로 인해 막번체제幕藩體制의 동요를 초래하기도 했다.

조닌을 중심으로 한 도시문화가 발전했지만 상품경제의 혜택을 못 받은 농민들은 궁핍하여 땅을 버리고 도시의 유민이 되어 떠도는 사람이 많았다. 1772년(明和9) 에도에서 발생한 대화재, 1783년(天明3)의 아사마산浅間山의 대분화, 1782년(天明2)에서 1788년(天明8)까지 이어졌던 대기근大飢饉, 전염병의 유행 등등, 천재天災와 인재人災로 인해 심각한 사회불안이 야기되었다.

도시의 치안이 약화되고 '잇키一揆'[1] 등의 민란이 일어나면서 다누마에 대한 불만이 생겨나게 되었다. 이를 타개하기 위해 다누마는 다양한 무역정책을 폈고, 히라가 겐나이平賀源内(1728-1780)를 중심으로 하여 난학蘭学[2]을 장려하였다. 이에 주자학을 받드는 보수파에게도 반발을 사게 되며 급기야 아들 다누마의 아들 오키토모意知가 에도 성내城內에서 살해되기에 이르고 이를 계기로 다누마는 권력을 잃었다.[3]

아래, 2개의 풍자 와카和歌는 다누마의 실권 전후에 대한 상황을 잘 보여주고 있다.

밭이며 늪이('田沼'이름의 패러디)⁴ / 더럽혀진 세상을 / 새로 고쳐서
맑고도 깨끗해진 / 시라카와('白河'이름을 딴 것)⁵강
田や沼やよごれた御世を改めて清くぞすめる白河の水

시라카와의 / 맑은 물에는 고기도 / 살기 어렵다네
원래 흐린 물대로 / 밭과 늪이 그립구나
白河の清きに魚も住みかねてもとの濁りの田沼恋しき

첫 번째 와카에서는 다누마가 실각하여 비리가 없어져 깨끗해졌음을 이야기하고 있고, 두 번째 와카는 다시 경제가 어려워져 실각한 다누마가 오히려 그립다는 것이다. 시라카와白河는 다누마 후에 실권을 잡아 개혁을 했던 마쓰다이라 사다노부松平定信(1758~1829)를 가리킨다. 마쓰다이라는 시라카와번白河藩의 번주藩主였기 때문이다.

다누마시대에는 중상주의 정책 하에 금전을 얻기 위해 다양한 생업에 종사하는 도시민들이 생겨났다. 그 이면에 농업을 포기하거나 도시에 들어와 떠도는 유민들이나 몰락한 무사, 승려, 죄인, 그리고 힘들게 살아가는 하층민들이 많았다. 이 모든 다채로운 인물들의 모습이 부송의 하이쿠에 등장하며 그들 삶의 희로애락이 하나의 미학으로 승화되어 나타나게 되는 것이다.

부송이 살았던 당시의 교토京都 상황을 알아보기 위해『교토서민생활사2京都庶民生活史2』를 보기로 하자. 17세기 초 교토의 인구는 비약적으로 인구가 증가하고 문화가 발달했다. 공가公家⁶나 승려세력이 집중되었으며 일본 최대 도시의 하나로 발전했다. 그러나 부송이 활약했던 17세기 후반에 들면서 '큰 상인大町人'들이 몰락하기 시작했

다.『조닌효견록町人孝見錄』에 의하면 막부나 여러 다이묘들에게 밀착하여 이익을 취했던 큰 상인들이 그 연결고리가 끊어지자 몰락해 갔던 것이다. 이들의 몰락은 동시에 그들 밑에서 일하고 있던 상점지배인番頭이나 종업원手代, 중소 상인들의 몰락을 초래했고 그들은 그 늘진 삶을 살게 되었다.[7]

당시의 교토의 관광안내서라고 할 수 있는『교하부타에京羽二重』(1685)에 수록된「모든 직업 명장諸職名匠」에 의하면 당시의 직종은 166종으로 분화되어 있었음을 알 수 있다.『교하부타에 오리도메京羽二重織留』에 기록된 직종 51종을 합하면 217종에 이르게 된다. 교토라는 지역의 특성상, 귀족이나 무사들을 위해서 단련된 기술을 지닌 사람들이 많았던 것이다. 기술자나 상인 이외에도 의사, 문인, 학자, 예술가, 예능인 등의 직종도 많아 실로 다양했다고 할 수 있다.[8] 에도 시대 풍속사전인『진린긴모즈이人倫訓蒙図彙』에 수록된「상인백태商人百態」에는 각종 직업의 양상이 상세히 그림으로 제시되어 있다.[9]

2) 다양한 삶의 장면들

근세 일본은 사농공상의 신분 계층은 분명히 존재해 있었지만 문화의 중심은 서민들에게 있었음은 두말할 여지가 없다. 필자가『하이쿠와 일본적 감성』에서도 언급했듯이 서민들은 자신이 처한 위치에서 최대한의 삶의 의미를 추구하며 살았으며 하이쿠는 그 삶을 채색해 주는 역할을 했다.

우리나라나 중국과 달리 일본은 과거제도와 같은 일거에 출세할 수 있는 제도가 없었으며 서민들의 신분상승의 기회가 원천적으로 차단되어 있었기 때문에 조닌과 하급무사, 농민에 이르기까지 자신들 운신의 폭 안에서 최대한 삶을 향수하며 살았던 것이다.[10]

또한 교육제도, 출판인쇄술, 교통로의 발달 등으로 인해 서민들이 문학을 일상적으로 접할 수 있는 바탕이 마련되어 있었다. 서민들의 교육기관인 '데라코야寺子屋'의 발달, '목판본'으로 된 다양한 읽을거리, 골목을 돌며 책을 빌려주러 다니는 '가시혼貸本'으로 서민들이 일상적으로 문학을 향수할 수 있는 사회적 기반이 형성되어 있었다.

문학의 경향에 있어서도 서민들에게 난해한 사상적 논쟁보다도 삶 그 자체에 밀착하여 세세하게 들여다보며 잡학적인 것을 즐기는 경향이 생겨났다. 최근『잡학, 대에도서민사정雜学, 大江戶庶民事情』[11]같은 서적이 인기를 끄는 것도 그 한 실례이기도 하다.『하이쿠와 일본적 감성』의 기술을 보자.

에도시대에는 현실에 밀착되는 가운데, 관념적이고 추상적인 것들에 대한 관심보다도 자연과 인간사에 있어서 잡다하고 세세한 것들에 대한 박물학적인 관심이 증폭되어 풍속과 동식물에 관한 수집 연구가 행해졌다. 동식물, 어패류 등을 세밀화로 그리는 작업이 유행하여 극도로 정밀한 도감들이 많이 만들어졌다. 또한 에도 말기의 백과사전인『모리사다만코守貞謾稿』는 당시의 박물학의 결정판이라고도 할 수 있다.

이러한 배경 하에 하이쿠 구작의 지침서라고도 할 수 있는 사이지키歲時記 종류도 많이 출판되었다. 사이지키란 세시풍속을 이야기하는 것이 아니라 계절감각을 상징하는 많은 계어들을 수집, 분류, 설명, 용례를 모아 놓은 것이기 때문에 하이쿠 창작에 도움이 될 뿐만 아니라 요즘 식으로 말하면 방대한 문화 컨텐츠라 아니할 수 없다. 또한 쓰케아이슈付合集는 하이쿠의 사전이기도 하며 와카 이래의 수많은 시어들을 적고 그에 연상되는 말들을 정리해 놓은 것이다. 대표적인 쓰케아이슈인『루이센슈類船集』는 그 서문에 도회와 시골 구석구석까지 하이쿠를 배우고자 하는 초학들에게 '길잡이 배類船'가 되려한다는 말처럼 하이쿠를 읊고자 하는 사람들에게 길잡이가 되었다.[12]

현실에 밀착된 박물학적인 관심이 증폭되어 백과사전 종류가 많이 편찬되고, 하이쿠를 읊을 수 있는 수많은 참고서들이 쏟아져 나옴으로써 세세한 일상의 국면들이 문학의 전면에 등장할 수 있는 환경이 마련되었던 것이다.

모리시타 미사코森下みさ子는『에도의 미세의식江戸の微意識』에서 에도시대 사람들의 작고 미세한 것들에 대한 관심을 '미세의식微意識(かすかいしき)'라고 표현하고 있다. 특히 스즈키 하루노부鈴木春信의『자시키팔경座敷八景』과 같은 우키요에浮世絵는 여인들이 거주하는 일상의 공간에 있는 도구들로 '오미팔경近江八景'을 비유한 것이다. 이 역시 그림이지만 일상이 예술로 승화되는 과정을 보여준다.[13]

「자시키 팔경座敷八景」 중의 '야바세의 돛단배矢橋の帰帆'라는 작품은 방안에 걸어둔 수건이 날리는 모습으로 배의 돛을 연상케 하고 있다. '경대의 가을달鏡台の秋月'과 같은 작품은 방안의 경대위의 장식에서 가을 달을 연상케 하고 있는 것이다. 사람들의 체취가 물씬 나는 안방의 풍경이 예술로 거듭나는 순간이라 할 수 있다.

철학윤리학자 아베 지로阿部次郎(1883-1959)는 『도쿠가와시대의 예술과 사회德川時代の芸術と社会』라는 저서의 '근세 서민의 생활력'에서 근세 예술의 근거를 찾을 수 있다고 했다.[14] 1923년 유럽 유

야바세의 돛단배   경대의 가을달
「자시키 팔경」 부분도

학을 마친 아베 지로는 「귀래歸來」라는 수필에서 이렇게 이야기하고 있다. 프랑스의 루브르박물관에 전시되어 있는 우타마로歌麿나 샤라쿠寫楽의 우키요에浮世絵를 접했을 때를 회상한 것이다.

외유한 지 이미 1년 반, 고국의 취미와 생활에 대한 향수를 가슴 깊이 지니고 있었던 나로서는 그 미묘한 색채, 그 간소한 소묘 선線, 그 어렴풋하고 고요한 기분이 마치 어떤 구원처럼 다가왔다. 거기에는 색과 선에 대해 끝없이 섬세한 관능이 있었다. 거기에는 일상생활의 사소한 것 속에 침투해서 장난치는 가운데 그 맛을 찾아내어 미학을 이끌어낼 수가 있는 예술가의 마음이 있었다. 대개 그러한 소질이 섬세하고 그 관능이 풍부한 점에 있어서 이들 화가는 같은 시대의 구라파 화가와 비교해도 크게 손색이 없을 것이다. 더구나 이들 우키요에가 특별한 의미로 민중을 대표하여 민중에게 지지를 받고 있었던 예술인 것을 생각하면 이들 예술을 낳은 일본의 민족도 또한 그런 자부심을 가질 만한 충분한 자격을 지니고 있을 것이다. 대체로 나는 고국을 떠나온

후로 다른 나라와 비교하면서 조국에 대한 자신감이 강해지는 것을 느꼈다. 자신감이 여기서도 이렇게 깊어질 수 있었던 것은 나의 큰 기쁨이었다.[15]

일상생활의 사소한 것 속에 침투하여 섬세한 선과 미묘한 색채로 미학을 이끌어내는 일본 예술가들의 능력과 그에 대한 자부심에 대해서 이야기하고 있다.

그러나 위의 문장 바로 뒤에는 유럽의 인상파 화가들과의 비교를 통해 일본의 예술이 지닌 '호색', '우울', '자신감의 결핍'의 요소에 대한 개탄이 이어지고 있다.

아베지로가 개탄한 내용을 요약하면 이러하다. '드가와 같은 프랑스인상파 화가들의 작품을 보면 사념이 제거되어 있고 아무런 잡념 없이 대상과 마주하고 있으며 양심의 불안이 없는 확신이 느껴진다. 반면 일본의 우키요에 화가들은 뛰어난 재능과 관능을 지니고 있는 것은 의심할 여지가 없지만 자신감 같은 것이 결핍되어 있다. 자신감보다는 삐딱한 기지와 비꼼, 한편으로는 비난하는 사람의 목소리를 예상하면서도 그것에 탐닉하지 않을 수 없는 반항적 놀이와 같은 요소가 있다. 때문에 양심의 불안과 자신 없음 같은 것이 예술적 안정감을 빼앗고 있음을 부정할 수 없다. 일본의 예술은 오로지 음울할 뿐이어서 'Fiat lux' 즉, '빛을 만들어내는 힘'이 결여되어 있다. 어디까지나 그늘의 예술日蔭の芸術이 될 수밖에 없다.'는 일종의 자괴감 같은 것을 이야기하고 있다.[16]

이들 예술(도쿠가와시대의 예술)이 사람의 마음을 고매하게 하지는 않는데 마음을 즐겁게 하는 것은 왜인가? 사람에게 감정을 불러일으키는(Anmuten) 데는 지극히 장점을 지니고 있지만 이에 대해 자신감을 갖게 하는(Erheben) 힘이 결여되어 있는 예술은 어떠한 배경에서 생겨난 것인가? 이것이 구라파에서 내가 가지고 돌아온 문제의 하나이다.[17]

'사람의 마음을 고매하게 하지는 않는데 마음을 즐겁게' 하는 것, 어떤 '감정을 자극'하지만 '자신감을 갖게 하는 힘이 결여'되어 있는 것에서 도쿠가와시대 예술의 특성을 찾아내고 있다.

아베 지로가 이야기하는 도쿠가와 예술의 특성과 부송의 예술이 무언가 연관성을 지니고 있는 듯이 생각된다. 인간의 오감을 자극하며 마음을 즐겁게는 하지만 진취적인 기상이나 자신감을 불러일으키지는 않는 것, 그것이 바로 부송의 작품에도 해당되는 이야기일 수 있을까? 부송은 성공 욕구를 부추기거나 적극적인 삶에 개입하기보다는 수동적으로 자신의 오감을 자극하는 인간 삶의 장면들을 섬세하고 정감 있게 바라보고 있으면서 때로는 안으로 숨어들어가는 것을 느낄 수 있다. 그러나 '마음 편한 쓸쓸함' 같은 것을 느낄 수 있음은 왜일까?

부송의 시선은 때에 따라서 자폐적이리만치 그 시선이 안으로 향하고 있다. 그리하여 세세한 삶의 국면들을 하이쿠의 전면에 등장시켜서 예술로 승화시키고 있는 것이다. 작은 벌레, 작은 풀꽃, 골목 안, 웅크리고 앉아 있는 방안, 부엌 등으로 파고들어 가는 것이다.

부송은 그림에 있어서도 남종화 계통의 산수화도 많이 그리고 있지만 일상 속의 인간의 모습을 그린 '하이가俳畫'(하이쿠적인 그림)가

마타헤이 벚꽃놀이 화찬[18]

많다. 바쇼의 담채화와 달리 부송은 하이가의 신경지를 개척했다고 할 수 있으며 인간 삶을 전면에 드러내었다고 볼 수 있을 것이다. 예컨대 어깨를 드러내고 거나하게 취한 마타헤이又兵衛[19]와 술병이 굴러다니는 모습을 그린 「마타헤이 벚꽃놀이 화찬又兵衛花見画賛」과 같은 하이가에서는 무상의 메타포였던 벚꽃이 속된 인간 삶과 연결되어 정감 있게 표현되어 있다.

3) 볼거리, 먹을거리, 놀거리

▎볼거리

에도시대는 중앙의 막부가 서민들의 불만을 최대한 잠재우고 사회적 안정을 꾀하기 위해 오락문화를 적극적으로 장려했기 때문에 일상의 생업에 지친 서민들은 가부키歌舞伎나 분라쿠文楽 등의 연극, 대규모의 벚꽃놀이花見, 씨름相撲구경 등으로 즐거움을 취할 수 있었다. 부송의 작품에 나오는 가부키, 그 중에서도 한 해의 가부키 첫 선을 보이는 '가오미세顔見世'에 대한 흥분과 기대, 유곽의 풍경, 가마우지낚시鵜飼, 야카즈矢数(활쏘기 시합) 등은 이러한 환경 하에 생겨났다고 볼 수 있을 것이다.

부송이 전성기를 보냈던 도읍 교토의 분위기는 낭만적 문인취미를 기르는데 적절한 환경이었다. 앞 절에서 보았듯이 다누마시대를 전후하여 경제적으로 어려운 환경 하에 떠도는 유민들도 있었지만, 교토는 큰 혼란 없이 평화로움이 유지되었고 향락적 사회 분위기가 계속되었다. 사상적인 혼란 없이 시서화詩書畵 등의 예술이나 박물학적 지식을 흡수하며 인간의 삶을 세밀하게 들여다볼 수 있는 환경이었다. 히라가 겐나이平賀源内와 같은 박물학자나 이케노 다이가池大雅와 같은 문인화 화가들이 왕성하게 활약했다. 부송은 시정에 틀어박힌 채 당시의 넘쳐나는 서적이나 그림, 연극, 마쓰리 등을 접하고 상상력을 부풀리며 하이쿠를 읊을 수 있었던 것이다.

다음 장에서 언급하겠지만 부송은 어릴 적 실향의 아픔과 초년의 방랑, 승려 생활, 속세로의 환속 등 파란의 인생을 보냈기 때문에, 그에 대한 반작용으로 교토의 안온하면서도 향락적인 분위기에 더욱더 심취했다고 볼 수 있다.

에도시대의 교토는 유서 깊은 도읍 문화와 서민문화가 공존하여 소위 '아속雅俗'이 어우러져 예술적 자극이 풍부한 지역이었다. 난학蘭学과 같은 새로운 학문이나 끊임없는 외세의 자극에 노출되어 있었던 에도와 달리 교토는 궁중행사나 과거로부터의 고유한 습속이 이어져 내려오면서 1년 내내 연중행사로 지샌다고 해도 과언이 아니었다.[20]

신사나 절을 중심으로 한 씨족들의 축제, 그리고 집집마다의 연중행사가 있었다. 비일상적인 제례를 의미하는 '하레晴'와 일상적인 것을 의미하는 '케褻'가 분리되어 있으면서도 '성聖'과 '속俗'이 한데 어우러져 민중들의 삶의 모습이 실로 다채로웠다고 할 수 있다.

근세 전기 교토를 중심으로 한 조정과 민간의 연중행사에 대한 해설서『히나미기지日次記事』와 같은 것을 보면 대규모 벚꽃놀이 풍경은 대단한 것이었다.

> 대개 도시나 농촌이나 춘삼월, 꽃필 때마다 귀천 남녀들이 나와서 놀
> 았다. 이것을 하나미라고 한다. 그때 많은 사람들이 의복을 새로 장만
> 한다. 흔히 하나미고소데라고 한다.
> 凡そ京俗、春三月、花開く毎に良賤の男女出で遊ぶ。是を花見と称す。其
> 時、多くは衣服を新たに製す。俗に花見小袖と謂ふ [21]

하나미花見, 즉 벚꽃놀이의 화려함을 이야기하고 있다. 여성들은
벚꽃놀이를 위해 '하나미고소데'라는 옷을 새로 지어 입었는데 그
화려함을 서로 다투었으며 주연을 즐길 때에는 나무에 걸어서 장막
대신으로 사용했다고 한다.

▌먹을거리

근세의 미식美食에 대한 연구는 많이 나와 있다. 하라다 노부오原田
信男의 『식을 노래하다-시가에 나타난 인생의 맛食をうたう-詩歌にみる人生の
味わい』[22]과 이케다 야자부로池田弥三郎의 『음식 세시기たべもの歳時記』[23] 등
에서는 계절 감각이 동반된 미각에 대해서 흥미롭게 언급하고 있으
며, 특히 에도시대의 예가 많이 나온다. 에도에서 '하쓰가쓰오初鰹(
맏물 가다랑어)'와, '우나기노 가바야키鰻の蒲焼(장어구이)'[24]나 '복국'
등은 서민들이 선풍적으로 애호하는 음식이었다.[25]

초여름 처음으로 먹는 가다랑어 '하쓰가쓰오初鰹'와 같은 경우는
'도마 위에 / 금화가 한 냥 있네 / 하쓰가쓰오俎板に小判一枚初がつを'[26]라는
기카쿠其角의 구가 있다. 금화 한 냥을 도마 위에 올려놓은 것처럼 값

나가는 말물 가다랑어를 읊은 것이다. 속담에 '에돗코江戶っ子²⁷는 마누라를 전당잡혀서라도女房を質に入れてでも'라고 하였듯이 가다랑어 말물을 먹는 것을 도시인의 멋粹(いき)으로 여겼으며 그 때문에 값이 더욱 치솟았다.

교토는 특히 '미각'에 애착이 깊은 도시였다. 내륙인데다가 분지여서 신선한 어패류는 없었지만 대신 가공과 저장 기술이 뛰어나서 요리법이 발달되어 있었다. 생선을 삭혀 발효시킨 '나레즈시熟れ鮨'라는 것도 그렇게 발달된 것이며 부송은 이 나레즈시의 맛에 흠뻑 빠졌던 것이다. 우리나라에도 내륙인 안동지방에서 간고등어나 생선식해가 발달된 것과도 유사하다. 이에 대해서는 5장에서 언급하기로 한다.

사람들의 유람이 대중화되면서 찻집, 요릿집이 절과 신사의 경내나 산문山門에 즐비하게 들어서 있었다. 행락지로서 알려진 '히가시야마東山' 일대가 그러했고 특히 기온지祇園寺, 지온인知恩院, 난젠지南禅寺, 기요미즈데라清水寺 등은 유명한 명소였다. 또, 교토의 정서가 물씬 나는 다카세가와高瀬川 주변도 요릿집이 많았다.²⁸

▌놀거리

교토 문화의 특징을 이야기할 때에 유곽 문화를 빼 놓을 수가 없다. 유곽문화는 문란한 풍속을 낳기도 했지만 서민들이 자유를 누리는 공간으로서 문화의 중심이 되는 곳이기도 했다. 교토의 유곽으로서는 크게 '시마바라島原'와 '기온祇園'을 들 수가 있다. 『미야코메이쇼즈에都名所図会』의 시마바라의 기술을 보기로 하자.

시마바라島原는 교토 시중에서 서쪽 끝에 위치해 있고, 물로 둘러싸여 흡사 성곽과 같은 모습을 지니고 있었다. 내부는 나카노초中ノ町, 주도 지中堂寺, 시타노초下ノ町, 가미노초上ノ町, 니시노토인西洞院, 아게야마치揚屋町 여섯 마을이 있었고, 유녀집 뿐만이 아니라 채소가게, 잡화점을 비롯하여 일상의 생활물자를 파는 상점도 있어서 하나의 완결된 도시였지만, 신분과 격식에 구애받지 않는 해방된 세계이기도 했던 것이다.[29]

유곽이 하나의 완결된 도시와 같은 구도를 하고 있었고 '신분과 격식에 구애받지 않는 해방된 세계'였다는 것이다.

특히 오늘날도 관광객으로 들끓는 기온祇園은 부송이 살았던 시대에 그 번화함의 극치를 이루고 있었으며 일본 최대의 '하나마치花街' 즉, 유곽이었다. 에도시대 초기에 야사카八坂신사의 문전에서 처음 찻집으로 시작하여 유곽으로 바뀌었다. 이후 나라로부터 공식적으로 허가를 받았다. 에도시대 말기에는 찻집이 500채, 예기芸妓, 무기舞妓, 창기娼妓를 합해서 1,000명 이상이 있었다고 전한다.[30]

부송도 이 기온의 문화에 젖어서 실제로 기녀와 사랑에 빠지게 되었고 그러한 경험이 만년의 로맨티시즘의 기저를 이루고 있다.

2. 부송의 삶-소설화된 전기

1) 다채로운 삶

부송 작품들이 지닌 다채로운 특성은 실제 삶의 다채로움에서 비롯되었다고 할 수 있을 것이다. 어린 시절 실향의 경험과 어머니와의 강제 이별, 초년의 방랑, 승려생활, 환속還俗, 교토에서 자적하는 만년의 생활, 그림공부, 화가로서의 삶, 한시漢詩공부, 외동딸의 이혼, 기온祇園에서의 기녀와의 사랑 등, 실로 색깔과 명암을 지닌 삶이었다고 볼 수 있다.

오가타 쓰토무尾形仂는 『부송의 세계蕪村の世界』에서 아래와 같이 이야기하고 있다.

> 부송은 중국의 남종화 문인화를 규범으로 하고 있으면서도 그것에 구애받지 않고 심남빈沈南蘋의 사생화나 가노파狩野派·운고쿠파雲谷派 등의 기법을 자유자재로 받아들임으로써 일본 남화를 대성하고, 바쇼를 받들면서도 시코支考·바쿠스이麦水 등의 모든 유파를 다 섭렵하여 이를 하나의 주머니 안에 담았고, 특히 소설 연극 등의 기법을 취하여 하이카이라는 작은 그릇에 풍려한 환상의 꽃을 피웠다. 그가 수립한 새로운 양식, 하이가俳画는 그의 남화와 하이카이를 합체한 것이고, 하이시俳詩는 한시와 하이카이를 혼용한 것이다. 동시에 <u>복수複數의 삶을 살고, 그 복수의 세계를 연결함으로써 새로운 표현양식을 개척했다. 여기에 타인의 추종을 불허하는 부송의 거대한 다채로움 – 즉, 파악하기 어려운 점이 있는 것이다.</u>[31]

여기서 '복수複數의 삶'이란 화가이기도 하고 하이진이기도 한 삶을 가리키고 있다. 화가이면서 여러 가지 유파를 섭렵한 것, 하이진이면서도 한시적 요소를 가미하여 하이시俳詩를 읊은 다양한 활동을 의미하고 있다. 이러한 것을 '거대한 다채로움'이라 하고 있으며 그것이 그의 작품의 원천이자, 난해함의 원인이기도 하다는 것이다.

부송의 성격에 대해서는 「야한옹 종언기夜半翁終焉記」에 다음과 같은 지적이 나와 있다.

원래, 습속을 접하는 것을 싫어하는 버릇이 있어서 보통 세상 사람과 어울리는 것을 꺼리고, 문을 닫고 화실에 틀어박혀, 고작 비슷한 부류의 몇몇 사람과 뜻을 같이하며 놀려 했다.

　차라리

　홀로 있으니

　달을 친구 삼네

元来、習俗に触るることを厭ふの癖あれば、なべて世の人と交る事のものうしと、門戸を閉ぢ、画室にこもり、はつかに同調の徒と志を通じ意を適ふに遊ばんとて

　　なかなかにひとりあればぞ月を友　　　　　　　　　　(夜半翁終焉記)[32]

여러 사람과 원만하게 어울리는 것이 아니라 틀어 박혀 있는 것을 좋아하고 몇몇 사람들만 특별히 친하게 지냈다는 것이다. 「야한옹 종언기夜半翁終焉記」는 부송의 추도집 『가라히바から檜葉』의 서문이다. 부송과 가장 친밀했던 제자 기토几董가 쓴 것인데 측근에서 지켜봤던 사람이 쓴 글이어서 신빙성이 있다고 할 수 있다.

한편, 메이지시대 마사오카 시키正岡子規가 『하이진 부송俳人蕪村』에서 '부송은 매사에 거리낌이 없고 법도에 구애받지 않는 그런 사람이다蕪村の磊落にして法度に拘泥せざりしことこの類なり。'[33]라고 했듯이 그다지 괴팍한 성격의 소유자는 아니었던 것으로 보인다.

2) 출생의 비밀

다나카 요시노부田中善信[34]나 다카하시 쇼지高橋庄次[35] 등의 부송전기 연구에 의하면 부송의 생가는 셋쓰摂津의 히가시나리군東成郡 게마毛馬 마을이었고 성씨는 다니숌씨였던 것으로 추정된다. 게마는 현재 '오사카부 오사카시 미야코지마구 게마초大阪府大阪市都島区毛馬町'일대이다.

부송은 고향을 언급은 하나 구체적으로 묘사하지 않고, 자신의 출신에 대해 입을 다물고 있다. 그는 1777(安永6)년 2월 23일 류조柳女, 가즈이霞瑞 모자에게 보낸 편지에 다음과 같이 적고 있다. 그 중 일부를 소개해 본다.

> 슌푸바테이교쿠春風馬堤曲,
> 바테이는 게마의 강둑입니다. 말하자면 저의 옛 고향입죠.
> 저는 어릴 때 봄빛이 화창할 때면 어김없이 친구들과 강둑에 올라서 놀았습니다. 강에는 왕래하는 배가 있었고 강둑 위에는 오가는 객이 있었습죠. 시골처녀인데 나니와(오사카)에서 남의집살이를 하며 멋을 내어 나니와의 유행에 맞추어 머리 모양도 기녀의 모습을 흉내 내고, 구전되는 시게다유 가락에 나오는 헛된 이야기를 부러워하며 고향의 형제를 업신여기는 사람이 있었죠. 그러나 역시 고향에 대한 그리움을 참을 수가 없어서 오랜만에 부모님 계신 곳으로 귀성하는 어여쁜 사람이었어요. (이 이야기는) 나니와에서 부모님이 계신 고향까지 가는 여정을 쓴 것입니다. 가부키 이동무대와도 같은 것, 감독은 야한테이라고 크게 웃어주십시오. 실은 이 노인이 옛날의 그리움을 가눌 길 없어서 중얼거린 것이옵니다.   (류조·가즈이에게 보낸 편지, 1777(安永6)년 2월 23일)

春風馬堤曲、馬堤は毛馬塘也。則余が故園也。

余幼童之時、春色清和の日には、必ず友どちと此堤上にのぼりて遊び候。水ニハ上下ノ船アリ、堤ニハ従来ノ客アリ。田舍娘の浪花に奉公して、かしこく浪花の時勢粧に倣ひ、髪かたちも妓家の風情をまなび、正伝・しげ太夫の中心のうき名をうらやみ、故郷の兄弟を恥いやしむもの有。されども、流石故園の情に不堪、偶親里に帰省するあだ者成べし。浪花を出てより親里迄の道行にて、引道具の狂言、座元夜半亭と御笑ひ可被下候。実は愚老懐旧のやるかたなきよりうめき出たる実情にて候。(後略)

(柳女・霞瑞宛書簡, 安永6[1777], 6. 23)[36]

편지 서두에 '바테이는 게마의 강둑입니다. 말하자면 나의 옛고향입죠馬堤は毛馬堤なり。すなわち余が古園なり'라고 '게마毛馬'가 자신의 고향이라고 밝히고 있다. '게마毛馬'에서 태어나 어릴 적 강둑에서 놀았던 추억이 그리워서 '봄바람 부는 게마 강둑'이라는 의미를 지닌『슌푸바테이교쿠春風馬堤曲』를 썼다는 것이다. 편지에 직접 쓴 것으로 보아 게마가 고향임은 분명한 것으로 보인다. 위 편지에 적고 있듯이 남의집살이를 하다가 설레는 마음으로 부모가 있는 고향으로 잠시 귀성하는 젊은 여성의 심정으로 부송 자신의 향수를 이야기하고 있는 악장형식의 글이다. 구체적인 것은 후술하기로 한다.

부송 추모구집『가라히바から檜葉』에도 부송의 출생에 대해 '나니와(오사카) 부근에서 자라나서浪速江ちかきあたりに生ひたちて'[37]라고 나와 있다. 이와 같은 기술들을 근거로 하여 현재 오사카시 미야코지마구 게마초都島区毛馬町에서는「부송과 미야코지마蕪村と都島」라는 책자를 펴내고 홈페이지에 행적을 상세히 싣는 등의 홍보를 하고 있다.[38]

부송의 무덤이 있는 교토의 곤푸쿠지金福寺 절의 비문에는 '어릴 적에 어머니의 생가에서 자랐다.幼くして母氏の生家に養わる.'라고 적혀 있다. 그의 어머니라고 전해지는 '다니구치 겐谷口げん'의 무덤이 교토 북부의 단고반도丹後半島에 있는 요사군 요사노초与謝郡与謝野町에 있다.[39] 현재 이 마을에서는 이 무덤을 소개하면서 부송이 어릴 때 자라난 곳이라고 소개하고 있다.[40] 생부와 이별하고 어머니와 함께 한동안 외가에서 살았음을 알 수 있다.

확실한 사료가 없으므로 부송의 어린 시절에 대해서는 소설 같은 이야기들이 난무하고 있다. 다카하시 쇼지高橋庄次에 의하면 부송의 어머니는 교육열이 높았다. 부송은 요사与謝에서 여덟 살부터 그림을 전문화가 모모타 고레노부桃田伊信에게 배우고, 한학이나 일본의 전통 학문도 배웠다. 그러나 촌장이었던 생부生父의 후사後嗣가 되어 어머니와는 이별하게 되었다고 한다.[41]

『슌푸바테이교쿠』에서 고향에 돌아가는 처녀의 심경에 가탁하여 부송 자신의 향수를 담고 있는데 이 작품의 말미에 다음 구를 배치한 것은 어머니에 대한 회한과 관련이 있을 것으로 보인다.

야부이리가
잠을 자네 홀로된
어머니 곁에
藪入の寝るやひとりの親の側　太祇　(春風馬堤曲の結びの句, 安永6[1777])

'야부이리藪入'는 객지에서 남의집살이를 하다가 정초에 휴가를 얻어 고향에 돌아가는 것, 혹은 그 사람을 의미한다. 잠깐 고향에 돌아와 홀로된 어머니 곁에 누워 있는 '정겨우면서도 쓸쓸한' 모습이다. 이것은 부송의 작품이 아니라 부송과 친분이 두터웠던 단 다이기炭太祇 (1709-1771)의 것이다. 부송이 어릴 적 자신의 처지를 연상케 하는 이 작품을 통해 어머니에 대한 회한을 대변하고 있음을 짐작할 수 있다.

　부송 자신도 '고용살이 휴가'에 대해 읊고 있는데 구첩句帳 형태로 남아 있다. 다음 작품이다.

　　야부이리가
　　자는 곳은 광녀의
　　옆집이었네
　　藪入の宿は狂女の隣かな　　　　　　　　　　　　(自筆句帳, 安永8[1779])

　고용살이 하다가 정초에 휴가를 얻어 고향집에 갔는데 그 이웃에 광녀가 살고 있었다는 것이다. 『부송전구집蕪村全句集』에 의하면 '고용 살다가 잠깐 돌아온 고향집. 그 옆집에는 돈벌이도 못 보내는 광녀가 살고 있다'고 해석하고 있다.[42] 그런데 이 작품과 관련하여 다카하시는 이 광녀가 바로 부송의 어머니라는 추론을 하고 있다.

　아무튼 이 광녀이미지에는 부송 특유의 그윽한 아름다움이 스미어 나온다. 여기서 한 가지 말할 수 있는 것은 바테이쿄쿠馬堤曲가 지어진지 2년 후에 읊어진 이 광녀 구에 바테이쿄쿠의 마지막 구가 확실히 의식되고 있는 것이다. 부송은 여기서 바테이쿄쿠의 마지막 구의 '어머니'를 '광녀'의 이미지로 변주하고 있는 것이다. 그렇다면 이 광녀는 고용살이 휴가 나왔을 때의 어머니인 셈이 된다. 즉, 부송의 어머니이다. 그

것은 부송이 마지막으로 본 어머니의 모습일지도 모른다. 부송이 읊은 '광녀'구의 이미지에 언제나 청순한 쓸쓸함과 일종의 위태로운 이미지가 따라 다니는 것은 그 때문이다.[43]

'고용살이 휴가 와서 / 자는 곳은 광녀의 / 이웃이었네'라는 작품은 『슌푸바테이교쿠』를 읊은 2년 후에 나온 작품이라는 점과 어머니와의 생이별이 부송이나 어머니에게 상당히 충격적인 사건이었다는 점으로 미루어보아, '광녀'는 부송의 어머니일 가능성이 있다는 것이다.[44] 부송의 어머니가 광기를 일으켰다는 구체적 사료가 나오지 않는 한 다카하시의 이 이야기는 어디까지나 상상에 지나지 않는다. 필자가 조사해 본 결과 부송이 광녀를 읊은 구는 무려 6구이며 모두 넋 나간 여인의 쓸쓸하고 위태로운 이미지를 읊고 있음을 알수 있었다. 어머니로 단정할 수는 없지만 가까운 사람 중에 광기를 일으킨 사람이 있었으리라 짐작이 된다(광녀에 관한 작품은 7장에서 논하기로 한다).

다음 구에서는 몽롱한 기억 속의 요사 바다에 대한 그리움을 나타내고 있다.

가라사키의
몽롱함 그 얼마던가
요사 바다
辛崎の朧いくつぞ与謝の海   (橋立の秋, 明和3[1766]以前)

이 작품은 '가라사키의 / 소나무는 벚꽃보다 / 몽롱하고唐崎の松は花よ

り朧にて'라는 바쇼의 작품을 염두에 두고 읊은 것이다. '가라사키의 한 그루 소나무가 몽롱하다면 요사의 아마노하시다테天橋立[45]의 수많은 소나무는 몽롱함이 대체 어느 정도일까'라는 의미이다. 전술했듯이 요사는 부송 어머니의 친정으로, 몽롱한 요사의 바다 풍경 너머로 어릴 적의 기억을 더듬고 있다고도 볼 수 있다.

부송은 어머니와의 이별 후, 15세 무렵 촌장으로 추정되는 아버지의 뒤를 이었으나 일에 충실한 인물은 아니었던 것으로 추정된다. 다미야 기쓰안田宮橘庵의 『오코타리구사嗚呼矣草』(에도시대 후기)에 다음과 같은 글이 나와 있다.

> 요즈음 하이진들이 부송의 서화를 아주 즐기고들 있다. 대체 왜 그런지 모르겠다. 옛사람들이 서화를 즐기는 것은 우선 그 사람의 덕을 칭송하고 다음으로 그 능력을 사랑함이다. 그러나 부송은 아버지의 가산을 탕진하고 자유분방한 생활을 하여 신불성현의 가르침에서 멀어지고 이름을 팔아 세속을 추구하는 일민逸民이다.[46]

덕이 높은 사람의 서화를 즐겨야 하는데 부모의 재산을 탕진하고 제멋대로이며 세속적인 삶을 살았던 부송의 서화를 왜 모두가 좋아하는지 모르겠다는 것이다.

유교적 윤리와 도덕의 측면에서 예술가를 판단하는 것에는 무리가 없지 않다. 오히려 부송이 '심신을 자유롭게 하여 신불성현의 가르침에서 멀어지고 이름을 팔아 세속을 추구하는 일민逸民'이었다는 점이 다른 하이진들과는 달리 주목할 만한 특성이 있었다고도 볼 수 있지 않을까?

3) 방랑

부송은 20세 무렵에 에도에 가서 야한테이 소아夜半亭宋阿(早野巴人, 1676-1742) 문하에서 하이쿠를 배우며 물심양면으로 도움을 받았다. 그러나 부송이 27세 되던 해에 스승 소아가 타계했다. 부송은 그때의 슬픔을 동문인 소오쿠宋屋(1688-1766)가 편찬한 소아 1주기 추모집『니시노오쿠西の奥』에서 다음과 같이 토로하고 있다.

소아 옹께서 이 시절 고독한 나를 거두셔서 고유枯乳(마른 젖)를 물리는 자애가 깊었는데 어쩔 수 없는 전세의 인연이었던가, 이제 돌이킬 수 없는 이별을 하니 슬픔을 달랠 길 없고 억장이 막혀 무어라 할 말을 잊어버렸네.

내 눈물은
세월이 흘렀어도
샘솟아 흐르네   사이초   (니시노 오쿠)

宋阿の翁、このとし比予が孤独なるを拾ひたすけて、枯乳の慈恵のふかかりけるも、さるべきすくせにや今や帰らぬ別れとなりぬる事のかなしびのやるかたなく、胸うちふたがりて、云ふべき事もおぼえぬ。
我泪古くはあれど泉かな   東武宰鳥   (西の奥)[47]

스승이 타계한 후 극심한 슬픔에 잠겼음을 토로하고 있다. 이후 부송은 방랑을 시작한다. 후년에 스승 야한테이 소아의 구집인『야한테이 소아 홋쿠첩夜半亭宋阿発句帖』의 발문에 다음과 같이 쓰고 있다.

소아 스승님께서 타계하신 후, 잠시 동안 그 빈방에 앉아서 유고를 더
듬으며 '한 마리 까마귀'라는 글을 쓰려고 했는데, 허송세월 보내면서
방랑하기를 십년간, 그 후 표표히 서쪽으로 떠나려 한다네.
阿師、没する後、しばらくの空室に坐し、遺稿を探りて、一羽鳥といふ文作
らんとせしも、いたづらにして歴行すること十年ののち、飄々として西に去らん
とす。   (夜半亭宋阿発句帖)[48]

　부송은 36세 무렵에 교토에 살기 시작하는데 그 때까지의 약 10년
간을 스스로 방랑기로 보고 있는 것이다. 부송의 방랑에 대해서는
그다지 주목되지 않았으나, 이 초년의 방랑은 부송의 시적 토양을
일구는 자양분이 된 것으로 보인다.
　순례자로서 겨울이면 눈이 가득하거나 겨울바람 몰아치는 들판
을, 그리고 여름이면 끝없이 이어지는 여름들을 지나는 고난에 대해
많이 읊고 있다.

　방을 안 주는
　등불 빛이여 눈 속에
　늘어선 집들
　宿かさぬ灯影や雪の家つづき   (自筆句帳, 明和5[1768])

　괴나리봇짐에
　지진이 덮치는
　여름들이여
　笈の身に地震知り行く夏野哉   (落日庵, 明和5[1768])

겨울바람이여

넓은 들에 쌩쌩

불어재낀다

凩や広野にどうど吹きおこる   (自筆句帳, 明和5[1768])

그리고 이 당시의 작품이라고 여겨지는 구들이 '설국雪国' 2구, '여름
들판夏野' 6구, '겨울바람凩' 2구 등이 있다. 배고픔을 이기며 눈길을 가거
나, 지글지글 뜨거운 여름들판을 지나는 고통, 때로는 지진까지 겹쳐서
언제 죽을지 모르는 공포를 견디는 고달픈 방랑에 대해 읊고 있다.

4) 출가와 환속

부송은 불문에 출가하여 승적에 있다가 환속했다. 출가한 연령에
대해서는 여러 가지 설이 있다. 다카하시는 16세, 즉 1731(享保16)년
에 불문에 출가한 것으로 추정하고 있다. 부송은 마을의 쇼야庄屋 즉,
지금으로 말하자면 촌장의 후계자였었는데 가산을 탕진하여 요사
에서 출가를 했다는 것이다.[49] 그러나 다나카田中는 30세 전후에 출가
한 것으로 추정하고 있다.[50] 출가했다는 가장 확실한 증거는「호쿠주
로센을 애도하다北寿老仙をいたむ」라는 시에 부송이 서명하기를 '샤쿠부
송釈蕪村'이라고 적고 있다는 사실이다. 여기서 '샤쿠釈'라는 것은 불
문에 든 사람임을 나타내는 표시이기 때문이다. 다카하시 '16세설'
은 어디까지나 추정에 지나지 않으므로 일단 근거가 확실한 다나카
설을 취하여 '적어도 30세에는 출가'한 것으로 본다.

그렇다면 부송은 언제까지 승적에 있었을까? 부송이 41세 되던

1756(宝暦6)년 4월 6일 교토의 하이진 쇼잔嘯山에게 보낸 편지이다. '단고丹後에서 교토에 귀경'하겠다는 내용이다.

쇼잔님

그 이후로 서로 격조하였네요. 더욱더 건승하심을 기쁘게 생각합니다. **소승** 탈 없이 잘 지내고 있습니다. 그런데 이번 봄 중에 귀경하려 마음을 먹었었는데 그림 일이 조금 많았고 또 환송회 모임들로 날을 허비하고 있습니다. 멍하니 세월을 보내다 보니 옛 친구들의 얼굴도 잊어버릴 것 같습니다. 그야말로 우라시마가 용궁에서 3년간 지내며 놀았던 것과 진배없는 것 같아 스스로도 놀라고 있습니다.

　(중략)

최근 훌륭하신 작품들이 있으셨을 거라고 생각됩니다. 편지로 부쳐주시기를 기대하고 있습니다. 여기는 시객들이 많아서 (쇼잔님의) 소문이 자자합니다.

　겐코는

　비단옷도 마다않네

　여름 옷 입고　　　　(쇼잔에게 보낸 편지, 1756[宝暦6]년 4월 6일)

其後は御互疎濶至候。弥御安寧被成御座欣悦候。**野衲**無事留連仕候、当春中決帰洛候処、少々画用相襲、且例之遊歓に費日候。つくづく往昔を思ひ候へば、日月茫然として故人之面もわするる計りに候。実にかの浦島之仙郎竜宮三年之客遊にならひ候歟と、自驚計候。

　(中略)

近頃佳作等可在之候。たよりに相待候。当地詩客多、御噂申出候。

　兼好は絹もいとわじ更衣[51]　　　　　　(嘯山宛書簡, 宝暦6, 4, 6)[52]

여기서 원문의 '야납野衲'이라는 말은 승려가 자신을 낮추어 지칭하는 표현으로 '소승'이라는 정도의 의미이다. 따라서 적어도 이 무렵은 부송이 승적에 있었음을 알 수 있다. 위 편지의 '겐코는 / 비단옷도 마다않네 / 여름 옷 입고兼好は絹もいとわじ更衣'라는 작품은 겐코가 승적에 있으면서 비단옷도 입을 것이라는 의미의 작품이다. 이는 겐코가 고노 모로나오高師直의 연애편지를 대신 썼다는『다이헤이키太平記』의 일화를 근거로 하고 있다.[53] 이러한 겐코의 이야기를 연상시켜 부송 자신도 비단옷 입고 환속할 것이라는 암시를 한 것이라 추정된다.

이듬해 1757(法曆7)년, 42세 때「아마노 하시다테 화찬天の橋立画贊」에 요사를 떠나는 이별의 구를 읊고 있는 것으로 보아, 이 해 귀경한 것으로 추정된다. 그리고 다나카에 의하면 귀경 후 적어도 45세에는 환속하여 그림을 업으로 생계를 유지하게 된 것으로 추정된다.[54] 화가라는 직업상 머리는 승적에 있었을 때와 마찬가지로 삭발 형태였다.

53세 무렵은 교토의 시조가와라마치四条河原町에 정착하여 틀어박힌 채 자적하는 삶을 보냈다. 인간 삶 그 자체에 관심을 두고 풍려한 작품세계를 펼쳤던 것은 틀어박혀 지내기 시작한 50대 중반 무렵부터라고 할 수 있다.

5) 시정의 그림쟁이로 남화 문인화를 대성하다

부송은 하이쿠를 그림을 그리듯 읊으면서 하이쿠의 예술적 조형미에 대해 끝없이 모색하고 있었다. 하이쿠에 예술혼을 불러 넣을 수 있었던 바탕은 부송의 화가로서의 자질과 심미안이었다고 볼 수 있다.

부송은 역사적으로도 이케노 다이가池大雅(1723－1776)와 함께 에도시대 중기의 일본 '남화南畵'를 대성한 인물로 숭앙받고 있다. 남화는 중국 남종화의 영향을 받아 한시문의 소양을 지닌 인물들에 의해 정착된 화풍이다.

부송은 심남빈沈南蘋(1682-1760)을 비롯하여, 중국의 남송화, 북송화, 일본의 가노狩野파, 운코쿠雲谷파 등의 영향을 받아 여러 가지 기법을 시도했다. 심남빈은 18세기 전반 청나라의 화가이며 1731년에서 1733년까지 일본에서 유학을 한 사람이다. 나가사키에 있었던 남빈은 사실적인 화풍으로 당시의 일본 화가들에게 큰 영향을 끼쳤다. 부송도 남빈에게 영향을 받았다. 하이쿠에서도 '남빈을 / 모란의 손님으로 / 후쿠사이지南蘋を牡丹の客や福西寺'라고 읊었다. 심남빈의 이미지와 화려한 모란의 이미지를 연결시킨 것이다.

이케노 다이가의 제자 구와야마 교쿠슈桑山玉州(1746-1799)는 『가이지 히겐繪事鄙言』에서 중국의 남종화, 문인정신에 대한 동경과 '다라시코미 기법(물감의 번짐 기법)'[55]을 남화의 특성으로 보았다. 또한 기운이 살아있는 '기운생동氣韻生動'이라는 것과, 대상을 베끼는 것이 아니라 대상이 지닌 정신을 표현한다는 의미의 '사의寫意'를 제일로 하지만 동시에 속됨을 벗어나는 '거속去俗'을 강조했다.[56] 이것은 다음 장에서 이야기하는 부송의 '이속론離俗論'과도 통하는 이야기가 되겠다. 부송의 화풍은 '문인화에 일본적 자연관을 가미한 것으로 색채도 부드러워'[57] 일본적 문인화 화풍을 대성했다는 평을 받고 있다.

오늘날은 부송이 그림으로 상당한 평가를 받고 있지만 당시로서는 크게 인정을 받지 못하는 시정의 그림쟁이로서 받아들여졌다. 말

하자면 '마치에시町繪師', 즉 서민화가였다. '마치에시'란 에도시대의
회화계에서 관화官畵 화가에 대對하는 말로 쓰인 용어이다. 어용화가
로서 신분보장을 받으며 회화제작을 하는 관화 화가와 달리, 그림을
그려서 밥벌이를 하는 직업 화가를 일컫는 말이다. 교토에서는 하세
가와長谷川파, 운코쿠雲谷파 등의 화단이 있었지만, '마치에시'는 이러
한 유파에 속하지 않고 대중 속에 있으면서 그림을 그린 직업화가를
의미한다.[58]

아래 부송의 편지에는 시정 그림쟁이로서의 자괴감이 드러나 있다.

> 겟쿄가 그러는데, 슌포의 그림에 내 이름을 함께 내는 것을 (슌포가)
> 창피해 한다고 하는데 어떤가. 한심한 생각이 드네. 나 같은 늙은이와
> 이름이 나란히 실리는 것이 모양새가 좋지 않다고 여기는 것이라고 생
> 각되네. 하기야 (슌포는) 궁궐의 그림까지 그리는 대가인 까닭에 그렇
> 게 생각할 수도 있다고 생각되네.
>
> (기토에게 보낸 편지, 1781[天明1]~1783[天明3]년 9월 18일)
> 月居物がたりに、春甫が画に画名を出すことを恥じ候よし、いかが、覚束無く
> 候。愚老などと同じく立ち並び候を、浅間しき事と心得ての儀と存じ候。いか
> にも禁城の画壁もいたされ候大家の事故、さもあるべき事に存ぜられ候。
>
> (几董宛書簡, 天明1~3, 9. 18)[59]

이것은 관화 화가인 슌포春甫가 부송과 함께 이름이 나란히 적히는
것을 꺼려하는 것 같다고 기분상해 하고 있는 부분이다. 어쩔 수 없
다고 인정하면서도 자존심이 상한 부송의 기분을 짐작할 수 있다.

부송은 시정의 그림쟁이였기 때문에 그림 값을 그리 많이 받지 못

했다. 오늘날은 부송이 미술사에 있어서 중요한 인물이지만 당시로서는 그림 값이 얼마 되지 않았기 때문에 생계를 유지하기 위해서는 그림을 양산하지 않으면 안 되었다.

부송은 편지글을 통해서 그림 값에 대한 이야기를 자주 했다.

(전략)작년 중으로 그림재료비와 그림 값을 함께 계산해서 보내주시는 것으로 알고 있었습니다. 어느 정도 주실지 잘 모르겠습니다. 그래서 뭐가 뭔지 복잡해졌습니다. 재료비와 그리는 값을 함께 묶어서 잘 계산해 주셨으면 고맙겠습니다. 비단포(역주:그림 바탕천) 가게에도 엄청난 빚이 있어서 힘들어 죽을 지경입니다.

아우님(오토후사)의 병풍은 마무리해서 보내드렸습니다. 그 후 도착했다는 소식이 없네요. 어떻게 생각하시는지 모르겠습니다. 필시 지난번 그림 재료비 외상값도 있어서 그 만큼 변제하실 요량인 것으로 추측이 됩니다. 그것은 매우 당연한 일이긴 합니다. 그러나 이 늙은이가 작년부터 올봄까지 병을 앓아서 벌써 황천객이 되는가 하고 생각했을 지경이어서 이번 봄까지도 그림을 전혀 못 그렸습니다. 집안 생활비뿐만 아니라 늘 형편이 곤궁함을 헤아려 주시기 바랍니다. 때문에 우선 먼젓번 재료비를 제하는 것은 조금 둬 두시고 조금이라도 그림 값을 보내 주시면 감사하겠습니다. 그렇지 않으면 야한테이 화방을 유지하기가 힘듭니다. 두 형제분은 특히 우리 화방과 친분이 두터워 늘 힘이 되고 이 늙은이를 잘 도와주시고 계십니다. 이런 사정을 배려해 주셔서 아우님과 잘 의논해 봐주셔서 추석 전에 틀림없이 부쳐주시기를 가뭄에 비를 기다리는 심정으로 부탁드립니다.

(가후에게 보낸 편지, 1776[安永5]년 6월 28일)

(前略)　去年中きぬ地代共、御取集御登せ被下候歟と覚申候。いか程登り候哉覚不申候。それ故どんちゃんとむつかしく候。最早きぬ地とも之思召にて、宜様に御計意可被下候。絵絹屋にもおびただしき借金、こまりはて候。

乙ふさ子方屏風、したため相下候。其後一向届いたとも沙汰無之候。いかが之思召に候哉無覚束候。定て先達之御さし引等共有之候故、其分に返済のつもりにて之思召歟と察候。それは至極御尤に奉存候。しかれ共愚老義、去年中より当春へかけ長病、既に黄泉之客と存候程之仕合にて、当春へ至り候ても一向画業打すて置候故、家内物入其外、生涯之困窮、御察可被下候。それ故先づ先達之さし引事はしばらく御延置被下候て、少にても画料等御登せ被下候はば忝奉存候。左様無之候ては、夜半亭持かね候。御両子之義は、別て親交之社中と力にいたし、老心を養ひ申候。此義御垂鑑被下、乙ふさ子とよろしく御そうだん被下、盆前無間違御登せ被下候様に、旱天に雲を待心地に候。

(霞夫宛書簡, 安永5. 6. 28)[60]

그림 재료비와 그림 값에 대한 이야기가 소상히 적혀 있다. 재료비 외상을 변제하지 말고 부디 그림 값을 잘 쳐달라고 거의 애걸하고 있는 상황이다. 부송에게 있어서 그림을 그리는 것은 '밥벌이'를 하는 세속적인 삶의 방편이었던 것이다.

부송은 주특기가 남화南画였고 문인화가文人画家였다는 점은 부정할 수 없다. 다나카는 화가로서의 부송의 실체에 대해 '그림을 직업으로 삼는 직업 화가이고, 예술가를 자부하는 오늘날의 화가와 동등하게 취급하는 것은 잘못되었다고 생각한다. 에도시대에는 뛰어난 예술작품을 남긴 직업인이 많이 있었다. 부송도 그 하나였다'[61]라고 이야기하고 있다.

당시 상업자본주의 하에 미술 시장도 상당히 형성되어 있었다. 대중 속에서 돈벌이를 목적으로 작품 활동을 했으되 뛰어난 작품이 많았다는 것이다. 부송의 경우, 그림이 유일한 생계유지의 수단이 되었던 것은 사실이다. 그러나 뒤집어 생각해 보면 부송이 대중 속에서 활약했기 때문에 오히려 산수화 중심의 관화와는 다른 정감 있는 그림을 그렸다는 점이 장점이라고 할 수 있을지도 모르겠다.

6) 하이가俳画의 신경지를 개척하다

'하이가俳画'란 하이쿠적인 맛을 지닌 담백한 그림을 일컫는데 대개 하이쿠를 함께 적어 넣는 경우가 많다. 부송은 하이쿠 활동을 하면서 남화, 문인화의 경지를 개척하여 수많은 작품을 남겼다. 그러다가 60세를 전후하여서는 하이가의 경지에 완전히 몰입하게 된다. 부송이 하이가에 대하여 자신도 모르는 황홀경을 느끼고 있음을 다음의 서간문을 통해서 알 수 있다.

> 하쿠센 씨가 그림을 재촉하니 즉시 다음의 그림을 보내드리오. 족자 7장, 병풍그림 10장. 이 모두 예사로운 것이 아니라오. 하이카이와 관련한 그림을 그리는 것은 아마 이 나라에서 나를 따를 자가 없을 것이오. 싸게 파시는 것은 절대 용납이 되지 않소. 타인에게는 말 못하는 내용이오. 그대에게만 속마음을 감추지 않고 이야기하는 것이오.
>
> (기토에게 보낸 편지, 1776[安永5]년 8월 11일)
>
> 白せん子画御さいそくのよし、則左之通遣申候。かけ物七枚、よせ張物十枚、右いづれも尋常の物にては無之候。はいかい物之草画、凡海内に並ぶ者覚

無之候。下値に御ひさぎ被下候儀は御容赦可被下候。他人には申さぬ事に
候。貴子ゆへ内意かくさず候。　　　　　　　　(几董宛書簡, 安永5. 8. 11)[62]

　여기서 말하는 '하이카이와 관련한 그림はいかい物之草画'이라는 것이 바로 하이가를 가리키고 있는 것이다. 자신의 화풍이 하이가로 이행하는 것에 대한 흥분과 자부심, 그리고 불안감을 드러내고 있다. 하이가에 대해서는 자신을 따를 자가 없을 것이며 싼 값으로 팔리는 것은 도저히 용납할 수 없다고 이야기하고 있다. 여기서 편지의 수신인인 기토는 부송의 제자로, 하이진이기도 하면서 당시 부송의 그림 매매의 알선을 하고 있었던 것으로 보인다.

　화가이기도 하고 하이진이기도 한 부송에게 있어서 하이가는 자신을 표현할 수 있는 절호의 수단이었다고 할 수 있다. 하이가에서 쓴 호는 '시코안紫狐庵'이었다. 부송은 산수화와 달리 하이가에서는 인물중심으로 그림을 그렸다. 다양한 인간의 삶과 인물상에 관심이 많았던 부송의 성향을 말해 주고 있다.

부송 자화찬自画賛
'학문은 엉덩이에서 빠져나가는
반딧불인가問は尻からぬけるほたる哉'

　부송의 하이가는 바쇼와 비교해 보면 그 특색이 확연히 드러난다.「노자라시그림野ざらし図」의 경우이다. 바쇼는 '풍경'을 중심으로 그리고 있고, 부송은 '인물'을 중심으로 그리고 있다. 다나카는 '인물을 중심으로 한 것은 부송의 창의적인 생각이며, 부송이 바쇼 친필을 직접 보

고 인물 본위의 그림을 그린 것은 아닐 것이다. 바쇼의 친필을 봤을 가능성은 없다고 보는 것이 좋다.'[63]라고 하고 있다.

「오쿠노 호소미치おくのほそ道」그림에서도 부송이 그린 삽화는 모두 인물이다. 부송은 뛰어난 산수화가였지만 하이가에서는 인물을 주로 하고 기행문의 삽화에서도 풍경을 거의 그리지 않았다. 이것

부송의 『오쿠노 호소미치』 삽화

은 본서의 7장, 인간 군상에 대한 부송의 관심과도 연관되는 이야기이다.

구라타 요시나리倉田良成는 부송의 그림은 섬세하고 화려하기만 한 것이 아니라 부드러운 선 안에 언제나 먼 곳과 깊은 곳을 응시하는 눈빛과 자유로움이 노닐고 있다고 했다. 이것을 '광狂'과 '유遊'라고 하고 있다.[64]

7) 결혼과 연애

부송은 36세(1751, 宝暦元) 무렵부터 교토에 정주하기 시작했다. 앞서 살펴보았듯이 45세(1760, 宝暦10)에 환속하여 도모조とも女와 결

혼하고 교토의 산카켄三菓軒으로 이사했다. 화실이었던 산카테이三菓亭를 산카샤三菓社로 바꾸어 구작句作활동을 했다.

46세에는 딸 구노를 얻고 48세에 완전한 직업작가로 전환했다. 딸에 대한 애틋한 마음을 표현하는 보통 아버지이기도 했다.

딸도 거문고를 배우게 되었는데 상당히 늘었어요. 추운데도 계속 켜서 귀가 따가워요. 그러나 탈 없이 어엿하게 제 몫을 하고 있어서 장래가 기대돼요. (가후·오토후사에게 보낸 편지, 1775[安永4]년 12월 11일)
娘も琴組入り候て、よほど上達いたし候。寒中も弾ならし、耳やかましく候。されども無事にひととなり候をたのしみに申す事に候。

(霞夫·乙総宛書簡, 安永4, 12. 11)[65]

그러나 건강이 좋지 않았던 딸은 결혼생활이 원만치 않았고 부송은 그러한 딸을 집으로 데리고 와버린다. 부송 61세 때의 일이었다.

제 여식의 일도 저쪽(시집) 노친네가 오로지 돈벌이에만 관심이 있고 사람이 점잖지 못하여 저와 마음 상하는 일이 많아 데리고 와버렸습니다. 물론 여식도 그쪽 가풍을 견디기 어려운지 시들시들 병이 들어서 뭐니 뭐니 해도 목숨이 있고 봐야 하니까 가여워서 데리고 왔습니다. 무엇이든 친절하게 늘 염려해 주시는 터라 알려드리옵니다. 사모님께도 잘 말씀드려 주십시오. 집사람도 안부 전해 달라고 했습니다. (후략)
(마사나·슌사쿠에게 보낸 편지, 1777[安永6] 5월 24일)
むすめ事も、先方爺々専ら金もふけの事にのみにて、しほらしき志し薄く、愚意に齟齬いたし候事共多候ゆへ、取返申候。もちろんむすめも先方の家風し

のぎかね候や、うつうつと病気づき候故、いやいや金も命ありての事と不便に存候て、やがて取もどし申候。何角と御親切に思召被下候故、御しせ申上候。御令内様へもよろしく御伝可被下候。愚妻もくれぐれ御致声仕候。(後略)

(正名・春作宛書簡, 安永6. 5. 24)[66]

마음이 허허로웠던 부송은 53세 때부터 기온의 요정에서 기녀를 데리고 술을 즐기곤 했다.

그저 유곽에서만 들떠 노닥거리며 허송세월하고 있습니다. 장년층 무리들과 어울리는 것이 늙음을 보양하는 방법인 것 같습니다.

(아리타 마고하치에게 보낸 편지, 연대미상)

ただ、柳巷花街にのみうかうかと日を費やし候。壮年の輩と出合ひ候が老いを養ひ候術に候。　　　　　　　　(有田孫八宛書簡、年代不明)[67]

앞에서도 언급했듯이 부송은 경제적으로 궁핍했기 때문에 제자 가토에게 의지하며 요정 등에서 환락을 즐겼다.

언제나 그렇지만 요즘 돈이 좀 있었으면 하고 생각한다네. 오늘은 너무 간절해서 세숫대야에다가 이런 시늉(세숫대야를 두들기는 그림)을 해 봤지만 그 돈 여기 있네 하는 사람이 없는 것이 한스럽네. 그래도 이 눈雪을 그냥 봐 넘기기는 어렵네. 니켄차야 나카무라야로 향하려 하네. 언제든 꼭 왕림해 주시게. 꼭 꼭.

(가토에게 보낸 편지, 연대불명 12월 27일)

いつもとは申しながら、この節季、金ほしやと思ふことに候。今日はあまりのことに手水鉢にむかひ、かかる身振りいたし候へども、その金ここに、といふ人なきを恨み候。されどもこの雪、ただも見過ごしがたく候。二軒茶屋中村屋へと出かけ申すべく候。いづれ御出馬下さるべく候。

(佳棠宛書簡, 年代不明, 12. 27)[68]

눈이 아름답게 내린 날 요릿집에 들르고 싶은데 돈이 없어서 도깨비방망이처럼 세숫대야를 두들겨 봤지만 돈은 나오지 않았다는 것이다. 눈 내린 날 도저히 그냥 넘어갈 수는 없으니 가토佳棠더러 제발 니켄자야 요릿집으로 나와서 소위 '물주'가 되어달라고 애걸하고 있는 편지이다.

64세 무렵 부송은 오사카 소네자키曾根崎의 기녀 우메조梅女와 친숙하게 지내고 있었다. 도시東蓄가 부송에게 부탁하여 부채그림을 그려서 우메조에게 주기도 했다. 그러나 같은 시기에 기온祇園의 기녀 고이토小糸를 알게 된다. 부송은 우메조와 같은 똑똑한 재녀보다도 기온의 기녀 고이토와 같은 앳되고 천진한 여성에게 마음이 끌린 것으로 보인다. 『슌푸바테이교쿠』에 있는 '용모와 자태가 어여쁘고 사랑스런 모습이 가련하다容姿嬋娟トシテ痴情可憐ス.'라는 묘사는 고이토의 이미지를 연상한 것으로 추측된다.

이 당시 서간문에는 우메조梅女, 유탄熊胆과 함께 고비나小雛 고이토小糸 등 기녀의 이름이 자주 등장한다. 그 중에서도 마음에 두고 있었던 여성이 유녀 고비나小雛, 고이토小糸였다. 특히 가토佳棠에게 보낸 편지가 그 정황을 말해 준다.

어젯밤은 쇼게쓰에 가서 몹시 취해 오늘은 어찔어찔하고 속이 좋지가 않네. 하지만 마음이 아련해진다네. 그저 고비나와 고이토가 없었던 것만이 유감이었네. 긴야를 비롯하여 네댓 명 있긴 했지만 거 참 비교가 안 되지. 뭐든지 형씨에게만 다 이야기하네 그려.

(가토에게 보낸 편지(추정), 연대미상, 12월 22일)

夜前は松月へ罷り越し、大酒にて、今日はふらふらと心地悪しく候。されども、どこやら心ほのめき候。しかし、雛・糸を欠きて、これのみ遺恨に候。琴野をはじめ、その外四五人参り候へども、いやはや同日の論にては御座なく候。何事も貴面御物語り。以上。

(佳棠(推定)宛書簡, 年代不明, 12. 22)[69]

요정에서 기녀들과 재미있게 보냈지만 자신이 좋아하는 고비나와 고이토가 없어서 너무 아쉬웠다고 하고 있다.

66세에는 오로지 고이토에게만 빠져 있음을 역시 가토에게 보낸 편지를 통해 알 수 있다. 내용인즉슨, 고이토가 하얀 비단 기모노에 산수화를 그려달라고 해서 난감해 하는 내용이다. '천진난만하여 귀엽지만 (그려준다면) 아무래도 후회할 것이므로 다른 사람을 추천하겠다. 다른 그림이라면 얼마든지 그려줄 수 있다고 잘 말해 달라'고 가토에게 부탁하고 있다(佳棠宛書簡, 天明元[1781]). 또한 고이토에게 담배주머니를 선물하려고 가토에게 부탁해서 샀는데 마음에 들지 않아 어쩔 줄 몰라 하는 내용(佳棠宛書簡, 天明元[1781])도 있다. 어린 기녀들을 좋아하는 만년의 부송의 '초조감'이 드러난다.

기녀들과 가부키를 관람하기도 하지만 그 비용에 있어서 역시 가토를 의지하지 않으면 안 되었고 68세에는 결국 고이토와의 파국을 맞게 된다. 부송의 친구로 한시인漢詩人이면서 하이진俳人이기도 했던 히구치 도류樋口道立(1738-1813)가 정색하여 어린 기녀에게 빠져 있는 부송에게 충고를 했던 것으로 추정된다. 이에 대한 부송의 답신이다.

유곽에 관한 이야기, 잘 알겠습니다. 지당하신 말씀이며, 고이토에 대한 정도 오늘부로 마지막입니다. 분별없는 객기, 늘그막에 체면을 잃어버렸습니다. 금해야 하겠습니다. 그렇지만 읊은 구는 한 번 살펴봐 주시면 고맙겠습니다.

그녀 집 싸리울

냉이꽃 한 떨기

피어났다네   (도류에게 보낸 편지, 1780[安永9]년 4월 25일)
青楼の御意見承知いたし候。御もっともの一書、御句にて小糸が情も今日限りに候。よしなき風流、老いの面目うしない申し候。禁ずべし。さりながら、もとめ得たる句、御批判下さるべく候。

妹がかきね三味線草の花咲きぬ

                              (道立宛書簡, 安永9, 4. 25)[70]

'분별없는 객기, 늘그막에 체면을 잃었습니다'고 하며 이제 정을 끊을 결심인데 지은 하이쿠라도 한번 살펴봐 달라고 적고 있다. 여기엔 냉이꽃으로 비유된 앳된 고이토에 대한 애틋한 마음과 미련이 담겨 있다. 이외 다른 하이쿠에도 고이토와 관련하여 '이토糸'라는 말을 많이 쓰고 있다.[71]

부송은 결국 고이토와 아픈 이별을 하게 된다. 아래의 부송 작품은 둘의 결별을 암시하는 것이라 생각된다.

① 늘그막 사랑
   잊으려고 하면
   겨울비 내리고
   老いが恋忘れんとすればしぐれかな

(다이로大魯에게 보낸 편지, 安永3[1774])

② 도망가면서
   빛이 옅어져 가는
   반딧불이여
   逃尻の光りけふとき蛍哉   (가토佳棠에게 보낸 편지, 연대미상)

①은 마음을 접으려 하면 비가 내려 마음을 싱숭생숭하게 만든다는 의미이며, ②는 자신에게서 도망가는 고이토를 빛이 옅어져가는 반딧불이에 비유하고 있는 것이다. 이렇게 늘그막에 고이토와의 3년간의 사랑이 끝나고 반 년 후 1783(天明1)년 68세로 부송은 세상을 떠났다. 그림과 문학의 재질과 주변의 문인들의 경제적인 도움으로 향락적인 삶을 누렸지만 실연의 쓴 맛을 보게 된 것이다.

8) 오락취미

앞서 교토는 향락적인 문화가 발달해 있었음을 언급했다. 부송은 당시의 사회 분위기를 최대한 누렸다. 그렇다고 퇴폐적인 것이 아니라 당시 상업 자본을 기반으로 발달한 여러 가지 오락을 즐겼음을 의미한다. 그는 오락 중에서 연극이나 씨름, 마쓰리 등을 좋아 했다. 연극에 대해서는 오타니 도쿠조大谷篤藏가 『하이카이 숲을 완보하다俳林閒步』에서 「부송의 연극취미蕪村の演劇趣味」라는 제목으로 문하생들과 함께 연극에 몰두하고 있는 것을 부송 편지글 등의 자료를 통해서 이야기하고 있다.[72]

구리야마 리이치栗山理一도 『하이카이의 계보俳諧の系譜』에서 부송의 수많은 편지를 바탕으로 하여 이렇게 이야기하고 있다.

> 부송은 술자리의 일락逸樂을 즐기고 극장의 화려한 분위기에 도취하고 화사한 색채에 눈을 반짝이고 늙어서도 더욱 청춘의 연정을 되새긴다. 결론적으로 말하면 그는 인생의 미식가이며 미의 향연에 심신을 몰입 시켰다고도 할 수 있다. 부송은 하이카이의 문하생들에게 자주 신세를 지고 있다. 특히 유흥의 면에서인데, 술자리, 산행, 연극 구경 등이 그 것이다. 간혹 문하생들에게 그것을 강요하는 경향마저 보인다.[73]

이와 같은 현실 생활이 부송으로 하여금 낭만적인 정서를 배양시 킨 것으로 보인다. 부송 스스로도 기토几董에게 보낸 편지에서 다음 과 같이 이야기하고 있다.

> 가오미세[74] 구경 말인데, 나도 어제 가토가 주선해서 관람했네. (중략, 이 부분은 가부키 연기에 대한 자세한 언급) 쓰쓰이 한지도 만났는데, 잘못된 연기를 한탄하고 있었네. (그런데) 말도 안 되게 만원을 이루어 서 어제 관람석도 겨우 정면 쪽에 하나 얻어걸려서 고비나. 고이토, 이

시마쓰들과 함께 관람했네. 가토는 볼일이 있어서 일곱 시가 지나서 왔기 때문에 그때까지는 내가 대장, 허세를 부렸지. 다이로의 호탕함 덕택에 관람을 잘 했다네. (중략) 그런데 화려한 모습들이 과연 도읍의 풍류, 시골사람은 꿈도 꿀 수 없는 광경이었다네. (후략)

(기토에게 보낸 편지, 1782[天明2]년 11월 5일)

顔見せ御見物のよし、愚老も昨日かとう催にて見申候。(中略) 筒井半二にも
逢申候所、不出来の狂言くやみ居申候。しかしけしからぬ大入、昨日之桟敷
も、漸向ノ正面にて、小雛・小糸・石松まどにて見申候。かとうは用事に付7
ツ過に見え候て、それまでは愚老山の大将、大見えにて、大魯が胸中にて見
物いたし候。(中略)しかし、花やか成事共、まこと都の風流、田舎には又夢
にも見られぬ光景にて候。(後略)　　　　　(几董宛書簡, 天明2, 11. 5)[75]

　부송이 가토佳棠 덕택에 기녀들에게 가오미세를 구경시킬 수 있어서 매우 자랑스러워했음을 엿볼 수 있다. 『모리사다 만코守貞漫稿』에 의하면 가오미세 관람은 오사카와 교토를 막론하고 기녀들의 큰 자랑거리였다고 한다. 1782(天明2)년 『가오죠花桜帖』에 기녀들의 이름과 함께 '초대 나카무라 도미주로 게이시初代中村富十郎慶子', '초대 오노에 기쿠고로 바이코初代尾上菊五郎梅幸' 등의 가부키배우들이 많이 보인다.

　이상, 부송이 활동했던 당시의 시대상과 삶을 일별해 보았다. 부송이 살았던 에도시대 중기는 재해와 기근 등으로 사회경제적인 어려운 여건이 있었지만 상업자본주의의 발달로 사람들이 저마다 다채로운 생업의 현장에서 활발한 삶을 영위하고 있었다. 막부의 정책으로 인해 서민들이 문화를 즐길 수 있도록 서적이 넘쳐나고, 볼거리, 먹을거리, 놀거리들이 풍성했다. 부송은 금전적으로는 궁핍했지만 제자나 친구들의 도움으로 교토의 문화를 만끽하며 지낼 수가 있었다.

부송은 자신의 인생사로 보면 아주 굴곡진 삶을 살았다. 어머니와의 생이별 후에 고향에 대해 거의 함구하고 지냈고, 스승 소아의 타계로 인해 동북지방을 떠돌고, 승려의 몸으로 지내다가 환속을 하고, 만년에는 교토에 틀어박힌 삶을 산다. 하나뿐인 딸이 이혼을 하고 되돌아오고 여러 가지 허허로운 마음상태에서 늘그막에 기녀와의 사랑에 빠지지만 파국을 맞이하고 68세에 세상을 떠난다.

또한 부송이 다른 하이진과 구별되는 중요한 특성은 화가와 하이진을 겸했다는 점이다. 남화를 중심으로 한 문인화와 아울러, 하이쿠적인 맛을 살린 하이가俳画의 경지를 개척했다. 궁극적으로는 산수자연보다는 삶의 현장의 모습과 인물들의 표정에서 느끼는 삶의 애환을 그려내었다는 점이 무엇보다 친근감을 느끼게 한다.

부송은 교타이에게 보낸 편지에서 자신의 구풍에 대해서 이렇게 언급하고 있다.

> (前略) 이 늙은이의 하이카이는 감히 바쇼 옹의 풍을 바로 모방하는 것도 아니요, 다만 마음 내키는 대로, 어제와 오늘이 서로 풍조가 다른 것을 즐기고 편작扁鵲이 의술을 펴는 것처럼 이곳저곳 기분을 풀어주는 것이라오. 이번 하이카이도 소신의 진면목은 아니라오.
>
> (교타이에게 보낸 편지, 1773[安永2]년 11월 13일)
>
> (前略) 拙老はいかいは敢て蕉翁之語風を直ちに擬候にも無之、只心の適するに随、きのふにけふは風調も違ひ候を相楽み、尤ヘンジヤクが医を施し候様

に、所々にて気格を違へ致候事に御座候。此たびのはいかいも愚真面目の
所には無御座候。　　　　　　　　　　　(曉臺宛書簡, 安永2, 11. 13)[76]

'마음 내키는 대로'라는 표현에서 감성의 자유로움을 향유하고 있
음을 알 수 있다. 그리고 '편작이 의술을 펴는 것처럼'이라고 마음을
풀어주는 기능에 대해 이야기하고 있다.

생활 속에서, 삶의 한가운데서 그때그때마다 오감에 다가오는 정
서를 자유로이 피력하여 '기분을 풀어주는' 것이 자신의 하이카이라
는 것이다.

하가 도오루芳賀徹는 '20세기 도쿄의 각박함이 18세기말 교토 사람
의 시화詩畵의 작은 세계로 인해 완화되어지며 위로를 받는다'[77]고
하며 부송의 작품에서 현대인을 위무하는 요소를 발견한다고 지적
한다.

필자가『하이쿠와 일본적 감성』의 '일본 시가의 흐름과 문화'의
장에서도 언급한 바 있지만[78], 과거에는 시가詩歌가 현실의 속성俗性을
벗어나 비현실적이고 심미적일수록 칭송을 받았다. 그러나 에도시
대에는 일상을 긍정하고 오락을 즐기는 가운데 하이쿠도 발달하게
되었음을 부송 작품을 통해서 알 수 있는 것이다.

1　막부나 번의 정책에 불만을 지니고 일으키는 농민반란을 일컫는다.
2　쇄국 정책의 결과, 서양 제국 중에서도 네덜란드만이 통상이 허용되었기 때문에
　서양의 학술은 네덜란드를 통해서 받아들였다. 당시 네덜란드는 화란(和蘭)이나
　아란타(阿蘭陀: 일본어 발음으로는 오란다)로 표기했기 때문에 서양의 학문을 '난
　학(蘭学)'이라고 하게 되었다. (정순분2006『일본고전문학비평』제이앤씨 참조)

3 辻善之助(1980)『田沼時代』岩波文庫, 大石慎三郎(1991)『田沼意次の時代』岩波書店, 참조.
4 '다누마田沼' 이름의 글자가 '밭'이라는 의미의 田과 늪이라는 의미의 沼로 되어 있어서, 빗대어 한 밀이다.
5 '시라카와白河' 이름의 글자가 '깨끗하다'는 의미를 지닌 白과 강이라는 의미의 河로 되어 있는 것을 빗대어 한 말이다.
6 조정에 몸을 담고 봉사(奉仕)하는 있는 귀족과 관리의 총칭이다.
7 林屋辰三郎·加藤秀俊編(1975)『京都庶民生活史2』講談社, pp.14-15.
8 林屋辰三郎·加藤秀俊編(1975) 위의 책, pp.21-22.
9 朝倉治彦校注(1990)『人倫訓蒙図彙』平凡社.
10 유옥희(1998)『하이쿠와 일본적 감성』제이앤씨, p.84.
11 石川英輔(1998)『雑学 大江戸庶民事情』講談社.
12 유옥희(1998) 앞의 책, pp.85-86.
13 「すぴか逍遥」http://blog.goo.ne.jp/supika09/e/2c27f29b7b8d07adf37d665e3541d63a (2011.9.28 검색).
14 高尾一彦(1975)『近世の庶民文化』岩波書店, pp.2-30. 재인용.
15 阿部次郎(1961)『阿部次郎全集』8권 角川書店, pp.18-19.
16 阿部次郎(1961) 위의 책, pp.19-21.
17 阿部次郎(1961) 위의 책, p.27.
18 公益財団法人　阪急文化財団(逸翁美術館) 게재허가번호 2014-33
19 가부키「傾城反魂香」중에 나오는 우키요에 화가이다.
20 臼井喜之介(1968)『カラーブックス161　京都の年中行事』保育社, pp.97-153.
21 http://www.lib.ehime-u.ac.jp/HINAMI/ (2014.4.16. 검색).
22 原田信男(2008)『食をうたう―詩歌にみる人生の味わい』岩波書店.
23 池田弥三郎(1989)『ためもの歳時記』河出書房.
24 뱀장어의 뼈를 바르고 토막을 쳐서 양념을 발라 꼬챙이에 꿰어서 구운 요리이다.
25 茂呂美耶著, 허유영 옮김(2006)『에도일본』도서출판일빛, pp.20-43.
26 「暮らしの歳時記」http://i-nekko.jp/gyoujishoku/haru/hatsugatsuo/index.html(2014.5.9 검색)
27 '에도 사람'이라는 의미로 우리나라의 '서울내기'와 유사한 뜻.
28 林屋辰三郎·森屋克久編(1975)『江戸時代図誌 第1巻 京都一』筑摩書房, p.141.
29 林屋辰三郎·森屋克久編(1975) 위의 책, p.138.
30 「京の花町」http://ja.wikipedia.org/wiki/ (2011.9.23 검색).
31 尾形仂(1993)『蕪村の世界』岩波書店, pp.301-302.
32 丸山一彦·山下一海校注(1995)「夜半翁終焉記」『蕪村全集』七, pp.316-317.
33 正岡子規(1998)『俳人蕪村』講談社.
34 田中善信(1996)『与謝蕪村』吉川弘文館.
35 高橋庄次(2000)『蕪村伝記考説』春秋社.
36 大谷篤藏·藤田真一校注(1992)『蕪村書簡集』岩波書店. pp.187-189.
37 丸山一彦·山下一海 校注(1995)『蕪村全集　第七巻　編著·追善』講談社, p.316.

38 「与謝蕪村と都島」http://www.city.osaka.lg.jp/miyakojima/page/0000083259.
   html(2013.10.9.검색).

39 谷口謙『与謝蕪村覚書』,『蕪村の丹後時代』등에서 부송의 어머니에 대해서 언급하
   고 있다.

40 「与謝蕪村の母について」http://www.town-yosano.jp/wwwg/info/detail.jsp?common_id
   =2682(2013.9.20 검색).

41 高橋庄次(2000) 앞의 책, pp.18-23.

42 藤田真一・清登典子(2003)『蕪村全句集』おうふう.

43 高橋庄次(2000) 앞의 책, p.20.

44 高橋庄次(2000) 앞의 책, pp.16-23.

45 교토 북부, 미야즈만에 있는 모래톱. 백사장과 소나무로 이름난 경승지이며, 마쓰
   시마, 이쓰쿠시마와 함께 일본 3대 절경의 하나이다.

46 日本随筆大成編集部(1976)「嗚呼矣草」『日本随筆大成(新装版)第一期19』吉川弘文館.

47 宋屋『西の奥』穎原文庫蔵本(国文研紙焼きによる)下・2 8 丁ウラ.

48 日本俳書大系刊行会編(1967)「夜半亭発句帖」『中興俳諧名家集』上 普及版俳書大系
   19 春秋社, p.78.

49 高橋庄次(2000) 앞의 책, pp.26-29.

50 田中善信(1996) 앞의 책. pp.38-40.

51 大谷篤蔵・藤田真一校注(1992)『蕪村書簡集』岩波文庫 pp.27-28.

52 大谷篤蔵・藤田真一校注(1992) 앞의 책, pp.24-26.

53 무로마치 막부의 고관, 고노모로나오高師直가 엔야 다카사다塩冶高貞의 아내를
   탐하여 당시 문필로 이름을 떨치고 있었던 사이교西行에게 연애편지를 대필시킨
   사건. 이것은 나중에 『가나데혼주신구라仮名手本忠臣蔵』이야기에 삽입되었다.

54 田中善信 앞의 책, pp.78-79.

55 일본화 기법의 하나로, 색을 칠하여 마르기 전에 다른 색깔을 떨어뜨려 번짐 효과
   를 살리는 것이다.

56 坂崎坦(1932)『論画四種』岩波書店.

57 「2004 京都市」文化史18 '京都の絵師 文人画写生画' http://www.city.kyoto.jp/somu/
   rekishi/fm/nenpyou/htmlsheet/bunka18.html(2013.8.14 검색).

58 국사대사전편집위원회편(1992)『国史大辞典 13』吉川弘文館, p.73.

59 大谷篤蔵・藤田真一校注(1992) 앞의 책, pp.389-390.

60 大谷篤蔵・藤田真一校注(1992) 앞의 책, pp.140-141.

61 田中善信(2006)『与謝蕪村』吉川弘文館, p. 180.

62 大谷篤蔵・藤田真一校注(1992) 앞의 책, p.146.

63 田中善信(2006) 앞의 책, p. 214.

64 「蕪村南画」http://www.t-net.ne.jp/~kirita/kurata/kurata98.html(2013.8.14 검색).

65 大谷篤蔵・藤田真一校注(1992) 앞의 책, p.99.

66 大谷篤蔵・藤田真一校注(1992) 앞의 책, pp.201-202.

67 大谷篤蔵・藤田真一校注(1992) 앞의 책, p.396.

68 大谷篤蔵・藤田真一校注(1992) 앞의 책, pp.408-409.

69 大谷篤藏・藤田真一校注(1992) 앞의 책, p.410.

70 大谷篤藏・藤田真一校注(1992) 앞의 책, p.289.

71 恋さまざま願ひの糸も色きより，ゆきくれて雨もる宿や糸ざくら、佳棠ちぎるもも糸柳の其中へ 등.

72 大谷篤藏(1987)『俳林閒步』岩波書店，pp.63-86.

73 栗山理一(1980)『俳諧の系譜』角川書店，pp.202-210.

74 가부키 배우들이 12월에 첫선을 보이는 것이다.

75 大谷篤藏・藤田真一校注(1992) 앞의 책, pp.351-352.

76 大谷篤藏・藤田真一校注(1992) 앞의 책, p.56.

77 芳賀徹(1987)『与謝蕪村の小さな世界』中央公論社, p.7.

78 유옥희(1998)『하이쿠와 일본적 감성』서울: 제이앤씨, pp.81-83.

부송 하이쿠와
삶의 미학

제3장

부송 하이쿠의
예술성

1. 이속론離俗論

부송의 '이속론離俗論'은 속된 인간생활 잡사가 하나의 미적 결정체로 거듭날 수 있는 근거가 되고 있다. '속됨을 떠난다'라는 의미의 이속론은 부송의 제자 구로야나기 쇼하黑柳召波(1727-1771)의 『슌데이쿠슈春泥句集』 서문에 언급되어 있는 말이다. 문답형식으로 되어 있으므로 원문에 의거하여 대화체로 구성해 보았다.

부송 : 하이카이는 속어俗語를 써서 속俗을 벗어남을 숭상한다네. 속을

떠나서 속을 사용하지. 속을 떠나는 법이 가장 어렵다네. 그 아무개 선사가 '한쪽 손으로 치는 손뼉 소리를 들어라'라고 하는 것도 곧 하이카이 선禪을 이야기하는 이속의 법이라네.

(쇼하가 문득 깨닫고 되물었다.)

쇼하 : 스승님께서 말씀하시는 이속론은 그 뜻이 심오합니다만 이는 깊이 숙고해서 스스로 구해야만 하는 것이 아닙니까? 서로가 모르는 사이에 자연히 화하여 속을 떠나는 지름길이 있습니까?

부송 : 있지. 시詩를 이야기하게나. 자네는 원래 시를 잘 아니까 다른 데서 지름길을 찾아서는 아니 되네.

(쇼하가 의심이 들어 감히 물었다)

쇼하 : 무릇 시와 하이카이는 다소 그 취지를 달리 하지 않습니까? 그런데 하이카이를 버리고 시를 읽으라고 하시니 너무 거리가 먼 것 아닙니까?

부송 : 화가에 '거속론去俗論'이라는 것이 있다네. 화가가 속을 떠나는 것은 다른 방법이 있는 것이 아니라네. 독서를 많이 하면 책 속의 기운이 그림 속으로 상승하고, 시정市井의 속된 기운이 그림에서 빠져 나간다네. 그림을 배우는 사람은 이 점을 명심해야 하네.

俳諧は俗語を用ひて俗を離るゝを尚ぶ、俗を離れて俗を用ゆ、離俗の法最かたし。かのなにがしの禅師が、隻手の声を聞け、といふもの、即ち俳諧禅にして離俗の則なり。波、頓悟す。却りて問ふ。叟が示すところの離俗の説、その旨玄なりといへども、なを是工案をこらして我よりして求むるものにあらずや。彼もしらず、我もしらず、自然に化して俗を離るゝの捷径ありや。答曰。あり、詩を語るべし。子もとより詩を能くす。他に求むべからず。波、疑ひて敢へて

問ふ。それ詩と俳諧と、いささか其致を異にす。さるを俳諧を捨てて詩を語れ
と云ふ。迂遠なるにあらずや。答へて曰く、画家に去俗論あり。曰く、画去俗
無他法、多読書則書巻之気上升、市俗之気下降矣、学者其慎旃哉。

(春泥句集)[1]

'한 손으로 치는 손뼉소리隻手の声'는 근세 중기의 임제종 선사인 하
쿠인白隠(1686-1768)선사가 이야기한 선 수행 공안公案의 하나이다.
두 손으로 치는 손뼉소리는 당연히 듣는 것이지만 한 손으로 치는
손뼉소리를 마음의 귀로 들을 수 있어야 한다는 것이다.[2] 감각작용
으로만 보고 듣는 것이 아니라 그 너머의 것을 볼 수 있어야 한다는
뜻이다. 실생활의 속된 소재를 속어로 읊되 그 속을 벗어나야 한다
는 것이다. 그러기 위해서는 시를 많이 읽고 느껴야 한다고 하고 있
다. 여기서 '시'는 당시 문인들이 필수적으로 읽었던 '한시漢詩'를 중
심으로 한 운문 일반을 가리키고 있다.

여기서 거론되고 있는 '거속론去俗論'은 당시 중국에서 들어온 남화
의 지침서인 「개자원화전芥子園画伝」에 있는 화론画論에 근거하고 있다.
「개자원화전」 권2에 나오는 '거속去俗'의 화론 중에 '독서를 많이 하면
책의 (좋은) 기운이 상승하고, 시정의 속된 기운이 하강한다多読書 則書
卷之気上昇 市俗之気下降矣'[3]라는 문구이다.

그림을 잘 그리려면 시를 많이 읽어서 '시정의 속된 기운市俗之気'을
벗어나야 한다는 것이다. 화가이면서 시인이었던 부송은 하이쿠나
그림에서 추구되는 예술성을 동일한 것으로 보았으며, 두 가지 모두
독서를 통해서 심미안을 닦아야 함을 이야기하고 있다.[4]

고니시 진이치小西甚一는 또한 이속론을 언급하면서 '기운氣韻이 낮

은 그림은 직공의 그림에 지나지 않는다'고 하고 있다. 또한 문인화文人畵의 경지는 지나치게 구求하지 않는 여유가 필요하다고 하여 문인화적인 기법이 작품에 반영되어 있음을 말하고 있다.[5]

부송은 교토 시조가와라마치四条河原町라는 시정에 살면서도 끊임없이 시를 읽고 그림공부를 하면서 속정에 매몰되지 않는 순수예술의 영역을 견지하고자 했다. 일견 무의미하게 보이는 일상의 풍경들을 미적으로 거듭나게 하는 것은 '이속론'이라는 그의 하이론俳論의 실현이라고 할 수 있을 것이다.

바쇼의 경우는 '고오귀속高悟歸俗' 즉, '높이 마음을 깨쳐서 속俗으로 돌아가라高く心を悟りて俗に帰るべし'(三冊子)라고 한 것에 대해, 부송은 '속어를 써서 속을 벗어나라'는 이속론을 펴고 있다. 부송은 동양적 신비주의의 근간이 되는 탈속적이고 구도적인 삶의 자세와는 다른 현실적 즐거움에 안주한 시인이다. 구도자적인 성격이 강한 바쇼의 경우는 많은 방랑체험을 통해 '깨달음의 경지에서 속됨을 바라보라'고 했고, 현실에 안주하며 살았던 부송은 '속된 일상에서 시성을 찾아야 한다'고 했다. 표현이 다를 뿐이지 양자 모두 '속됨'의 포에지를 말하고 있다는 점에서는 공통된다고 본다.

부송은 바쇼와 달리 세속적인 즐거움을 누리면서 시와 문인화로 속을 벗어나고자 했다. 시·그림·하이쿠의 삼위일체적 경지는 부송뿐만 아니라 당대 문인들의 필수 교양이기도 했다.

다른 사람들이 모르는 고어나 고사 같은 것을 써서 사람들을 겁주거나 하는 것은 정말이지 좋지 못한 것이네. 가급적 고사와 고어를 쓰지 않고 평소에 쓰는 말로 구를 읊는 것이 제일 중요하지. 고어나 고사를 쓰는 사람을 능숙하다고 한다면 유식한 인간들은 모두 하이카이를 잘 하는 사람들이어야 하네. 이치온一音씨와 같은 이는 이러한 버릇이 있는 듯하네. 매우 좋지 못한 것이야.(후략)

(가후에게 보낸 편지, 1776[安永5]년 1월 18일)

人のしらぬ古事古語などを申出候て、人をおどし候事などは以外あしき事ニ候。成ルたけは古事古語を不用、平生の事のみを以て句を仕立候事第一ニ候。古語古事を遣ひ候者を上手といたし候て、物しり達はいづれも俳諧の上手にて可有之候。一音坊、右の癖有之候、甚あしく候。

(霞夫宛書簡, 安永5. 1. 18)

고사나 고어를 많이 써서 유식한 것을 드러내는 것에 대해 신랄하게 비판하고 있는 글이다. '평소에 쓰는 말로 구를 읊는' 태도를 강조하고 있다. 부송자신도 옛날의 고사를 빌어 구를 많이 읊고는 있다. 하지만 그 사용하는 언어에 있어서 자신이 살고 있는 당대의 일상적인 감각에 근거한 것이어야 함을 강조한 것이다.

고니시 진이치小西甚一는 '하이카이란 그 우아한 것과 속된 것 양쪽에 걸친 표현 (중략) 어느 쪽에 무게를 둘 것인가 하는 것은 사람에 따라 시류에 따라 같지 않다고 하더라도 양쪽에 걸쳐 있음은 변함이 없다. 만약 어느 한 쪽에서 발을 빼 버린다면 하이카이가 아니게 된다.'[6]라고 하고 있다. 고니시의 말처럼 하이카이(하이쿠)는 '아속雅俗'이 혼재해 있는 것이 본연의 모습이라고 할 것이다.

야마시타 가즈미山下一海도 이속離俗의 법에 대해 이렇게 언급하고 있다.

우아한 와카에 대해서 하이카이가 속되기만 하면 되는 것이 아니라 와카와 마찬가지로 우아하면서도 그 위에 속성俗性을 동시에 지니지 않으면 안 되는 것이다. 즉, 하이카이는 단순히 와카와 대립되는 것이 아니라 와카를 받아들이되 와카를 능가한다. 와카를 받아들인다 함은 하이카이의 속에 와카의 아雅를 어떻게 집어넣는가 하는 것이다. (중략) <u>속을 멀리 하고 아雅 세계의 폭을 넓히고자 하는 것이 와카라고 한다면, 속俗과의 관련 속에 독자적인 자유를 확보하고자 하는 것이 하이카이이다. 아雅의 순수함이 와카의 세계라고 한다면 하이카이의 세계는 아속雅俗의 조화에 있다.</u>[7]

하이카이는 '아속雅俗의 조화'를 추구하는 것이며 그러한 의미에서 '아雅'의 틀에 갇혀 있는 와카를 능가한다는 것이다.

현대 하이진俳人 이이다 류타飯田竜太는 '흔히 널려있는 소재라도 그것이 작자에게 신선하게 다가온 인상을 다시 한 번 더 마음에 새겨넣는 것'[8]이 하이쿠적 방법이라고 하고 있다. '널려 있는 소재를 인상 깊게' 즉, 주변에 널려 있는 지극히 일상적이고 사소한 것이라도 우리의 의식 깊숙이 숨어 있는 기억이나 소망, 충동을 불러일으킴으로써 심리적 억압을 해방시키는 것이다. 그리하여 희로애락의 정서를 자극하는 예술적 감동으로 승화될 때 하이쿠는 시로서의 가치를 발하게 되는 것이다.

서구의 기호학자 롤랑 바르트는 '일상'에 대해서 이렇게 이야기하고 있다.

바르트에게 있어 이처럼 세부적인 것이 중요한 까닭은 <u>텍스트는 무엇</u>

보다 즐거움이 대상이며(세부적인 것은 텍스트를 읽히게 한다), 그리고 그 즐거움은 우리 자신의 일상적인 삶과 같은 맥락에 속할 때 더욱 배가되며, 작가와 독자가 호흡을 함께 한다는 소박한 진리에 기인한다. 또, 세부적인 것·구체적인 것은 이데올로기에 가장 덜 오염된 것이며 실상 오랜 시간이 지난 후에도 살아남은 것은 어떤 사상도 철학도 아닌 이런 일상적이 것들(삶의 구체적인 양상)이기 때문이다.[9]

텍스트에서 독자를 끌어들이는 것은 어떠한 사상이 아니라 일상의 디테일, 삶의 구체적인 양상이라는 것이다. 그러나 어떠한 디테일을 읽어내느냐, 어떻게 구성하느냐, 어떠한 의미를 읽어내느냐 하는 것은 작가의 수완이며 그 성공여부에 따라 속俗에 머무느냐 아雅의 세계로 승화되느냐 승패가 갈리게 되는 것이다.

삶의 디테일을 읽어내는 부송의 작품들을 보기로 하자.

① 물동이 속에서
　서로 고개 끄덕이는
　오이와 가지
　水桶にうなづきあふや瓜茄　　　(自筆句帳,　元文[1736]-寛延[1748]年間)

② 적막하게
　한 낮의 스시는
　잘 삭았겠지
　寂寞と昼間を鮓のなれ加減　　　　　　　(新花摘, 安永6[1777])

③ 조용한 못에

　짚신 빠져 있고

　진눈깨비 내리네

　古池に草履沈みてみぞれかな　　　　　　　　(自筆句帳，　明和6[1769]?)

④ 여윈 정강이

　저녁바람 스치네

　멍석 돗자리

　痩臑の毛に微風あり更衣　　　　　　　　　(自筆句帳, 明和6[1769])

⑤ 겨울바람에

　아가미 흩날리네

　매달린 생선

　凩に鰓ふかるるや鉤の魚　　　　　　　　　(自筆句帳, 安永4[1775])

⑥ 저 혼자 데워 오는

　술병이 있었으면

　겨울 칩거

　ひとり行徳利もがもな冬籠　　　　　　　　(落日庵、明和6[1769]?)

　이 작품들은 ① 여름날의 우물가, ② 큼큼하게 익어가는 생선식혜,
③ 비오는 날 연못에 빠져 있는 짚신짝 ④ 털이 부수수한 정강이를 바
람에 드러내고 앉아 있는 여름날의 멍석자리, ⑤ 아가미가 드러난 채
겨울바람에 날리고 있는 생선, ⑥ 게을러 옴짝하기 싫어서 술병이 저절

로 데워져 왔으면 좋겠다고 생각하는 겨울 안방 등, 지극히 평범한 서민 생활의 하루하루 단상들이다. 디테일을 들춰내어 힘들이지 않고 독자들의 속된 일상을 긍정하고 호흡을 같이하는 기쁨을 누리게 해 준다.

에바라 타이조顯原退蔵는 부송의 작품에는 어떠한 대상을 예술적으로 형상화하고자 하는 마음이 항상 전제되어 있다고 하고 있다.[10] 화가적 소양이 발휘되어 예술품에 어떤 의도를 담고 있는 것은 부정할 수 없으므로 에바라의 이야기는 일정 부분 타당하다. 그러나 의도적으로 갈고 다듬어 조형하고 있는 것과는 다르다. 위의 작품에서 보듯이 부엌, 안마당, 안방에 널린 잡다한 삶의 편린이나 일상적인 기분을 그대로 들추어내어 보여주고 있는 것이 부송 하이쿠의 매력이라고 할 수 있다.

일상의 편린이나 스쳐가는 기분이 이속離俗함으로써 예술로 거듭나게 되는 것은 왜일까? 그것은 오감이 완전히 열려 있고, 지극히 섬세하게 작동하며, 마주하고 있는 대상과 함께 호흡하고 있기 때문이라고 할 수 있다. 미추美醜에 대한 분별심이 없이 대상과 함께 웃고 아파하고 슬퍼하는 시심詩心이 작동되고 있는 것이다. 그러한 시심은 '이속론離俗論'에서 언급하고 있듯이 옛 중국의 한시들과 일본의 고전 와카들로부터 배양된 것들이기도 했다.

2. 선명한 이미지

1) 이미지즘적 요소

부송은 화가적인 심미안을 발휘하여 더러는 선명하고 강렬한 그림과 같은 하이쿠를 읊었다. '매화가 지네 / 자개가 쏟아지는/ 다과

상 위로梅散るや螺鈿こぼるる卓の上', '사방 백 리에 / 구름을 허락 않는 / 모란이로다方百里雨雲よせぬぼたむ哉', '후지산 하나 / 달랑 남겨두고 / 신록이로다不二ひとつうづみのこして若葉哉'와 같은 것이 그것이다.

이는 내적인 심오함이나 한적함보다는 외적으로 발산되는 선명한 인상을 추구한 작품이라고 할 수 있다. 하이쿠는 그 길이의 '짧음'으로 인해 함축과 여백을 추구하는 문예라는 것은 익히 알고 있는 사실이다. 그런데 그 짧음을 활용하여 독자에게 감각적 충격을 불러일으켜 강한 이미지를 심어주는 것도 단시형短詩型의 중요 기법 중의 하나이다. 이는 서양의 이미지즘imagism 기법과 상통한다.

동양에는 바쇼로부터 하이쿠가 소개된 것과는 달리 프랑스등지의 유럽에는 부송의 작품을 통해 하이쿠가 알려지게 되었으며 이미지즘 시운동이 일어난 것과 시기를 같이 한다. '이미지즘'은 감정과 눈물을 자극하는 '슬프다', '기쁘다'라는 느낌을 강조하기보다는 대상의 명료하고 견고한 이미지를 부각한다. 어떻게 느끼느냐 하는 것은 독자의 몫인 것이다.

부송이 서양에 본격적으로 소개된 것은 1906(明治39)년에 프랑스의 문예잡지『문학Le Letters』에 발표된 폴 로이 쿠슈Paul Louis Couchoud의『하이카이Les Haikai』라는 논문이 그 효시이다.[11] 그의 번역은 릴케와 같은 당시의 시인들에게 커다란 영향을 주었다. 그리하여 1909(明治42)년부터 일어난 이미지즘 시 운동에 결정적인 영향을 준 것으로 보인다. 쿠슈는 일본을 방문한 경험이 있음은 물론, 만년(1936)에는 프랑스를 방문 중인 다카하마 교시高浜虚子(1874-1959)를 만난적도 있다. 쿠슈는 부송의 모란의 구에 영향을 받았을 것으로 추정되는 구를 직접 읊고 있다.

Dans un mode de rosée	露の世に	이슬같은 세상
Sous la fleur de pivoine	牡丹の花もと	모란꽃 아래의
Rensontre d'un instant	束の間の出会い	찰나의 만남

이는 다분히 자신이 번역한 부송의 「지고난 후에 / 잔영으로 서 있는 / 모란이여ちりて後おもかげにたつぼたん哉 Et morte, On la revoit vivante, La pivone」 등에 나타난 모란의 이미지에 영향을 받은 것으로 보인다.

마사오카 시키正岡子規(1867-1902)가 『하이진 부송俳人蕪村』에서 부송의 모란을 읊은 일련의 작품을 '적극적인 미'[12]라고 찬양한 이래 부송의 대표적인 구로 알려졌다. 유럽의 이미지스트 시인들은 부송의 모란의 구와 같은 '이미지를 중시한 하이쿠'로부터 영향을 받았으며, 그러한 점이 하이세이俳聖라고 일컬어지는 바쇼보다 부송이 유럽에 더 잘 알려진 이유가 되기도 한 것이다. 필자는 위와 같은 점에 착안하여 「요사부송의 모란의 이미지」(2001)라는 제목으로 분석을 한 적이 있다.[13] 그 중에 일부만 소개해 보기로 한다.

모란을 읊은 부송의 구는 총 26구에 달한다. 작품의 원숙기에 나온 구집 『신하나쓰미新花摘』에는 모란의 구만 한꺼번에 12구가 나열되어 있다. 이러한 사실로 볼 때 부송이 모란을 특히 좋아한 것은 분명한 것으로 보인다. 그런데 특이한 것은 그는 화가였음에도 불구하고 모란을 화폭에 담는 일은 없었다는 점이다. 그가 그린 산수화와 경쾌한 터치의 하이가俳画의 세계에서는 모란의 강렬한 색채를 담을 수 없었던 것일까? 모란이 지닌 선명한 빛의 교차와 강렬한 이미지를 하이쿠라는 형식을 통해서만 그려내고 있다. 모란의 그림은 독자의 머릿속에서 그려진다고 할 수 있을지 모르겠다.

① 모란 꽃잎 져서

　　서로 포개어진다

　　두 세 이파리

　　牡丹散て打重なりぬ二三片　　　　　　　　　(句集, 明和6[1769])

② 염라대왕의

　　입이여 모란을

　　토하려 한다

　　閻王の口や牡丹を吐んとす　　　　　　　　　(自筆句帳, 明和6[1769])

③ 불타듯이

　　울타리 사이로 새는

　　모란이여

　　燃るばかり垣のひまもるぼたむかな　　　　　(単簡, 安永3[1774])

④ 눈부신 햇살이

　　땅에다 아로새긴

　　모란이여

　　日光の土にも彫れる牡丹かな　　　　　　　　(新花摘, 安永6[1777])

⑤ 지고 난 후에

　　잔영으로 서 있는

　　모란이여

　　ちりて後おもかげにたつぼたん哉　　　　　　(自筆句帳, 安永5[1776])

⑥ 까만 산 개미가

　선명한 모습이여

　새하얀 모란

　山蟻のあからさまなり白牡丹　　　　　　(自筆句帳, 安永6[1777])

　모두 모란 꽃송이가 선명하게 클로즈업되어 있다. 흔히 애잔함을 호소하거나 암시적 기법을 쓰는 종래의 영법詠法과는 달리 화면에 꽉 채운 그림이나 사진을 상상하게 한다. ①번은 풍성한 모란 꽃송이의 존재감과 화려한 '조락凋落'을 그린 것으로, 시간차를 두고 서로 포개지는 두꺼운 모란꽃잎의 무게감까지 느끼게 하는 하이쿠이다. 부송만이 그려낼 수 있는 단순명료하면서도 인상 선명한 작품이다. ②③④번은 모란의 강렬한 색감을 느낄 수 있는 영법이며 ⑤번은 모란의 색감이 강렬하여 지고 난 후에 잔상으로도 머릿속에 남는 정경을 읊고 있다. ⑥은 하얀 모란의 색감과 까만 개미의 선명한 대비를 읊고 있다.

　이미지를 구축하는 부송의 영법은 비단 모란뿐만이 아니라 아래와 같이 인간 삶을 묘사할 때도 자주 사용된다.

　① 낮에 띄운 배

　　미친 여인 태웠네

　　봄날의 강물

　　昼舟に狂女のせたり春の水　　　　　　(遺稿, 天明元[1781])

　② 관문지기의

　　화로도 자그마한

늦추위여

関守の火鉢小さき余寒かな   (夜半叟, 安永8[1779])

③ 백정 마을에

아직 꺼지지 않은

등불빛이여

穢多村に消のこりたる切籠哉   (落日庵, 明和5[1768]?))

　①은 봄날, 배에 탄 광녀의 모습이 위태롭고도 슬픈 이미지를 만들
어내고 있다. ②는 외로운 관문지기의 모습이 작은 화로의 이미지로
강조되고 있다. ③은 하층민들의 삶의 애환이 밤늦도록 꺼지지 않는
등불빛으로 감싸듯 그려지고 있다. 본서의 6장과 7장에서도 구체적
으로 논하겠지만 심미적인 대상이 될 수 없을 것 같은 '속되고 비천
한 삶'을 아름다운 이미지로 재생산하는 부송의 수완을 엿볼 수 있
는 작품들이다.

2) 영물시詠物詩의 영향

　모란을 읊은 부송의 구는 중국의 영물시詠物詩의 영향을 받은 것이
라 생각된다. 영물시란 한시漢詩의 한 장르를 지칭하는 것으로 달, 새,
꽃, 나무 등의 특정한 제재를 가지고 읊은 시를 의미한다.[14]

　영물시는 자연을 구성하는 물체에 대하여 치밀한 관찰과 세부묘
사를 통해 얻어지는 특정 정서를 표출한 것이다. 청나라 강희제의
칙명에 의해서 14,000여수의 시를 수록한 『패문재영물시선佩文齋詠物詩

選』이 18세기 무렵 일본에 전래되어 영물시가 유행하게 되었다.[15] 부송이 살았던 시대와 바로 맞물려 있다. 그에 따라 일본어판 영물시집『일본영물시日本詠物詩』(1777)가 출간되기에 이르렀다.[16]

이와 같은 배경을 소상히 분석한 것으로 후지타 신이치藤田真一의「부송·쇼잔·영물시蕪村·嘯山·詠物詩」[17]라는 연구가 있다. 당시 한시에 능했던 하이진 미야케 쇼잔三宅嘯山(1718-1801)과 부송은 상당히 친교가 깊었고, 그로 인해 부송이 영물시를 많이 접하게 되었다는 것이다.

비슷한 시기에 하이진 간초管鳥가 읊은 '당나라 말을 / 조금 해보고 싶은 / 모란이로다唐音も少し云たき牡丹哉'(俳諧新選, 1773)라는 구가 있듯이 모란은 중국적인 이미지가 강한 것이었다. 그리고 영물시의 제목으로 많이 등장하는 소재이기도 했다. 부송도 모란과 영물시를 연결하여 읊은 다음과 같은 구가 있다.

영물시를
조용히 읊조리는
모란이로다
詠物の詩を口ずさむ牡丹哉   (新花摘, 安永6[1777])

모란에 감흥을 얻어 영물시를 읊조려본다는 의미이다.

부송은 화가가 화제畵題를 찾듯이 특정한 사물에 대해 묘사하듯 구를 읊은 것이 많다. 흔히 부송이 그림을 그리듯 하이쿠를 읊고 있다는 것은 이러한 영물시詠物詩의 영향이 다소간 반영되어 있다고 할 수 있을 것이다. 특히 모란의 일련의 구에서 그러한 경향이 두드러지게 드러난다.

다만 영물시의 경우는 '화분초목 충어조수花芬草木 蟲魚鳥獸' 즉, 자연물에 대하여 읊는 것이 일반적인데 비해 부송은 자연물뿐만이 아니라 7장에서 보듯이 수많은 인간 군상들과 그들의 삶의 구석구석을 세밀하게 묘사하는 쪽으로 발전해 갔다는 점이 다르다 하겠다.

3. 색감과 구도

1) 수채화와 유화 같은 색감

서론에서 언급했듯이 1936(昭和11)년 부송 열풍을 불러 일으켰던 하기와라 사쿠타로萩原朔太郎는 『향수의 시인 요사부송鄕愁の詩人 與謝蕪村』에서 부송 하이쿠의 색감에 대해서 이렇게 이야기하고 있다.

> 부송 구의 특이성은 색채의 느낌이 밝고 물감이 살아있으며 색이 강렬하다는 점이다. 이러한 점이 그의 구로 하여금 고담한 묵화에서 멀어지게 하고 색채가 밝고 인상적인 서양화에 가깝게 하고 있다.[18]

'색채의 느낌이 밝고 물감이 살아있으며 강렬하다'고 하고 있다. 그리하여 묵화보다는 인상적인 서양화에 가깝다는 표현을 하고 있다. 다소 '인상비평적'인 언설이기는 하지만 부송의 구에서 느껴지는 색채감각을 잘 표현한 것이라 볼 수 있다.

부송은 그림과 같은 색채감을 하이쿠에 최대한 활용하였다. 일상적으로 접하는 자연현상과 인간의 삶에 채색을 하여 때로는 하나의 정물화처럼 때로는 풍경화처럼 하이쿠를 읊고 있다. 앞 절에서 모란을 읊은 일련의 작품에서 보았듯이 강렬한 극채색의 색감을 쓰기도 했다. 또한 색상의 선명한 대비 효과를 활용하기도 하고, 어떨 때는 몽환적인 기법의 색상 등을 쓰기도 하여 색채를 자유자재로 사용하였다.

① 유채꽃이여
　　달은 동녘 하늘에
　　해는 서녘에
　　菜の花や月は東に日は西に　　　　　　(句集, 安永3[1774])

② 아름다워라
　　태풍이 스친 후의
　　새빨간 고추
　　うつくしや野分の後のとうがらし　　　(自筆句帳, 安永5[1776])

③ 무지개를 토하고
　　막 피어나려는
　　모란이여
　　虹を吐てひらかんとする牡丹かな　　　(自筆句帳, 安永8[1779]?)

①에서는 석양빛을 받은 따뜻한 색감의 유채꽃을, ②에서는 가을 태풍에 씻겨 선명하게 빛나는 새빨간 고추를, ③에서는 강렬한 색감의 모란이 피어나려는 기운이 마치 무지개를 토하는듯하다고 하고

있다. 어느 것이나 색감이 강하게 전달되며 흑백의 담백한 명암과는 달리 열정을 자극하는 효과를 올리고 있다.

다음의 구들의 색감도 인상파 그림을 연상케 한다.

① 물통 속에서
　서로 인사 끄덕이는
　오이와 가지
　水桶にうなづきあふや瓜茄子　　　(自筆句帳, 元文[1736]~寬延[1750]年間)

② 장맛비여
　고구마줄기 기어오르는
　목공소 헛간
　五月雨や芋這かかる大工小屋　　　　　　(落日庵, 明和8[1771])

③ 팔꿈치 하얀
　스님의 선잠이여
　봄날 초저녁
　肘白き僧のかり寝や宵の春　　　　　　　(句集, 明和6[1769])

①은 물통 속에 담겨 있는 오이와 가지가 둥둥 떠서 끄덕이는 모습이 마치 인사를 나누듯 재미있는 정경을 그림을 그리듯 읊고 있다. ②는 허름한 목공소 헛간 풍경이지만 장맛비에 자란 고구마줄기가 기어 올라가 색감이 짙어지는 수채화 같은 풍경이다. ③은 봄날 초저녁에 하얀 팔꿈치를 드러내고 선잠을 자고 있는 스님의 인물화와 같

은 느낌을 준다.

지극히 일상적인 장면의 하나이지만 그림과 같은 색채감을 살리고자 한 부송의 의도가 느껴진다.

다음 작품들은 새벽빛, 초저녁 달빛, 등불빛 등의 '빛'을 활용한 작품들이다.

① 새벽달이여
　　요시노 마을의
　　하얀 메밀꽃
　　残月やよしのの里のそばの花　　　　　　　　　(夜半叟, 安永7[1778])

② 수선화여
　　여우가 놀고 있네
　　초저녁 달밤
　　水仙や狐あそぶや宵月夜　　　　　　　　　(自筆句帳, 安永4[1775]?)

③ 달빛 교교히
　　가난한 마을을
　　지나서 가네
　　月天心貧しき町を通りけり　　　　　　　　　(自筆句帳, 明和5[1768]?)

④ 가을 등불빛
　　그윽한 나라奈良의
　　골동품 가게

秋の燈やゆかしき奈良の道具市　　　　　　　　　　　（句集, 年次未詳）

①은 새벽달과 어우러지는 하얀 메밀꽃의 환상적인 아름다움을, ②는 초저녁 달빛에 여우가 노니는 것을 배합시켜 동화적인 아름다움을 연출하고 있다. ③은 달이 중천에 걸려 가난한 마을을 환히 비추며 지나가는 정경을 큰 화폭에 담듯이 하여 넓고 높은 공간에 달빛이 가득한 풍경을 그리고 있다. ④는 가을밤의 등불빛으로 골동품 가게의 그윽한 분위기가 깊어져 감을 읊고 있다.

이들은 공통적으로 밤 풍경이면서 새벽빛이나 등불빛의 색감을 사용하여 때로는 몽환적인 분위기를, 때로는 동화적인 분위기를 연출하여 독자를 무한한 상상의 세계로 이끌어 들인다.

또한 아래와 같은 구들은 작은 동물이나 식물들의 생명 운동을 '섬세한' 색감으로 살려낸 것들이다.

① 아지랑이여
　　이름도 모르는 벌레
　　하얀 것이 난다
　　陽炎や名も知らぬ虫の白き飛ぶ　　　　　　　　（句集, 安永4[1775]）

② 나팔꽃이여
　　한 송이 깊은
　　연못의 빛깔
　　朝がほや一輪深き淵のいろ　　　　　　　　（自筆句帳, 明和5[1768]?）

③ 잠자리여
　고향마을 그리운
　흙 담의 빛깔
　蜻蛉や村なつかしき壁の色　　　　　　　　　(落日庵, 明和5[1768]?)

　①은 아지랑이가 봄볕의 반사로 반짝이는 것이 흡사 작은 벌레가 나는 것 같다고 한 것이다. 후지타藤田의 『부송전구집無村全句集』에는 아지랑이가 반사되어 벌레처럼 보이는 것이지 실제 벌레는 아니라고 해석하고 있다.[19] 후지타의 말처럼 초봄이라 아직 벌레가 없을 수도 있지만 실제 작은 벌레가 날고 있는 것으로 해석하면 그 정서가 더욱 살아날 것 같다. ②는 짙은 나팔꽃이 깊은 연못의 빛깔로 보인다는 것에서 비록 '찰나적인 나팔꽃'이지만 짙푸른 색감 속으로 빨려드는 느낌을 들게 한다. ③은 잠자리가 날고 있는 흙 담의 빛깔이 문득 그 옛날 어린 시절 놀았던 고향마을의 흙 담을 연상케 하여 생각이 과거로 휙 달려가는 찰나를 그려내고 있다.
　이들 어느 작품이나 빛깔이 주는 찰나의 느낌으로 아름다움을 연출하고 있다는 것에서 부송의 뛰어난 색채감각을 엿볼 수 있는 것이다. 이러한 작품들은 흑백 명암의 수묵화가 아니라 수채화水彩画나 유화油絵를 떠올리게 하는 요소가 있으며 읽는 이의 낭만적 감성을 일깨워 준다.
　위와 같이 부송의 작품을 읽으면 바쇼와는 달리 '색감'이 있고, '스토리'가 있고, '낭만적인 감성'을 느낄 수 있다. 이는 하이쿠가 소위 '깨달음'을 추구하는 선시적인 요소뿐만이 아니라 인간의 감성에 호소하는 서정시로서 정착될 수 있는 바탕을 마련했다고도 볼 수 있을 것이다.

초기 하이쿠가 와카和歌나 렌가連歌의 여흥에 지나지 않았던 것에서 발전하여, 기존의 문학형태와 색채를 달리하면서, 독립된 장르로 기반을 확고히 다질 수 있었던 가장 중요한 요인은 무엇일까? 바로 와카와 렌가가 지니는 귀족적 혹은 관념적 요소에서 탈피하여 일상생활에 근거한 서민적인 정서를 부각시킴으로써 친숙한 가운데 시정을 느낄 수 있었기 때문이라고 생각한다.

그러나 서민성이 지나치게 강조되는 단계에서 해학이나 비속함만이 강조되어 서정성抒情性은 찾아볼 수 없는 역작용도 나타났다. 초기 하이진들이 단순한 말의 유희나 패러디에 탐닉하고, 소위 '아름다운 것들'을 일부러 비하시켜 그 낙차를 즐기는 등의 표현의 재미에만 치중했던 것이다.

이에 바쇼가 등장하여 내용면의 일약 혁신을 기하게 되었다. 바쇼는 자연과 인간의 합일의 경지에서 사물의 본질을 꿰뚫어 표현하여야 한다고 주장하여 하이쿠에 문학적인 깊이를 더했다. 그리고 한적하고 간소한 가운데 자연히 풍기는 아취를 중시하여 '와비', '사비'를 추구하게 되었던 것이다. 이것은 문학사에서도 그 높은 가치를 인정하듯이 하이쿠가 일약 발돋움하는 획기적인 계기를 마련하게 되었다. 이때부터 '와비', '사비'는 하이쿠의 대명사인 것처럼 여겨지게 되고 자연히 하이쿠가 풍기는 분위기도 소박하고 적막한 것이 될 수밖에 없었다.

이와 같은 하이쿠의 이미지에 화사한 색채감을 불어 넣은 것이 바로 요사부송이었다고 할 수 있다. 부송의 구에서 느껴지는 색감과 온기는 바쇼를 비롯한 에도시대의 다른 하이쿠에서는 찾아 볼 수 없는 낭만적 특성을 지니고 있다.

2) 그림 같은 구도

아래와 같은 작품을 보면 미술적인 구도를 염두에 둔 작품임이 느껴진다. 삶의 풍경이나 장면들을 구도적으로 적절히 조형하여 아름다움을 빚어내고 있음을 알 수가 있다.

① 오월 장맛비
　　큰 강을 앞에 두고
　　오두막 두 채
　　さみだれや大河を前に家二軒　　　　　　　　(自筆句帳, 安永6[1777])

② 성의 꼭대기
　　우뚝 솟아 든든한
　　신록이여
　　絶頂の城たのもしき若葉かな　　　　　　　　(自筆句帳, 安永2[1773])

③ 보름달이여
　　밤에는 인적 없는
　　산봉우리 찻집
　　名月や夜は人住まぬ峰の茶屋　　　　　　　　(自筆句帳, 安永5[1776])

④ 달빛이 서쪽으로 가면
　　꽃 그림자 동쪽으로
　　걸어가네

月光西にわたれば花影東に歩むかな　　　　　　　　(自画賛, 安永6[1777])

⑤ 봄비 오는데

　　소곤대며 걸어가는

　　도롱이와 우산

　　春雨やものがたりゆく蓑と傘　　　　　　　　(自筆句帳, 天明2[1782])

⑥ 네댓 명에

　　달빛 부서져 내리는

　　춤사위여

　　四五人に月落ちかかるおどり哉　　　　　　　(自筆句帳, 明和5[1768]?)

⑦ 두견새여

　　헤이안 도읍을

　　대각선으로

　　ほととぎす平安城を筋違に　　　　　　　　　(自筆句帳, 明和8[1771])

⑧ 방을 안 주는

　　등불 빛이여 눈 속의

　　늘어선 집들

　　宿かさぬ灯影や雪の家つづき　　　　　　　　(自筆句帳, 明和5[1768])

　　이 작품들은 모두 흡사 그림 같은 구도가 느껴지는 작품들이다. 인물이나 무정물, 자연물들이 적절한 구도 속에 배치되어 깊이와 여백을 보여주고 있다.

①은 장맛비가 큰 강을 이루어 콸콸 흐르는데 집이 금방이라도 떠내려갈 듯이 위태로운 풍경, ②는 신록이 성을 다 덮있는데 성루만 우뚝 위로 솟아 있는 모습, ③은 보름달과 봉우리 찻집, ④는 달은 서쪽에 떠 있고 꽃그림자가 길게 동쪽으로 드리어져 있는 풍경, ⑤는 봄비 내리는데 도롱이를 쓴 사람과 우산을 쓴 사람이 나란히 걸어가는 골목길의 정경, ⑥은 달이 떠 있는 아래서 네댓 명이 춤을 추며 돌고 있는 모습이다. ⑦에서 헤이안 도읍을 대각선으로 나는 두견새는 넓은 조망으로 교토를 굽어보는 풍경을 연상케 한다. ⑧은 눈이 소복이 쌓여 어디선가 하룻밤 묵고 가려 했는데 아무도 받아주는 이 없고 늘어선 집들에서 등불 빛이 새 나오는 정경이다. 눈 쌓인 집, 등불빛, 과객으로 하나의 화폭을 형성하고 있다.

4. 감성의 자유로움과 로맨티시즘

바쇼 하이쿠를 전후하여 하이쿠라는 것은 생략과 절제로 담백함을 추구하는 것이 최고의 미학인 것처럼 여겨져 왔다. 때문에 하이쿠에는 왠지 인간적인 사랑, 정감, 따사로움, 열정과 같은 것은 담을 수 없는 것처럼 생각되기도 했다. 그러나 부송은 하이쿠를 '자유로운 감성'을 담아내는 그릇으로 가능성을 활짝 열어놓았다. 이러한 감성의 자유는 2장에서 본 것과 같이 근세중기, 말하자면 메이와明和(1764-1772), 안에이安永(1772-1781), 덴메이天明(1781-1789) 무렵의 사회 여건에서 비롯된 것이었다.

하기와라 사쿠타로萩原朔太郎는 『향수의 시인 요사부송與謝蕪村』에서 이렇게 이야기하고 있다.

> 즉, 말하자면 부송의 하이쿠는 '젊은' 것이다. 마치 만요슈万葉集의 와카
> 和歌가 고래 일본인의 시가詩歌 속에서 '젊은'정조의 표현이었던 것처럼
> 부송의 하이쿠는 또한 근세 일본에 있어서 가장 젊은 하나의 예외적인
> 포에지였다. 그리고 이 경우에 '젊다'고 하는 것은 인간의 시정에 본질
> 적으로 존재하는 일종의 본연의 낭만적, 자유주의적 정감적 청춘성을
> 가리키고 있는 것이다.[20]

부송 하이쿠를 '젊다'고 하고 근세 일본에 있어서 예외적인 포에지였다고 하고 있다. '청춘', '낭만'과 같은 단어들이 잘 어울린다는 것이다. 상당히 공감이 가는 부분이다. 와비, 사비로 대표되는 근세 하이쿠의 정조는 '노숙함', '노성함'이 어울리는 요소가 다분히 있었다.

다음은 감성의 자유로움을 느끼게 해 주는 낭만적 색채가 짙은 구들이다.

① 가는 봄이여
   함께 탄 마차 속의
   임의 속삭임
   ゆくはるや同車の君がさゝめごと   (自筆句帳, 安永9[1780])

② 그녀 집 싸리울

　냉이꽃 한 떨기

　피어났다네

　妹が垣ねさみせん草の花咲ぬ　　　　　　　(句集, 安永9[1780])

③ 여름 시냇물

　건너는 기쁨이여

　손에는 짚신

　夏河を越すうれしさよ手に草履　　　　　　(自筆句帳, 年次未詳)

④ 근심에 잠겨

　언덕에 올라보면

　찔레꽃 가득

　愁ひつつ岡にのぼれば花いばら　　　　　　(句集, 安永3[1774]?)

⑤ 파란 매실에

　눈썹을 찌푸린

　미인이여

　青梅に眉あつめたる美人哉　　　　　　　　(自筆句帳, 明和5[1768])

⑥ 물 밑의

　수초水草에 애태우는

　반딧불이

　水底の草にこがるるほたる哉　　　　　　　(夜半叟, 安永7[1778])

①번은 드라마나 영화의 한 장면을 상상케 한다. 중국의『시경』의 문구 '마차에 함께 탄 여성이 있었네. 얼굴이 나팔꽃처럼 어여뻤네有女同車, 顔如舜'(詩經, 鄭風)의 구절에서 착안한 것이라 추측된다. 늦봄 아름다운 계절에 마차를 함께 탄 임의 다정한 속삭임을 이야기하고 있다. 부송은 이 작품을 나중에 '가는 봄이여' 대신에 '봄비 내리네'로 첫 구절을 바꾸어 써서 로맨틱한 분위기를 더욱 배가시켰다. ②번은 여리고 풋풋한 여성의 이미지를 '냉이꽃'과 병치하여 로맨틱한 시심을 표현하고 있다. ⑥번에서는 아직 파란 매실의 신맛에 미간을 찌푸리는 미인의 모습을 그리고 있다. 얼굴을 찌푸리면 더 아름다워 보였다는 중국의 '서시西施'를 연상케 한다. '미인'이라는 표현은 하이쿠에서 잘 쓰지 않는 용어인데 자연스럽게 사용하여 작품에 색조를 더하고 있다.

①②⑥과 같은 것은 하이쿠가 연애시戀愛詩로서도 충분히 그 기능을 하고 있음을 볼 수 있다. 2장에서 부송의 삶을 살펴보았듯이 부송은 유곽을 자주 드나들며 실제로 많은 여성들과 교분을 가졌고 실제로 고이토小糸라는 기녀와는 늘그막에 사랑에 빠지기도 했다. 그와 같은 삶의 방식이 작품에도 투영되고 있음을 알 수 있다. 짧은 하이쿠가 남녀간의 연애담이나 연심을 담아내는 그릇으로도 발전될 수 있는 길을 열어놓은 것이다. 특정한 장면만을 클로즈업하여 제시함으로써 스토리를 연상할 수 있게 한다는 점에서 상상력을 자극하는 기법이 될 수 있다.

한편, 부송의 로맨티시즘은 '열정'으로 인한 희비극과는 다르다. 뚜렷한 실체가 없는 막연한 '우수'를 동반하여 인간이면 누구나 지니고 있는 근원적인 비애를 자극한다는 점에 그 특성이 있다고 할 수 있다. 바쇼 하이쿠의 대명사인 듯한 '구도求道', '고고함' 등과는 달리 언외言外에 스미어 나오는 상실감으로 인해 독자에게 위로를 준다. 예컨대 아래와 같은 작품들이다.

① 봄 바닷물은
   하루 종일 너어울
   너어울 한다
   春の海終日のたりのたり哉   (自筆句帳, 宝暦13[1763]以前)

② 가는 봄이여
   묵직한 비파琵琶를
   안은 이 기분
   行春やおもたき琵琶のだきごころ   (遺稿, 安永3[1774])

③ 선잠을 깨니
   어느새 봄날도
   저물어 있었네
   うたた寝のさむれば春の日くれたり   (自筆句帳, 天明元[1781])

봄날의 느리게 흐르는 시간의식과 함께 일말의 우수가 잠재되어 있다.

①번은 특히 부송의 가장 대표적인 구의 하나이다. 하루 종일 한가로이 너어울 너어울 하는 바다의 풍경을 그린 것이다. 넓은 봄 바다의 반복적인 너울거림으로 더디 흐르는 시간과 단조로움을 표현한

다. '왜 하루 종일 봄 바다를 바라보고 앉았을까' 하는 상황을 생각할 때 평화로움만은 아닌 일말의 우수가 느껴지는 작품이다. ②는 '가는 봄行く春'이라는 계어가 지닌 '봄이 가버림을 아쉬워하는 석춘惜春의 정서'를 바탕으로 하고 있다. 가는 봄이 아쉬워 비파를 뜯어보려 하지만 왠지 묵직하고 나른한 감각이 형언키 어려운 인생의 '우울'을 감지케 한다.

부송의 로맨티시즘은 고전적 규범에 얽매이지 않는 자유로운 삶에 대한 예찬이 기조를 이루고 있다. 부채에 그린 「미인도美人図」[21]와 그에 대한 화찬畵讚을 보기로 하자. 「미인도美人圖」에는 비스듬히 누운 뒷모습의 미인의 자태와 함께 다음과 같은 구가 씌어져 있다.

꽃을 따기 위해서 몸을 내던지고,
다른 모든 일은 게을리 할 것 같은
사람의 모습만큼 운치 있고 그윽한
것은 없는 듯하다.

꽃을 밟았던
짚신도 보이는데
아침잠 깊고
花を踏し草履も見えて朝寢哉   (扇面図, 安永5[1776]?)

이 구의 주인공은 부송 자신은 물론 아니다. 이 구를 읊을 당시, 자신은 이런 저런 일들로 바빠서 계절이 오고 가는 것도 모르고 지내

는데 '매일을 풍류
스럽게 보내는 나
니와浪花(지금의 오
사카) 사람이 꽃을
밟은 신발을 보고
봄이 한창임을 알
게 되었다'는 의미이다.

'꽃을 밟은 짚신도 보이는데 아침잠 깊고' 부채그림

　오가타 쓰토무尾形仂는 언급되고 있는 풍류인이 우에다 아키나리上田秋成(1734-1809)가 아닌가 하는 추정을 하고 있다.[22] 아키나리秋成(하이쿠 예명은 무초無腸)에 대해서 부송은 '괴상하고 특이한 인물'이라는 평을 하고 있어서 상당히 관심을 지니고 있었던 것으로 짐작된다. 아키나리도 부송이 타계했을 때 '가나로 시 읊던 시인 / 서쪽으로 갔네 / 샛바람 불어かな書の詩人西せり東風吹て'라는 찬미의 뜻이 담긴 추도구追悼句를 읊고 있는 것을 보아도 서로 호감을 지니고 있었음을 알 수 있다. 그러나 부송은 또한 자화찬自畵贊으로 부채에 그린 미인도에 이 구를 써 놓고 있기 때문에 아키나리에 착상을 얻었다 하더라도 여인의 모습을 연상하는 것이 시적인 맛이 살아날 것 같다.

　다음으로 본서의 2장에서도 언급한 바 있는 「마타헤이 벚꽃놀이 화찬又平花見畵贊」이라는 그림의 경우이다.

　　마타헤이를
　　만났네 고무로御室의
　　만발한 벚꽃
　　又平に逢ふや御室の花ざかり　　　　　　（自画賛, 年代未詳）

마타헤이 벚꽃놀이 화찬
(逸翁美術館, 게재허가번호
2014-33)

마타헤이는 가부키 「게이세이 한곤 코傾城反魂香」(1708)에 나오는 어릿광대 '우키요 마타헤이浮世又平'를 일컫는 것으로 만사를 잊고 벚꽃놀이에 취한 남자의 모습을 가리키고 있다. 술을 담았던 것으로 보이는 표주박이 아무렇게나 땅에 뒹구는데, 취기가 돈 모습으로 어깨를 드러내고 맨발로 거리를 활보하는 마타헤이의 모습과 함께 위의 구를 적어 넣고 있다. 마타헤이를 흐뭇하게 바라보며 꽃놀이를 만끽하는 부송의 모습이 오버랩된다.

다음 구도 마찬가지 감성의 자유로움을 이야기하고 있다.

엇비스듬히
이불을 깔았다네
봄날 초저녁
筋違いにふとん敷たり宵の春

(句集, 安永7[1778])

제자 기토几董와 함께 '와키노하마脇の浜'(兵庫県神戸市中央区)라는 곳에 놀러 갔을 때의 자유스러운 마음 상태를 '엇비스듬히' 깐 이불로 표현하고 있는 것이 흥미롭다. 엄격한 고전적 규율이 지배하는 세계가 아니라, 일탈된 모습에서 미를 발견하고 감성의 자유를 찬미하고 있는 낭만적 요소를 우리는 위의 작품들을 통하여 발견할 수 있는 것이다.

부송은 결코 유복하지 않았고 금전적으로 무척 쪼들렸다. 오타니 도쿠조大谷篤藏도 『하이카이 숲을 완보하다俳林閒步』 등에서 얘기하고 있듯이[23] 부송은 타계할 때까지 생활고에 허덕일 정도로 궁핍했다. 1774(安永3)년 '빈거팔영貧居八詠'이라는 제목으로 여덟 구를 읊고 있다. 예를 들면 다음과 같은 구이다.

> 나를 싫어하는
> 이웃집 겨울밤에
> 냄비가 끓는다
> 我を厭ふ隣家寒夜に鍋を鳴らす　　　　　　(自筆句帳, 安永3[1774])

> 이는 듬성하고
> 붓끝의 얼음을
> 씹는 밤이여
> 齒豁に筆の氷を嚙ム夜哉　　　　　　(自筆句帳, 安永3[1774])

'빈거貧居...'라는 제목처럼 빈한함을 감내하며 그래도 시작詩作에 몰두하는 부송의 모습을 엿볼 수 있는 구들이다. 다음 구는 부송이 만년에 읊은 구로, 그가 타계할 때까지 빈한하게 살았음을 말해 준다.

> 쫓아온 가난에

붙들려 버렸네

입춧날 아침

貧乏に追ひつかれけりけさの秋   (自筆句帳, 明和8[1771])

그러나 부송은 빈한한 가운데서도 그것을 객관화하여 관조하는 '뇌락磊落' 즉, 호방한 품성의 소유자였다.

에라 자자꾸나

설날은 아직

내일인 것을

いざや寝ん元日はまたあすのこと   (自筆句帳, 安永元[1772]?)

명절이 내일로 다가왔는데도 생계가 어려워 설 차릴 걱정이 태산이지만 '내일 일은 내일 생각하자'라고 현실에 속박되지 않으려는 심경을 표현하고 있다. 결코 경제적인 풍요를 누리지는 못했지만, 시대적 분위기를 향수하고 자신이 처한 곳에 '자적自適'하면서 감성의 자유로움을 만끽함으로써 하이쿠가 낭만시로서도 발전할 수 있는 계기를 마련했던 것이다.

부송은 술을 좋아하고 연극을 즐기고 기녀를 데리고 노는 등, 인생의 즐거움을 만끽하는데 아무런 거부감도 느끼지 못했다. 시대적 상황에 있어서도 18세기 에도 중기 예술가의 세계에는 문인취미가 깊이 침투해 있었다. 세속적인 명성이나 이속利俗의 세계를 거부하고 예술세계를 최고의 경지로 여기는 정신이다. 그리고 모든 예술, 교양을 습득하고 모든 것에 통달하며 자유스러움을 구가했다.

5. 향수

1) 실향의 기억

부송 하이쿠의 또 하나의 중요 키워드는 '향수'이다. 주지하는 바와 같이 하기와라 사쿠타로萩原朔太郎는『향수의 시인 요사부송鄕愁の詩人與謝蕪村』에서 부송을 '향수의 시인'이라 지칭하고 있다.[24]

인간은 누구나 근원으로 돌아가고 싶은 회귀본능, 귀소歸巢본능을 지니고 있다. 모태에서 분리되어 이 세상에 던져지면서부터 '무언가'를 하나씩 잃어가고 있는 상실감을 체험하는 것이 인간의 본모습인지도 모른다. '무언가'를 추구하면 할수록 '무언가'를 잃어가고 있는 우리의 모습에 대해 부송은 '삶은 원래 그런 것이야'라고 말해 주는 특성이 있다.

    ① 찔레꽃 가득
       내 고향 가는 길도
       이와 같았지
       花いばら故郷の路に似たる哉   (句集, 安永3[1774])

    ② 나 돌아갈
       길 몇 갈래인가
       가득한 봄풀
       我歸る道いく筋ぞ春の草   (夜半亭蕪村自画賛, 安永7[1778])

③ 내 집 가는 길을

　헤매는듯하네

　봄날 해거름

　我家に迷うがごとし春の暮　　　　　　　(夜半亭蕪村, 安永2[1773])

④ 풀숲엔 안개

　시내는 소리 없는

　해거름이여

　草霞み水に声なき日ぐれ哉　　　　　　　　(句集, 年次未詳)

⑤ 메아리 들리는

　남녘은 어디인가

　봄날 해거름

　山彦の南はいづち春のくれ　　　　　　　(自筆句帳, 安永9[1780])

⑥ 봄바람이여

　둑은 길고

　집은 멀다

　春風や堤長うして家遠し　　　　　　　　(夜半楽, 安永6[1777])

　고향에 대한 막연한 그리움과 어슴푸레하게 지니고 있는 고향의 이미지를 읊은 작품들이다. 2장에서 보았듯이 그는 실향의 아픔을 지니고 있었다. 때문에 고향이 구체적인 형상을 하고 있는 것이 아니라 위와 같이 '막연히 돌아가고 싶은 대상'으로만 존재하고 있다.

그의 작품에서 우리가 향수를 느끼는 것은 고향 풍경의 묘사에서 비롯된 것이 아니라 '돌아가고자 하나 돌아갈 수 없는 상황에서 느끼는 상실감'을 공감하기 때문일 것이다.

부송은 편지를 통해 아내와 딸 '구노〈の〉'에 대해서는 집착에 가까울 정도로 빈번히 언급하면서 부모에 관해서는 일체 함구하고 있다. 그렇지만 부모에 대한 사모의 정은 영원한 향수의 원천이었음을 다음 구가 말해 주고 있다.

　　잿속의 불처럼

　　있는 듯 느껴지는

　　어머니 온기

　　埋火やありとは見えて母の側　　　　　　　　　　　　(夜半叟, 安永6[1777])

숯불이 잿속에 묻혀 있어도 그 온기가 느껴지는 것처럼 어머니 얼굴이 보이지 않아도 느껴짐을 이야기하고 있다. 부송의 제자인 마쓰무라 겟케이松村月溪가 그린 「부송옹상蕪村翁像」은 부송이 화로 앞에 웅크리고 앉아있는 모습을 담고 있는

겟케이月溪 「부송옹상蕪村翁像」

데, 화롯불 앞에서 어머니의 모습을 마음속으로 그리고 있었음을 짐작할 수 있다. 하지만 이것이 유일무이하며 그 외 부모에 대한 언급은 찾아 볼 수 없다.

부송은 수차례 오사카에 드나들면서도 고향에 들른 흔적이 전혀

없는 사실 등으로 추정하면 고향을 등진 경위에 모종의 불행한 비밀이 감추어져 있고 그 때문에 향수라는 것이 부송 하이쿠의 하나의 주요한 모티프가 되었을 것으로 보인다.[25] 바쇼가 고향에 왕래하면서 고향과 부모형제에 대한 것을 구작句作의 모티프로 삼고 있는 것과는 아주 다르다.

어떠한 연유에서든 돌아가고자 하나 돌아갈 수 없는 상실감이 하나의 요인이 되고 있는 것으로 보인다. 부송은 '멀다遠し', '없다なし', '들르지 않는다寄らで過ぎ行く'라는 표현을 빈번히 쓰고 있다. 내면에 잠재한 집을 향한 그리움이 문득문득 입버릇처럼 새어 나온 것으로 생각된다.

「슌푸바테이교쿠春風馬堤曲」에서는 봄바람 부는 강둑을 따라 '들뜬 마음으로 고향으로 돌아가는 처녀'에 가탁하여 향수를 읊고 있다. 2장에서 보았듯이 「슌푸바테이교쿠」의 마지막에 '야부이리가 / 잠을 자네 홀로된 / 어머니 곁에'라는 다이기太祇의 작품을 가지고 온 것은 '어머니를 그리는 부송 자신의 모습'을 은연중에 보여주려 한 의도라 생각된다.

2) 도연명을 사숙하다

부송은 중국의 전원시인 도연명陶淵明(365-427)에 심취함으로써 향수를 달랬다. 부송이 가장 닮고자 했던 롤모델이 바로 도연명이 아니었을까? 물론 하이쿠시인으로는 바쇼를 가장 흠모했지만 바쇼와는 기본적으로 삶의 스타일이 많이 달랐다. 바쇼는 방랑으로 일관하며 일탈된 삶을 살았고 부송은 한창때의 나이에 교토의 시정市井에

닻을 내리고 정주하여 살았다. 그러한 점에서 전원에 몰입하여 자족하며 살았던 도연명에게 심정적인 공감대를 느꼈을 것으로 추정된다. '부송蕪村'이라는 한자 이름도 도연명의 「귀거래사歸去來辭」의 '황폐한 마을蕪村'이라는 문구에서 얻고 있다.

필자는 도연명을 사숙한 부송의 작품 세계에 대해 「蕪村의 源風景과 陶淵明」[26]이라는 제목으로 분석을 한 적이 있다. 여기에 그 일부를 소개, 발전시켜 보고자 한다.

부송은 1759(宝暦9)년에 조쿄趙居라는 이름으로 「도연명도陶淵明図」를 그렸다. 1774(延享元)년에는 자한子漢이라는 이름으로 세 폭 짜리 병풍 「도연명귀거래도陶淵明帰去来図」를 그렸다.[27] 또한 최근 기라 스에오쿠모英末雄의 「부송의 하이가俳画를 생각하다 「부송춘흥첩蕪村春興帖」」에 의하면 바호馬圃의 구에 덧붙인 그림으로 「도연명도」를 그렸다. 그림뿐만이 아니라 1782(天明2)년 베이쿄米居에게 보낸 서간[28]에서 '도연명을 흠모하고 그와 시를 겨루다'라고 하며 아득히 먼 옛날의 시인인 도연명을 마치 친숙한 친구인 것처럼 표현하고 있음을 볼 수 있다.

도연명은 중국 동진東晋에서 남송南宋에 걸쳐서 살았던 은일시인隱逸詩人이다. 하급귀족 출신으로 생활을 위해 지방관으로 근무하고 군벌에 휘말려 진군참군鎭軍参軍, 건위참군建衛参軍 등의 지방관을 역임했다. 그는 41세 때 팽택彭沢의 현령을 마지막으로 관직을 사임하고 고향에 돌아가 은둔을 시작한다. 은일 자적하면서 쓴 「귀거래사帰去来辞」(41세, 405년), 「음주飲酒」(同), 「귀전원거帰田園居」(同), 「도화원기桃花源記」(42세, 406년)등에 는 인생을 회고하고 자연에 파묻혀 마음을 다스리는 내면 풍경이 잘 나타나 있다.

막연한 '회귀본능回帰本能'을 자극하는 부송의 시풍과, 유유자적하는 생활의 미학, 로맨티시즘 등은 도연명을 사숙한 바 크다 하겠다. 부송의 자화상에도 보이지만 그가 방에서 늘 끌어안고 있었던 '오동 화로桐火桶'는 도연명의 '무현금無絃琴'과 심정적으로 통한다.

오동 화로
줄 없는 거문고를
쓰다듬는 마음
桐火桶無絃の琴の撫でごころ   (真蹟, 天明2[1782])

거문고처럼
느껴져 쓰다듬는
오동 화로
琴心もありやと撫る桐火桶   (夜半叟, 天明2[1782]?)

오동나무로 만든 고타쓰 화로를 쓰다듬고 만지작거리면서 도연명이 즐겼던 '무현금無絃琴'처럼 느끼고 있는 것이다. '무현금'은 '소금素琴'이라고도 하며 도연명이 애용한 줄 없는 거문고를 가리키고 있다. 부송의 제자 겟케이月渓는 「부송 유작에 대해 겟케이가 찬하다 蕪村遺墨月渓画賛」에서 다음과 같이 이야기하고 있다.

사옹께서 타계하신 후 내가 오랫동안 야한테이夜半亭에 있으면서 책상 위에 있는 도정절陶靖節(역주:도연명의 다른 이름)의 시집을 보니, 반쯤 가량 되는 곳에 이 책갈피가 끼워져 있는 것을 찾아내었다. (이로

보건대) 이 구들은 진실로 도연명의 인품을 흠모해서 쓰신 구로 생각된다.[29]

부송 사후 야한테이의 책상 위에 도연명의 시집이 놓여 있고 그 속에 '오동화로 / 줄 없는 거문고를 / 쓰다듬는 마음桐火桶無絃の琴の撫でごこ3'을 적은 부송 자필 책갈피가 끼워져 있었던 것을 발견하고 '생전에 부송이 얼마나 도연명을 흠모하고 있었나 하는 것을 잘 알 수 있다'라고 한 것이다.

중국 양梁나라 소명태자昭明太子가 쓴 「도청절陶靖節(陶淵明)」이나 일본의 「몽구蒙求」 등에 나오는 고사에 의하면 도연명은 거문고를 탈 줄 몰랐는데 줄이 없는 거문고를 가지고 있어서 술만 마시면 그 거문고를 어루만졌다고 한다. 부송이 늘 껴안고 놀았던 오동화로도 거문고처럼 오동나무로 만들어졌기 때문에 그 오동화로를 도연명의 거문고처럼 어루만지고 있다는 것이다. '거문고처럼 / 느껴져 쓰다듬는 / 오동 화로琴心もありやと撫る桐火桶'는 도연명의 고사를 근거로 하여, 같은 오동으로 만든 것이니까 '오동 화로에도 거문고의 마음이 있는지 쓰다듬어 본다'는 의미이다.

도연명陶淵明의 「귀거래사帰去来辞」는 복닥거리는 속세를 벗어나 은일을 꿈꾸는 시인들에게 지대한 영향을 끼쳤다.

자, 돌아가자. 논밭이 거칠어지려 하네. 어찌 아니 돌아가리. 여태껏 내 마음은 내 몸의 노예였었지. 어찌 근심에 잠겨 홀로 슬퍼하고 있는가. 이미 지나버린 일은 탓해도 소용이 없음을 깨달았으니 이에 앞으로는 올바로 할 수 있음을 알았네. 실로 길이 어긋났지만 아직 그다지 멀리

온 것은 아니다. 이제야 오늘이 맞고 어제가 틀렸음을 깨달았네. 배는 흔들흔들 가볍게 나아가고 바람은 한들한들 옷깃을 스치네. 길손에게 앞길을 물어보며 새벽빛이 희미한 것을 한탄한다. 드디어 고향집 대문과 처마가 보이니 기뻐 쫓아갔다네. 머슴은 나와서 반기고 어린 것들은 대문에서 손을 흔드네. <u>세 갈래 길은 잡초가 무성하지만 소나무와 국화는 아직도 여전하네.</u> 어린 것 손잡고 방안에 들어오니 <u>항아리에 술이 한가득 있어</u> 술단지와 술잔을 끌어당겨 자작하여 마시며 뜰의 나뭇가지 바라보고 웃음짓네. (후략)

帰去来兮 <u>田園将蕪胡不帰</u> 既自以心為形役 爰惆悵而独悲 悟已往之不諫 知来者之可追 実迷途其未遠 覚今是而昨非 舟遥遥而軽颺 風飄飄而吹衣 問征夫以前路 恨晨光之熹微 乃瞻衡宇載欣載奔 童僕歡迎 稚子侯門 <u>三徑就荒 松菊猶存</u> 携幼入室 <u>有酒盈樽</u> 引壷觴以自酌 眄庭柯以怡顔 (後略)

(帰去来辞)

  에도시대 많은 하이진들 중에도 부송이 이 「귀거래사」의 영향을 가장 많이 받았다. 시미즈 다카유키清水孝之와 다나카 요시노부田中善信는 위의 밑줄 친 '전원은 거칠어지려 하네. 어찌 아니 돌아가리田園将蕪胡不帰'라는 표현에서 '거친 마을蕪村'이라는 의미의 '부송'을 호號로 쓰게 되었다고 하고 있다.[30] '부송'이라는 호를 쓰기 시작한 시기가 부송이 「도연명귀거래도陶淵明帰去来図」를 그린 시기(1744)와 일치하고 있는 점이 두 사람의 설을 뒷받침해 준다.
  '귀거래帰去来'는 부송이 즐겨 사용했던 어구이다.

① 강 낚시여

　‘귀거래’라고 하는

　소리 들리네

　川狩や帰去来といふ声す也　　　　　　　　　（自筆句帳, 明和5[1768]）

② 귀거래

　술은 맛없어도

　메밀꽃 가득

　帰去来酒はあしくとそばの華　　　　　　　　（月並発句帖, 安永3[1774]）

③ 꽃에 저물어

　내가 사는 교토로

　귀거래하다

　花に暮ぬ我すむ京に帰去来　　　　　　　　　（遺稿, 安永3[1774]）

　여기서 ‘귀거래帰去来’를 ①에서는 ‘きこらい’, ②에서는 ‘かへりなんい
ざ’, ③에서는 ‘かへりなん’이라고 각각 문맥에 따라 음독하거나 훈독
하거나 하고 있다. ‘귀거래’는 낚시를 하든, 꽃놀이를 하든 ‘돌아갈
집’에 대한 귀소본능을 나타내고 있다.

　특히 ②는 「귀거래사」의 ‘술은 술통에 가득 차 있다. 술병과 술잔
을 끌어당겨 자작한다有酒盈樽 引壷觴以自酌’를 의식한 것이다. 술은 맛이
없지만 맛있는 메밀국수를 만들 수 있는 메밀꽃이 피는 고향으로 돌
아간다는 의미이다.

　또 부송이 「귀거래사」를 내용적으로 변주한 하이쿠들을 보기로

하자.

① 세 갈래 오솔길

　열 발자국이면 끝나는

　여뀌 꽃

　三徑の十歩に尽て蓼の花　　　　　　　　　　(夜半叟, 安永6[1777])

② 도팽택과 풍류를 겨루었다오

　어떻게 생각하시는지 말씀해 주오

　匐(ママ)彭沢と風流を競ひ候。

　いかが御聞可被下候

　산기슭의

　우리 메밀밭만 남겨둔

　가을 태풍이여

　梺なる我蕎麦存す野分哉　　　　　　　　　　(米居宛書簡, 天明2[1782] 9. 28)

　①에서 '경徑'이란 오솔길을 의미하고, '삼경三徑'이란 '세 갈래 오솔
길'을 의미하고 있다. 한漢나라의 장우蔣詡가 뜰에 세 갈래의 오솔길
을 만들어, 거기에 각각 소나무, 국화 대나무를 심었다는 고사에서
유래하며 은자의 거처를 상징하는 말로 사용되었다. 「귀거래사」에
서는 '세 갈래 오솔길은 황폐해지려고 하는데 소나무와 국화는 여전
하구나三徑就荒 松菊猶存'라고 표현되고 있다. 부송은 이것을 받아서 '우
리 집에 세 갈래 오솔길은 불과 열 걸음으로 다 끝나버릴 정도로 짧

다'고 하고 있다. 또한 도연명의 뜰에는 기품이 높은 소나무와 국화가 있지만 우리 집에는 '여뀌'라는 들꽃이 피어있을 뿐이라고 '조촐함'을 강조하고 있는 것이다.

②는 부송의 「베이쿄 앞으로 보낸 서한米居宛書簡」에 나와 있는 작품이다. 도팽택 즉, 도연명과 풍류를 겨루어 구를 읊어 보았는데 어떤 느낌이 드는지 베이쿄米居에게 묻고 있다. 도연명은 태풍에도 소나무나 국화가 남아 있음을 기뻐하고 있지만 부송은 '메밀'에 눈을 돌렸다고 '하이쿠적 정취俳趣'를 강조하고 있다. '풍류'보다는 소박한 '일상'을 지탱해주는 메밀밭이 세찬 바람에도 탈 없이 남은 것에 대한 안도감을 읊고 있다. 도연명을 배경으로 하되 소시민적 생활감정을 아름답게 녹여낸 하이쿠라고 할 수 있다.

「귀거래사」를 읊은 이듬해에 42세에 도연명은 「귀전원거歸田園居」5수를 남기고 있다. 첫수는 널리 알려져 있다.

어려서부터 세속과 어울리지 못하고 천성이 원래 자연을 사랑했네. 헛디뎌 속세에 빠져들어 어느새 십삼 년이 훌쩍 지나갔네. 새장 속 새는 옛 숲을 그리워하고 연못의 물고기는 옛 호수를 생각하지. 나도 황폐한 남쪽 밭 귀퉁이를 일구어 소박함을 지키려 전원으로 돌아왔네. 반듯한 삼백여 평 대지에 초가집 여덟아홉 칸, 느릅과 버들 그늘이 뒤뜰 처마를 덮고 복숭아와 오얏은 앞뜰에 줄지어 피었네. 멀리 아득한 마을 어둑어둑 깊어지고 민가의 연기 길게 피어오르네. 깊숙한 골목 안에 개 짖는 소리 들리고 뽕나무 가지 위에는 닭이 우네. 뜰 안에는 어지러운 티끌 없고 텅 빈 방은 한가롭기만 하구나. 오래 새장 속에 갇혀 있다가 이제야 다시 자연으로 돌아왔네.

少無適俗韻 性本愛邱山 誤落塵網中 一去三十年 <u>羈鳥恋旧林 池魚思故淵</u>
開荒南野際 守拙帰園田　方宅十余畝 草屋八九間 楡柳蔭後簷桃李羅堂前
曖曖遠人村 依依墟里烟　<u>狗吠深巷中　鶏鳴桑樹顛</u>　戸庭無塵雑　虚室有
余閑　久在樊籠裏　復得返自然　　　　　　　　　（帰田園居　其の一）

　'새장 속 새는 옛 숲을 그리워하고 연못의 물고기는 옛 호수를 생
각하지羈鳥恋旧林 池魚思故淵'는 바쇼의 『오쿠노호소미치奥の細道』의「가는
봄이여 / 새 울고 물고기 눈엔 / 어리는 눈물行春や鳥啼き魚の目は泪」에 영
향을 주었다. 에도시대에「귀전원거」는 바쇼를 비롯하여 널리 읽힌
것으로 보인다. 부송에게도 영향을 미치고 있다.

　① 장사치에게
　　　짖어대는 개가 있네
　　　복사꽃 피고
　　　商人を吼る犬ありももの花　　　　　　　（句集, 安永2[1773])

　② 쉬는 날이여
　　　닭 우는 마을의
　　　여름 나무숲
　　　休ミ日や鶏なく村の夏木立　　　　　　　（落日庵, 明和6[1769])

　③ 뒷마을에
　　　파 장수 소리여
　　　초저녁 달빛

うら町に葱うる声や宵の月 　　　　　　　　　　　（新五子稿, 年次未詳）

　①과 ②는 쓰고 있는 말의 유래나 이미지에 있어서 「귀전원기」의 밑줄 친 '깊숙한 골목 안에 개 짓는 소리 들리고 뽕나무 가지 위에는 닭이 운다狗吠深巷中 鷄鳴桑樹顚'에 발상을 두고 있는 것으로 생각된다. 개 짖는 소리와 닭울음소리는 청각적으로 평화로운 전원의 이미지를 만들어 내고, 한가로운 자적의 경지를 상징하고 있다. '새소리 개소리 섞여 들린다鷄犬相聞'라는 『도화원기桃花源記』의 문구와도 유사하다. ③은 뒷마을에 들리는 '파장수' 소리와 초저녁달을 배치시킨 것으로 서민적인 삶의 풍경을 담아낸 하이쿠라고 할 수 있다. 부송은 '파 한 단 사서 / 마른 수풀 사이를 / 돌아왔네葱買て枯木の中を帰りけり'와 같이 소박한 항간의 삶의 상징으로 '파'를 많이 읊고 있다.

　부송의 경우, 잃어버린 고향에 대한 생각이 깊어갈수록 도연명의 『도화원기』에 대한 동경이 깊어지고 있다. 『도화원기』는 좁은 길 저편에 펼쳐진 유토피아의 세계를 그린 것이다. 중국 동진東晋, 무릉의 한 어부가 배를 타고 가다가 복사꽃 가득한 곳에서 길을 잃었다. 어부는 산 속의 좁은 동굴을 따라가니 논밭이 가지런하고 닭소리 개 짖는 소리 한가로운 절경이 있었다. 진秦나라의 전란을 피해 들어온 사람들이 수백 년 동안 바깥세상과의 접촉을 끊고 평화롭게 살고 있었다는 이야기이다. 『도화원기』 이미지와 관련된 부송 작품을 찾아보기로 하자.

　① 도원경의
　　골목길 좁다랗다
　　겨울 칩거

桃源の路次の細さよ冬ごもり　　　　　　　(自筆句帖, 明和6[1769])

② 먹고 자고

　　소가 되고 싶어라

　　복사꽃 가득

　　喰うて寝て牛にならばや桃の花　　　　　(句集, 明和8[1771])

③ 차밭에다가

　　오솔길 만들어서

　　겨울을 나네

　　茶畠に細道つけて冬籠　　　　　　　　　(好古類纂, 年次未詳)

④ 계곡 길 가는

　　행인이 자그마한

　　신록이여

　　谷路行人は小さき若葉哉　　　　　　　　(新花摘, 安永6[1777])

⑤ 밭갈이 하네

　　길을 묻던 사람이

　　보이지 않는다

　　畑うつや道問人の見えずなりぬ　　　　　(遺稿, 年次未詳)

⑥ 밭갈이 하네

　　좁다란 시냇물을

의지하여

耕すや細き流れをよすがなる　　　　　　　　(落日庵, 安永7[1778])

⑦ 산길을 따라

작은 배 저어가는

신록이여

山に添ふて小舟漕行く若ばかな　　　　　　　(句集, 安永8[1779])

　도원경에 이르는 좁은 길, 한가로운 복사꽃의 풍경, 산길을 따라 노저어 가는 배, 바깥세상에서 와서 길을 묻는 사람 등, 『도화원기』에서 이미지를 빌린 것이다. 칩거하여 자신만의 공간을 즐겼던 부송의 내면 풍경이 잘 드러난 작품들이라고 할 수 있다. 부송의 도원경은 좁고, 작고, 아늑한 공간에서 마음의 자유를 구가하는 것이었다.

6. 안주하는 마음

　흔히 바쇼와 부송을 비교하여 논하는 경우가 많다. 바쇼 연구자들은 부송이 감히 바쇼와 어깨를 나란히 하기는 도저히 어렵고 어디까지나 바쇼를 추종했던 사람일 뿐이라고 말할지 모른다. 그러나 삶에 관심을 지니고 일상의 생활미학을 발견해 낸 것은 방랑자 바쇼가 지니지 못한 부송의 장점이라고 할 수 있을 것이다.

　바쇼는 일생을 하이쿠에만 몰두하여 구도적인 삶을 살았지만 부송은 문인화 화가와 하이진이라는 양갈래길을 걸었다. 바쇼가 타계

하던 해에 읊은 '외로운 이길 / 오가는 이 없는데 / 가을 해질녘此道や行人なしに秋の暮'(其便, 元禄7[1694])은 외길인생의 적막감을 나타내고 있다. 반면, 전술한 부송의 '나 돌아갈 / 길 몇 갈래인가 / 가득한 봄풀わが歸る道幾筋ぞ春の草'(自畵贊, 安永7[1778])에서는 뚜렷하지 않은 몇 갈래의 길이 나타난다.

바쇼는 '방랑의 시인', 부송은 '농거蟄居의 시인'이라고 한다. 삿갓을 쓰고 길 떠나는 모습의 바쇼의 자화상[31]과, 화로 앞에 웅크리고 앉아 생각에 잠긴 모습의 부송상[32]은 뚜렷한 대조를 이룬다. 부송을 모델로 한 그림들은 대부분이 웅크리고 앉아 있는 모습이다. 부송은 독거하면서 시적 몽상을 즐겼다. 바쇼는 방랑자라고 해도 고향과 왕래가 잦았는데 반해, 부송은 한곳에 머물러 사는 정주자였음에도 불구하고 고향과 단절된 채 살았다. 오가타 쓰토무尾形仂와 모리모토 데쓰로森本哲郎도 지적하고 있듯이 부송은 고향에 대해 강한 사모의 염念을 지니면서도 고향을 등지고 있었기 때문에 그 사모의 정이 더 심화되는 굴절된 '가향의식'이 있었다.[33] 즉, 바쇼는 고향에 밀착되어 있으면서 정신적인 표박자漂泊者였는데 반해 부송은 정주자이면서도 늘 고향회귀 지향이라는 것이 있었다.

부송은 봄놀이가 끝난 해질녘 교토로 돌아온다는 표현을 즐겨쓴다.

꽃에 저물어
내가 사는 교토로
귀거래하다
花にくれぬ我住む京に歸去來   (遺稿, 安永3[1774])

긴긴 하루해
교토의 봄을 나서
되돌아오다
遲き日や都の春を出てもどる   (遺稿, 年次未詳)

　실향의 아픔을 지닌 부송은 교토에 지나치리만큼 집착을 하고 있
다. 위의 작품도 현재 안주하고 있는 교토로 돌아와야만 평온해지는
부송의 심리를 읽을 수 있다. 이외에도 교토의 안온함을 예찬하는
구가 다수 있다. 부송이 이처럼 교토에 강하게 집착함은 잃어버린
고향에 대한 일종의 대리만족의 형태라고 볼 수 있다.
　그리고 정신의 안식을 주는 안식처로 도연명의 세계에 심취하고
있다.『도화원기』의 숨어사는 마을처럼 부송도 복잡함을 피해 숨어
서 살아감에 의해서 정신의 안식처를 구하고 있었음을 알 수 있다.
'숨어 산다隱れて住む', '틀어박혀 산다籠って住む'는 것의 안락함을 찬양
하고 있는 작품이 특히 많다.

　① 잿속의 불이여
　　　내 숨어사는 집도
　　　눈 속에 있네
　　　うづみ火や我かくれ家も雪の中   (落日庵, 明和7[1770])

　② 지붕이 나지막한
　　　내 집의 아늑함이여
　　　겨울 칩거

屋根ひくき宿うれしさよ冬籠　　　　　　　　　　(落日庵, 明和6[1769]?)

③ 겨울 칩거
　　처에게도 아이에게도
　　숨바꼭질
　　冬ごもり妻にも子にもかくれん坊　　　　　　(自筆句帖, 明和6[1769]?)

　　좋아하는 화로를 끼고 앉아 눈 속에 '숨어사는 집'의 아늑함을 이야기하고 있다. '겨울칩거' 즉 '후유고모리冬ごもり'는 26구나 읊고 있으며 '잿속의 불埋み火'은 10여 구나 읊고 있다. 두 가지 모두 인간생활의 계어로 부송이 특히 좋아한 것이다. 이 두 가지 계어의 조합은 겨울 방안의 생활미학을 나타내는 시어이다.

　　위의 ①번 작품은 화로의 잿속에 묻어 놓은 따뜻한 숯불처럼 사는 집도 눈 속에 묻혀 있는 포근함을 이야기하고 있다. ②번 작품은 지붕이 낮아서 아늑한 느낌을, ③번 작품은 눈에 안 띄고 숨어 있어서 편안한 느낌을 이야기하고 있다.

　　어떻게 보면 폐쇄적인 '닫혀 있는 공간'을 선호하는 성향이 부정적으로도 비쳐질 수 있지만, 인간이라면 누구나 지니고 있는 '숨고 싶은 욕망'을 시적으로 승화시키면서 그것을 객관화하여 바라본 수작秀作이라고 하겠다.

　　『도화원기』에는 현실에 대한 절망으로 인해 '추수 때에도 착취를 하지 않는 평화로운 유토피아'에 대한 희구가 담겨있다. 부송에게는 그러한 사회의식을 기대할 수는 없다. 부송의 도원경은 숨어 살며 이향異鄕에 대한 공상을 즐기고 고향을 잃은 상실감을 달래는 수단이었다고 할 수 있다.

　이 장에서는 부송 하이쿠의 예술적 바탕에 대해서 살펴보았다.
　'이속론離俗論'에서 알 수 있듯이 속俗에 파묻혀 지내면서도 끊임없이
한시漢詩를 읽고 소위 속된 기운을 걸러내는 연마를 마다하지 않았다.
'서화일체書畵一體'의 입장에서 문학과 그림을 동일한 입장에 두었다.
　부송은 하이쿠를 그림 같은 색채와 구도로 읊어 하나의 예술작품
으로 조형해 내는 새로운 경지를 개척했다. 정물화를 그리는 듯한
묘사방법과 색채감각, 구도는 모두 그의 화가적인 소양에서 비롯된
것임을 알 수 있었다. 종래 하이쿠가 선문답적인 '말 던짐'의 기법이
주류를 이루었다면 부송 하이쿠는 하나의 예술품으로 정착될 수 있
는 계기를 마련했다고 할 수 있다. 또한 종래의 '와비, 사비'의 미학
에 바탕을 둔 담백한 하이쿠뿐만이 아니라 인간의 자유분방한 감정
을 담아내는 낭만적인 하이쿠의 가능성을 열어놓았다.
　실향의 아픔을 안고 부송은 도연명에 심취하여 스스로 사숙私淑했
다. '부송蕪村'이라는 이름도 「귀거래사」에서 따 온데서도 그 심경이
드러난다. 물론 전원으로 귀거래를 한 도연명과 달리 부송은 도회의
시정市井에 묻혀 사는 삶을 택했다. 그러나 도원경을 시정의 공간으
로 옮겨와서 좁고 아늑한 공간을 이상향으로 여겼던 것에서 하이쿠
의 중층적인 깊이가 생겨났다고 볼 수 있다.

1　栗山理一他人校注(1989)『近世俳句俳文集』小学館, pp.571-572.
2　선종의 공안의 하나이다. 양손을 치면 소리가 나지만 한쪽 손으로는 어떤 소리가
　　나는가 하는 것을 묻는 물음. 사려분별을 초월한 절대의 경지로 인도하는 것으로

햐쿠인이 초보자를 위해 사용하였다.

3 李漁(2009)『芥子園画伝』大東急記念文庫編 勉誠社, pp.6-19.

4 穎原退蔵著(1979)「穎原退蔵著作集 3・俳諧史 1」中央公論社, pp.320-322.

5 小西甚一(1997)『俳句の世界―発生から現代まで』講談社, pp.223-224.

6 小西甚一(1997) 앞의 책, p.24.

7 山下一海(1993)『芭蕉と蕪村』角川選書, p.12.

8 飯田龍太(1996)『俳句入門三十三講』講談社学術文庫, p.31.

9 김희영(1988)「롤랑 바르트의 후기 문학실천」『세계의 문학』민음사, pp.65-66.

10 穎原退蔵著(1979) 앞의 책, p.322.

11 高浜虚子(1936)『渡佛日記』改造社.

12 正岡子規(1899)『俳人蕪村』ほととぎす発行所刊, 子規는 여기서 蕪村의 発句가 芭蕉를 능가한다고 평하고 있다.

13 유옥희(2001)「요사부송의 모란의 이미지」『일본학보』47, pp.329-346.

14 시란 모름지기 마음의 발로이기는 하나, 物(대상)에 의한 감동에서 출발한다. 그 物을 객관적으로 파악한 것에서 표현이 생겨나며 그 物을 내면적으로 파악한 것에서 절실한 생각이 생겨나며 여기서 바로 시가 발생한다는 입장.

15 村松友次(1990)『蕪村の手紙』大修館書店, pp.20-22 참조.

16 청나라 강희제의 칙찬인『佩文斎詠物詩選』이 전래되어, 일본에서 다량 출간되었다.『日本詠物詩』에 가장 직접적으로 영향을 준 것은 청나라 兪長仁編『歴朝詠物詩選』이다.

17 藤田真一(1985)「蕪村・嘯山・詠物詩」『ことばとことのは』2号.

18 逸翁美術舘, 2013. 3. 28 게재허가

19 藤田真一(2003), p.77.

20 萩原朔太郎(1988)『郷愁の詩人 與謝蕪村』岩波文庫, p.20.

21 이들 그림은 부송의 사후200년 요사부송展(1983년9월)의 자료집에 그 설명과 함께 수록되어 있다.

22 尾形仂(1993)『蕪村の 世界』岩波書店, pp.151-153.

23 大谷篤藏(1987)『俳林閒歩』岩波書店, pp.63-86.

24 萩原朔太郎(1988)『郷愁の詩人 與謝蕪村』岩波文庫, pp.20-23.

25 尾形仂(1984)『日本古典文学大事典』岩波書店, pp.325-326.

26 유옥희(2004)「蕪村의 源風景과 陶淵明」『일어일문학연구』49, pp.273-292.

27 高橋庄次(2000)『蕪村伝記考説』春秋社 참조.

28 天明2[1782]年9月28日の書簡(米居宛)

29 逸翁美術舘・柿衛文庫編(2003)『没後200年 蕪村』思文閣出版.

30 清水孝之(1947)『蕪村の芸術』至文堂, 田中善信(1996)『与謝蕪村』吉川弘文館 参照.

31 삿갓을 쓰고 지팡이를 짚은 채 옷자락을 나부끼며 길 떠나는 모습의 인물은 바쇼 그림의 중요 소재였다. 바쇼筆『旅路絵巻』,『時雨旅路』와 같은 것이 그것이다.(白石悌三編(1978)『図說日本の古典--芭蕉・蕪村』14、集英社 참조)

32 부송의 문하생 마쓰무라 겟케이松村月溪의『蕪村翁像』.

33 오가타 쓰토무尾形仂와 모리모토 테쓰로森本哲郎의 좌담「蕪村・その人と藝術」(『國文學 解釋과 鑑賞』) 1978년 3월호, p.23.

제4장

삶 속으로
파고들어

하이쿠는 계절감각을 바탕으로 하고 있기 때문에 '탈속적脫俗的인 자연시'라고 생각되는 경향이 있다. 그러나 서민사회에서 정착된 문학 장르인 만큼 속俗된 인간생활도 여과 없이 드러나며 인간의 체취가 시로 승화되어 나타난다는 점이 와카나 렌가와 구별되는 하이쿠의 중요한 특성이라 할 수 있다.

3장에서 보았듯이 바쇼와 부송 모두 '속俗'의 미학에 대하여 언급하고 있다. 바쇼는 '고오귀속高悟歸俗'이라고 했다. '높이 마음을 깨쳐서 속俗으로 돌아가라'는 것인데 마음에 사사로움이 없이 시심을 지니고 속된 일상을 바라볼 때 시가 탄생한다는 것이다. 부송의 '이속론離俗論'도 비슷한 맥락이다. 속에 있으되 속을 떠나라는 것은 세속적인 욕망에 이끌리지 말고 사물에 내재한 아름다움을 잡으라는 것이다. 속됨으로 인해 종래에는 시의 범주에서 밀려나 있던 것들에서 우주적 섭리를 깨달을 수 있음을 이야기한 것이다.

와카와 렌가에서는 자연물이나 사랑을 주제로 한 작품들이 주류를 이루어 왔으나 에도시대의 하이쿠에는 '소시민적인 인간의 일상'을 그려낸 수작秀作이 많다. 그 중에서도 부송의 작품들은 인간의 일상이 '조형적인 아름다움을 지닌 예술작품'으로 거듭날 수 있는 가능성을 보여주었다.

2장에서 보았듯이 부송은 22세 무렵부터 스승 소아宋阿(1676-1742)를 따라 에도에 거주하다가 27세 무렵부터 바쇼의 행적을 좇아 동북지방東北地方을 중심으로 여러 지방을 방랑 한 적도 있었으나 36세(1751, 宝曆元) 무렵부터는 교토에 정착했다.

45세라는 늦은 나이에 결혼을 하고, 53세 무렵은 교토의 시조가와라마치四条河原町에 정착하여 유유자적하는 삶을 보냈다. 53세에 교토 이치조모도리바시一条戻り橋의 기녀 쓰나綱에게 마음을 품고, 또 65세라는 고령의 나이에 고이토小糸라는 기녀에게 연정을 불태우고 68세에 연애의 파국을 맞으며 타계했다. 하이쿠 시인으로서는 지극히 속인俗人의 면모를 풍기는 분방한 삶을 살았다고 할 수 있다.

부송이 그와 같은 삶을 영위할 수 있었던 것은 2장에서 보았듯이 시대적 배경이 한몫 했다. 당시 다누마田沼 치하에서 경제적인 궁핍함을 겪는 서민들이 많았지만 교토를 중심으로 한 지역은 큰 재해나 전란도 없었으며 사람들은 현실에 밀착된 삶을 영위하고 있었다. 인쇄술, 교통로, 오락시설 등의 발달로 대중문화가 활발하게 일어난 시기였던 것이다.

당시, 히라가 겐나이平賀源内(1728-1780)와 같은 박물학자나 이케노 다이가池大雅(1723-1776)와 같은 문인화 화가들이 활발하게 활동을 했다. 당시의 문인들은 박물학적 지식을 흡수하며 사상적 혼란이 없이 시서화詩書畵 등의 예술을 즐길 수 있었다. 부송은 시정市井에 안주하여 넘쳐나는 서적이나 그림, 극을 보고 상상력을 부풀리며 구를 읊을 수 있었던 것이다.

부송은 문화적 풍요로움에 젖어 시정에 묻혀 살았기 때문에 때로는 화려하고 때로는 섬세하며 때로는 아늑한 분위기로 예술적 감성을 마음껏 발휘하였다. 하가 도오루芳賀徹는 부송의 작품을 조각에 비유하여 '로코코'적이라고 하고 있으며 바쇼의 작품은 '바로크'적이라고 하고 있다.¹ 부송 하이쿠에서는 세밀하고 아늑하며 우아한 조형미를 느낄 수 있으며 바쇼 하이쿠에서는 생동감과 장중함, 일탈적인 요소를 느낄 수 있다는 점에서 어느 정도 공감이 가는 이야기라고 할 수 있다.

1. '집'에 대한 애착

1) 자주 등장하는 '집'

'하이쿠의 성자'라고 일컬어지는 바쇼는 일생을 떠돌며 살았다. 부송도 하이쿠 수업에 열정적이었던 젊은 날에는 동북지방을 떠돌기도 했다. 그러나 36세부터 교토에 정착하여 평생을 한 곳에서 살았다. 그리고 유달리 '집'이나 거처와 관련된 표현을 빈번하게 사용하고 있다. 예컨대 아래와 같은 표현이 그것이다.

집家, 집으로 가는 길家路, 우리 집我家, 우리 집안家内, 집에 박혀 있음家居, 팔 집売家, 파는 저택売屋敷, 빌린 집借家, 빌린 뒷집裏借家, 3채의 집三両家, 집을 옮김宿替, 숨은 집かくれ家, 별택下屋敷, 가난한 집貧乏屋敷, 모퉁이 집角屋敷, 파수막番家, 저택館, 낡은 저택古館, 작은 집小家, 숙소宿, 별장別荘, 초가집草の戸/わら屋, 높은 전각たかどの, 통나무집木丸殿, 산위의 저택山やかた, 주거住居, 안채母屋 등

이러한 다양한 집의 모양, 크기, 놓인 위치, 숫자, 낡은 정도로 삶의 다채로운 풍경들을 형용하고 있는 것이다. '宿'나 'やどり'는 관견의 범위 내에서 50회나 사용되고 있다.

또한 생업을 영위하는 수많은 상점, 가게, 숙소들은 부송의 단골 소재이다.

구멍가게小見世, 꽃가게花見世, 찻집茶見せ/茶屋, 역참駅宿り, 야채가게八百屋

'집'이나 '숙소', '가게'는 인간이 일상적으로 머물고 드나드는 최소 단위의 공간이며 그 속에서 현세적인 삶을 영위하며 사람들끼리 교감을 나누는 공간이다. 많은 시가나 문장의 세계에서는 집을 떠나 자연에 몰입할 것을 주장하며 집을 '속되고 비천한 것'으로 묘사해왔다. 그러나 부송은 그 집을 가까이서 '근경近景'으로 보기도 하고 '원경遠景'으로 보기도 하면서 '집'이 뿜어내는 인간 삶의 입김이나 색깔을 읽어내고자 했다.

야색누대설만가도夜色楼台雪万家図

　부송의 그림 「야색누대설만가도夜色楼台雪万家図」에서는 다닥다닥 붙은 집들이 저마다의 삶을 영위하는 공간으로 정감 있게 그려지고 있다. 지붕을 덮은 눈은 그 집들을 안온하게 감싸주는 역할을 하고 있다. 눈 덮인 집들을 원경으로 그리고 있는데 늘어선 집들에서 불빛이 새 나오고 있는 것 같은 분위기를 연출하고 있다. 집들을 따뜻한 시선으로 바라보는 부송의 내면을 엿볼 수 있다.

　하이쿠에서 부송은 다양한 집들을 그려내고 있다.

　① 팔려는 집에

　　작은 불상도 있는데

　　날개미 날고

　　売家に持仏も添ヒて飛蟻哉　　　　　　　　(百池宛書簡, 安永6[1777])

　② 방을 안 주는

　　등불 빛이여 눈 속에

　　늘어선 집들

　　宿かさぬ灯影や雪の家つづき　　　　　　　　(自筆句帳, 明和5[1768])

③ 장구벌레 기는

　　습지여, 장사長沙의

　　뒷골목 셋방

　　ぼうふりの水や長沙の裏借家　　　　　　　　(新花摘, 安永6[1777])

④ 초겨울이여

　　향이며 꽃을 파는

　　백정의 집

　　初冬や香華いとなむ穢多が宿　　　　　　　　(落日庵, 明和5[1768])

⑤ 허름한 역, 두어 채 집

　　고양이 짝을 부르나

　　짝은 안 오고

　　古駅三両家猫児妻を呼妻来らず　　　　　　　(夜半楽　安永6[1777])

　①번 작품에서는 팔려고 내 놓은 빈집에 불상도 함께 내다 팔리고 있는 풍경을 읊고 있다. '불상'이 소홀하게 취급되고 '날개미가 날고' 있는 것에서 낡은 집의 어수선한 정경을 짐작케 한다. '날개미'는 여름의 계어이며 『와칸산사이즈에和漢三才図会』에 의하면 '인가의 낡은 솔 기둥에 기생하는데 새끼는 가늘고 작아서 겨자씨와 같다. (중략) 노랗게 변해서 날개가 생기고 다시 검게 변하여 무리를 지어 나른다.'[2]라고 되어 있다. 우리나라에서 말하는 '흰개미'인 것으로 보인다. 흔히 지나다니는 골목에서 만나는 한 장면을 클로즈업함으로써 집을 팔 수밖에 없는 생활의 궁핍함과 그 주인의 어수선한 마음을

짐작케 한다.

②는 '눈 속에 집들이 늘어서 있는데 지나가는 이 나그네에게 그 누구도 방을 빌려 주지 않는다. 그 집들에서는 단란함을 짐작케 하는 불빛이 새어나오고 있다'는 의미이다. 부송은 이처럼 '방宿'을 빌려 준다거나 빌려주지 않는다거나 하는 표현을 자주 쓰고 있다. '방을 빌려주지 않는 / 마을 쓸쓸한 / 태풍이여宿かさぬ村あはれなる野分哉', '방 빌려달라고 / 칼을 내던지는 / 눈보라여宿かせと刀投げ出す吹雪哉'와 같은 것이다. '宿'는 'やど', 혹은 'やどり'라고도 읽는데 살고 있는 거주지를 이야기하기도 하고, 나그네가 거쳐 가는 '객사', 혹은 그냥 기거하는 '방'을 나타내기도 하는데 일본인들이 특히 즐겨 쓰는 표현이다. 사는 집이든 객사든 잠시 머물렀다 가는 곳이라는 뉘앙스가 강한데 부송 작품의 경우에는 '심신을 쉴 수 있는 아늑한 곳'을 의미하는 '그리움'의 시어로 쓰이고 있다.

③은 장구벌레가 기어 다니는 물웅덩이가 흡사 중국의 습지 '장사長沙'에 있는 뒷골목 셋방과 같다는 의미이다. 장사長沙는 중국 전한前漢의 문인 가의賈誼가 좌천된 곳으로 습한 항구로 잘 알려진 곳이다. 이러한 고대의 지명을 따와서 시어로 승화시키고 있는 부송의 상상력이 돋보이는 부분이다.

④번 '초겨울이여…'는 추운 겨울날, 하층민으로 힘겹게 살아가는 백정들도 집에는 불단에 향불과 꽃을 바치고 있는 모습에서 그 누구에게나 보호막으로 존재하는 '집'이라는 공간이 부각되고 있다.

⑤는 허름한 역과 듬성한 집의 풍경, 그 속에서 짝을 찾는 고양이의 허탈함을 배치하여 민가의 골목 분위기를 시적으로 승화시키고 있다.

이와 같이 '집'은 부송에 있어서 삶이 영위되는 거주 공간이기도 하지만, 원근법을 써서 그린 그림처럼 애환과 고달픔이 묻어나는 삶의 한 풍경으로 형상화되고 있다. '뒷골목 셋방裏借家', '백정의 집穢多が宿' 등은 『고전 하이분가쿠 다이케이古典俳文学大系』[3](이하, '하이분가쿠 다이케이'로 칭함)에 의하면 당시 하이쿠에서는 부송만이 읊고 있는 언어이다.

다음에서는 몸과 마음을 쉬는 아늑한 공간으로서의 마을과 집이 강조되고 있다.

① 파수막 있는
　마을은 깊어가네
　달 밝은 오늘
　番家有村は更たりけふの月　　　　　　　　(自筆句帳, 明和5[1768]?)

② 반디불빛에
　더더욱 기쁘구나
　내 집에 있으니
　蛍火に殊うれしき家居かな　　　　　　　　(夜半亭発句集, 安永5[1776])

③ 화롯불이여
　내 숨어 사는 집도
　눈 속에 쌓여
　埋火や我かくれ家も雪の中　　　　　　　　(落日庵 明和7[1770]?)

①은 불침번을 서고 있는 '番屋(ばんや)' 즉 '파수막'이 있는 마을의 밤풍경이다. 파수막으로 인해 마을사람들은 편안히 잠들고 달빛이 환히 비쳐 밤은 더욱 깊어간다. ②는 집에 있으면서 반디불빛을 볼 수 있는 기꺼움을 읊고 있다. ③은 3장에서도 도연명과 관련하여 언급했지만, 도화원이라는 이상향이 외부세계와 단절되어 있어서 평화스러움이 배가되듯이 숨어 사는 집이 눈에 덮여 더욱 그윽하고 아늑해짐을 이야기하고 있다.

부송의 '집에 대한 집착'은 어떻게 보면 폐쇄된 공간으로 침잠해 들어가서 자칫 '자폐적'이 될 수 있었을지도 모른다. 그러나 이러한 성향이 병적으로 발전되지 않은 것은 왜일까? 부송은 자신의 웅크린 모습을 시나 그림을 통하여 객관화하여 볼 수 있는 또 다른 마음의 눈을 지녔으며, 고달픈 삶의 현장에서 저마다의 '둥지'를 틀고 생生을 영위하는 모든 인간에 대한 연민의 마음이 있었기 때문이라고 생각된다.

집과 외부세계를 연결하는 통로인 '문門'에 대해서도 다양한 표현들을 빈번하게 쓰고 있다.

뒷문裏門/背戸 울타리 밖垣の外, 대문大門, 문짝扉, 사립문柴門, 우리 대문 我が門

커다란 대문
묵직한 문짝이여
저무는 봄날
大門の重き扉や春の暮   (自筆句帳, 天明元[1781])

은어를 주고

들르지 않고 가버린

밤중의 대문

鮎くれてよらで過ぎ行く夜半の門　　　　　(自筆句帳, 明和5[1768])

아무도 오지 않고 묵직하게 닫혀 있는 대문, 낚시로 잡은 은어를 건네주고 들르지 않고 지나가버린 친구에 대해 '기다림'과 '아쉬움'의 정서를 담아내고 있다. 아늑한 둥지에 숨어 지내기를 좋아한 부송이었지만 인간이기에 사람 온기를 그리워하고 기다리는 마음이 은연중에 묻어나오고 있는 것이다.

2) 집으로 가는 길家路

'家路(이에지)'라는 말은 '집으로 가는 길'이라는 의미이다. 이 말은 아늑함에 대한 그리움, 외로운 영혼의 안식처에 대한 희구, 향수 등, 시적인 뉘앙스를 지닌 일본어이다. 그 용례는 『만요슈万葉集』부터 보인다.[4]

부송은 '집으로 가는 길家路'을 사용한 구를 총 7회 읊고 있다. 평온한 삶에 대한 간절한 희구를 드러낸 언어이다. 방랑시인 바쇼는 '해 저물었네 / 삿갓 쓰고 짚신을 / 신은 채로年暮れぬ笠きて草鞋はきながら'라고 떠도는 신세에 대한 한탄을 읊고 있다. 그러나 바쇼는 가족을 이루고 살고 있는 정주지定住地가 없었기 때문에 '집으로 가는 길'이라는 말을 쓴 예가 보이지 않는다. 바쇼와는 대조적으로 부송은 한 곳에 안주하는 것을 즐겼기 때문에 부송이 말하는 '집으로 가는 길'은 자

신의 정신의 안식처로 가는 길이기도 했다.

① 봄날 해거름
　　집으로 가는 길이
　　먼 사람들 뿐
　　春の暮家路に遠き人斗　　　　　　　　　（夜半亭蕪村句集, 安永2[1773]）

② 기름을 사서
　　집으로 가는 길에
　　떨어진 이삭들
　　油買うて戻る家路のおちぼかな　　　　　　　　（題宛集, 年次未詳）

③ 반딧불 나는데
　　집으로 가는 길의
　　재첩 장수
　　ほたる飛ブや家路にか〜る蜆うり　　　　　（夜半叟, 安永7[1778]以後）

④ 이슥한 밤에
　　결국 집으로 가는 길의
　　탁발승이여
　　終に夜を家路に帰る鉢叩き　　　　　　　（自筆句帳 明和5[[1768]）

　①은 봄놀이에 취해 있다가 집으로 가는 길, ②는 등잔 기름을 사서 집으로 가는 길, ③은 재첩장수가 날이 어두워져 집으로 가는

길, ④는 탁발승이 절간으로 가지 않고 자기 집으로 가는 길을 읊고 있다.

'집으로 가는 길家路'이라는 표현은 인간의 근원적인 '귀소본능歸巢本能'을 함축적으로 담아낸다. 특히 위의 ④번 작품의 경우, 집으로 가는 탁발승의 모습을 그리면서도 탈속적이거나 구도적인 모습보다는 '결국終に'라는 표현에서 '따뜻한 온기가 묻어나는 공간을 희구하는 마음'을 애정어린 시선으로 표현하고 있음을 볼 수 있다.

3) 작은 집小家

부송의 작품에 나오는 집은 규모가 크고 넓은 집이 아니다. '작고 나지막한 집'이다. 그는 입버릇처럼 '작은 집小家(고이에)'라는 표현을 쓰고 있는데 무려 23회 이상의 용례가 보인다. '작은 집'은 실제로 당시 집의 크기가 작기도 했지만 '크기의 작음'보다는 '하루하루를 힘들게 살아가는 서민들이 살아가는 집에 대한 연민의 시선'을 나타낸 시어라 볼 수 있다.

> 쑥떡이여
> 이부키산에 늘어선
> 작은 집, 작은 집
> 草餅や伊吹につづく小家小家   (柳女・賀瑞宛書簡, 安永?)

'작은 집, 작은 집小家小家'이라고 반복적으로 쓰고 있다. '이부키산에 늘어선 작은 집들은 비록 빈한해도 이 지방 명산인 쑥떡을 먹으며 정겹게 살겠지'라는 의미이다. 큰 집보다 늘 작은 집에 시선을 주고 있는 것은 소박하고 작게 살아가는 서민들의 애환을 따뜻한 시선으로 바라보는 마음의 표현이기도 하다.

또한 '작은 집들이 옹기종기 늘어선 풍경'을 '小家がち(고이에가치)'라고 하며 7회의 용례가 보인다. '~がち(가치)'는 '~듯한'이라는 의미의 접미사이다.

① 유채꽃이여
　　등잔기름 모자란
　　자그만 집들
　　菜の花や油乏しき小家がち　　　　　　　(自筆句帳, 安永2[1773])

② 장맛비여
　　미즈 잠깰 무렵의
　　자그만 집들
　　五月雨や美豆の寝覚の小家がち　　　　　(自筆句帳, 明和6[1769])

③ 다른 사내의
　　옷을 다듬질 하겠지
　　자그만 집들
　　異夫の衣うつらん小家がち　　　　　　　(書簡, 安永3[1774])

④ 물새소리여
　　이른 아침을 먹는

자그만 집들

水鳥や朝めし早き小家がち　　　　　　　　　　(新五子稿, 年次未詳)

　①은 유채기름을 채취하기 위해 유채꽃을 기르지만 실제는 등잔기름조차 모자란 자그만 집들을 애처롭게 바라보는 시선이 느껴진다. 유채꽃의 따뜻한 색깔로 인해 집들은 그리 어두운 분위기만은 아니다.

　②는 장맛비에 집에 물이 들지 않을까 걱정하며 잠 못 들고 있는 작은 집들을 묘사하고 있다. '미즈美豆'는 교토의 우지가와宇治川와 기즈가와木津川가 합류하는 지점으로 '물의 고향'으로 이름난 아름다운 곳이다.

　③은 아내가 다듬이로 품삯을 벌며 살아가는 작은 집의 정경을 읊고 있다. 중국 한나라의 소무蘇武가 흉노에게 잡혀간 후 그 아내가 고독함을 달래며 다듬이를 두들겼다는 고사를 '서민적인 고달픈 현실'로 전환시킨 것이 특징이라고 할 수 있을 것이다.

　④는 물새 소리에 잠을 깨어 이른 아침을 먹고 서둘러 하루 일을 시작하려 하는 '물가 작은 집'들을 이야기하고 있다.

　'小家がち(고이에가치)' 즉, '늘어서 있는 작은 집들'이라는 표현은 집들을 의인화한 듯한 느낌을 풍기고 있다. 작은 집이 단지 작은 건물을 지칭하는 것만이 아니라 소박하고 빈한한 삶을 영위하고 있는 서민들의 일상을 상징하고 있기 때문이다.

2. 작고 가느다란 것들

1) 작은 것들

부송은 '작은 집小家'뿐만이 아니라 인간의 삶의 모습을 묘사함에 있어 '작은小~'라는 표현을 빈번히 사용하고 있다.

작은 상인小商(こあきない)/小商人(こあきんど), 작은 여우小狐, 작은 조개小貝, 작은 보자기小風呂敷, 작은 다리小橋, 작은 가게小見世, 작은 농민小百姓, 작은 젊은이小冠者, 작은 아이小坊主, 작은 입小さき口, 작은 길小道/小路, 작은 배小舟, 작은 새잎小さき若葉, 작은 매사냥小鷹狩, 작은 국화小菊, 작은 물고기小魚, 작은 싸리小萩, 작은 정어리小鰯, 작은 등小提灯, 작은 새小鳥, 자갈 돌小石, 작은 빗小櫛, 작은 물고기小魚, 작은 절小寺, 작은 성하도시小城下, 작은 옷장小簞笥, 작은 서랍小引き出し, 작은 덧문小蔀, 작은 은어小鮎, 작은 언월도小薙刀, 시내小川, 작은 풀꽃小草花, 가랑비小雨, 작은 목소리小声, 작은 가게小店

① 작은 농민
　메추리를 업으로
　늙음을 맞았네
　小百姓鶉を取老と成にけり　　　　　　　　　(夜半叟, 安永6[1777])

② 고인 물 퍼내고
　작은 배 애처로운

오월 장맛비

あか汲て小舟あはれむ五月雨　　　　　　　　　(新花摘, 安永6[1777])

③ 유채꽃이여

이즈미 가와치에

작은 행상

菜の花や和泉河内へ小商　　　　　　　　　　(落日庵, 明和6[1769])

④ 차 개봉하네

작은 성하도시여도

예사롭지 않아

口切や小城下ながらただならね　　　　　　　(自筆句帳, 明和5[1768])

　①은 노년에 메추리를 잡으면서 생계를 유지하며 근근이 살아가
는 '소농민小百姓(こびゃくしょう)'의 처지를 이야기하고 있다. 많은 땅을
지닌 농민은 '대농민大百姓'이라고 한다. 부송이 자주 쓰는 '소농민小百
姓'이라는 표현은 궁핍하지만 자족하면서 살아가는 농민의 삶을 나
타내는 표현이라 하겠다. 부송은 '소농민'이라는 표현을 4번 쓰고
있다.

　②는 장마철에 배 바닥에 고인 물을 퍼내면서 조그만 배를 걱정하
는 마음이 드러나 있다. ③에 쓰인 '이즈미', '가와치'는 봄이면 유채
씨에서 짠 채종유나 목면 등을 많이 생산하여 풍요로워지는 곳이다.
작은 행상이 봄에 이 마을들을 돌아다니는 풍경을 읊고 있다. 부송
은 '소상인小商(こあきない)'이라는 말을 5번이나 쓰고 있다. ④는 한해의

첫 차를 개봉하는 구치키리口切(차 개봉) 행사의 화기애애함을 이야 기하고 있다. 그러나 성하도시城下町가 아니라 '작은 성하도시小城下'라 고 함으로써 더욱 아늑하고 정감 가득한 분위기를 묘사하고 있다.

이러한 작품들에서 '작은小~'은 실제로 크기가 작은 것을 강조하 고 있기보다도 소박한 인간 삶의 풍경을 형상화하는 부송 특유의 '수사修辭'라고 할 수 있을 것이다.

2) 가느다란 것들

부송이 자주 쓰고 있는 '가느다란細~' 역시 '작은小~'과 유사한 수 사라고 할 수 있으며 22회 이상이나 용례가 보인다.

① 수사슴이여
   승도의 처마에도
   가느다란 기둥
   小男鹿や僧都が軒も細柱   (蓮華会集, 安永4[1775]以前)

② 등불심이
   가느다란 것을 의지하네
   가을 암자
   灯心の細きよすがや秋の庵   (夜半叟, 安永6[1777])

③ 캐어서 먹는
   우리 집 죽순이

가느다랗다

掘り喰らふ我たかうなの細きかな　　　　　　　(新花摘, 安永6[1777])

④ 두 갈래로

가늘어지는 쓸쓸함이여

가을의 강물

二叉に細る哀れや秋の水　　　　　　　　　　(落日庵, 明和6[1769])

⑤ 가느다란 몸으로

아이 곁을 지키는

어미제비여

細き身を子に寄り添ふる燕哉　　　　　　　　(自筆句帳, 安永3[1774])

⑥ 활잡이의

오비의 가느다람이여

시원한 대자리

弓取の帯の細さよたかむしろ　　　　　　　　(自筆句帳, 明和3[1766])

　①은 '수사슴'으로 산속의 가을을 암시하고, 승도僧都가 기거하고
있는 암자의 조촐함을 '가느다란 기둥'으로 상징하고 있다. ②번 작
품 또한 등불의 '가느다란 심지'로 암자의 쓸쓸하고 외로운 정경을
상징하고 있다. ③은 밥상의 소박함이 '가느다란 죽순'으로 표현되
고 있다. ④는 '가늘어지는 강줄기'로 쓸쓸함을 표현하고, ⑤는 작은
동물이 기특하게도 새끼를 먹여 키우는 모습의 애틋하고 대견함을

'가느다란 몸'으로 나타내고 있다.

⑥은 활잡이의 몸매의 날렵함을 '가느다란 오비(허리끈)'로 표현하고 있다. 에도시대의 풍속백과『모리사다 만코守貞謾稿』에 의하면 이 당시 안에이安永 시기에 소위 세련된 남자를 의미하는 '쓰진通人'들의 오비의 너비는 한 치 팔구푼一寸八九分(5.7㎝)정도였다고 한다.[5]

두껍지 않고 '가느다란' 것들은 부족하고 모자람 속에 겨우겨우 살아가며 자족하는 삶의 상징이다. 또한 화사하고 충만함을 외부로 발산하는 것과는 다른 조촐하고 소박하게 어우러짐을 찬미하는 언어라고 할 수 있다. 바깥으로 확장하는 원심적인 시선이 아니라 '안으로 안으로' 삶 그 자체가 영위되는 공간을 구심적으로 바라보고 있다. 궁상스런 삶에 대한 비탄조가 아니라 애정어린 시선을 미적으로 형상화하고 있는 것이다.

3. 구심적 시선

지금까지 봐 왔듯이 부송의 작품에는 '작고小', '가늘고細', '나지막한低' 것들에 대한 묘사가 빈번히 등장한다. 앞에서 본 작은 생명체들의 묘사도 그러하지만 실제로 작고, 가늘고, 나지막함을 표현한 형용사들을 찾아보면 이루 헤아릴 수가 없다. 감정이 외부로 분출하는 것보다 내 앞에 놓인 것들에 대한 정감의 표현이라고 할 수 있다.

모리타 란森田蘭도「부송의 감각표현蕪村の感覚表現」에서 지적하고 있듯이 '작은 집'은 부송의 행동반경과 안주의 기쁨을 표현하는 시어로 그의 그림이나 작품에 산재해 있다. 그리고 그 '작은 집'은 개방적

이지 않고 작은 소도구들이 놓여 있는 생활냄새가 나는 작은 공간이다. '유채꽃이여 / 등잔기름 모자란 / 자그만 집들菜の花や油乏しき小家がち'(歳旦帳)과 같은 것이다. 또한 모리타 란은 '작은小~'이라는 표현을 즐겨 쓰고 있되 그 표현은 흔히 어떤 대상을 경멸하는 의미의 '작은~'이 아니라 '애칭愛称', 혹은 '애칭哀称'이라 하고 있다.[6]

모리시타 미사코森下みさ子는 『에도의 미세의식江戸の微意識』에서 소상팔경을 패러디한 「자시키 팔경座敷八景」[7]을 분석함에 있어서 '정형화된 경치를 바라보는 원심적인 시선이 아니라, 아무렇지도 않은 묘사 가운데 뭔가를 발견하려 하는 구심적인 시력視力이 작동한다'[8]라고 하고 있다. 여기서 '구심적인 시력'이라는 말은 부송 하이쿠의 미세한 묘사와도 통하는 표현이라고 하겠다.

일본문학에는 전통적으로 '봄의 일곱 가지 풀꽃春の七草', '가을의 일곱가지 풀꽃秋の七草'을 비롯한 '풀꽃'을 찬미하고 '풀벌레 울음소리虫の音'를 즐기듯이 '작고 여린' 자연물을 완상하는 문학적 토양이 있었다. '작음'과 '여림'은 대상과 주체간의 긴장관계를 형성하지 않고, 페이소스pathos를 유발하는 것으로 일본문학의 기본 정조인 '아와레あはれ'[9]와도 상통한다고 할 수 있다.

헤이안시대의 여류문인 세이쇼나곤清少納言은 수필 『마쿠라노소시枕草子』에서 다음과 같이 쓰고 있다.

> 귀여운 것들. 참외에 그린 어린애 얼굴. '찍찍' 쥐소리를 내며 새끼참새를 부르면 통통통 튀어 올 때. 또 (새끼참새를) 줄에다 매달아 두면 어미참새가 벌레 따위를 물고 와서 입에 넣어 주는 것도 정말 애처롭다. 두 살배기 애가 바삐 기어 오는 자리에 아주 작은 티끌이 있는 것

을 잽싸게 발견하고 조그만 손가락으로 집어서 어른한테 보여주는 것은 너무 귀엽다. 단발머리 어린애가 머리가 눈을 덮어도 쓸어 넘기지도 않고 갸우뚱거리며 뭔가를 보고 있는 것도 너무 귀엽다. (중략) 인형놀이 도구. 연잎이 너무 쪼끄만 것을 연못에서 건져 올린 것. 접시꽃 쪼끄만 것도 너무 귀엽다. 무엇이든 작은 것은 너무 귀엽다.

(마쿠라노소시, 155단)

うつくしきもの、瓜にかきたる児の顔。雀の子のねず鳴きするにをどり来る。また、へになどつけてするゑたれば、親雀の虫など持て来てくくるも、いとらうたし。二つばかりなるちごの、いそぎて這ひ来る道に、いと小さき塵などのありけるを、目ざとに見つけて、いとをかしげなる指にとらへて、大人などに見せたる、いとうつくし。尼にそぎたるちごの、目に髪のおほひたるを、かきはやらで、うちかたぶきて物など見る、いとうつくし。(中略)

雛の調度。蓮の浮き葉のいと小さきを、池より取り上げて見る。葵の小さきもいとうつくし。何も何も、小さきものは、いとうつくし。　　　　(枕草子, 155段)[10]

　여기서 '우쓰쿠시ぅつくし'를 '귀엽다'라고 번역해 보았다. 요즈음은 '우쓰쿠시이ぅつく(美)しい'가 '아름답다'라는 의미로 사용되지만 고어 '우쓰쿠시'의 의미는 다르다. 『일본국어대사전日本國語大辭典』에 '어린 것, 작은 것에 대해서 다소 관상적觀賞的으로 말하는 경우가 많다.' '모양이 너무나 귀엽다. 애처롭고 예쁘다. 가련하다'라고 되어 있다. 작고 여린 것에 대한 애틋함, 가련함의 의미를 담고 있다. 우리말의 고어 '어엿브다'가 '불쌍하다', '가련하다'의 의미였던 것과도 아주 유사하다.

　세이쇼나곤은 헤이안시대의 자잘한 궁정생활의 미학을 그려내고 있다. 『마쿠라노소시』에는 거대한 자연물은 등장하지 않는다. 태풍에 대한 묘사도 태풍 자체의 사나운 위력과 같은 것은 그녀의 문학의 범주에 들지 않았다. 오히려 태풍이 스쳐간 다음 날의 풍경을 아래와 같이 섬세한 필치로 묘사하고 있다.

> 태풍이 스쳐간 이튿날이야말로 너무 멋지고 운치가 있다. (중략) 격자문의 홈 따위에 나뭇잎을 일부러 해 놓은듯 틈새마다 불어 넣어 놓은 양이 거친 바람이 한 짓이라고는 생각되지 않는다.
>
> (마쿠라노소시, 191단)
>
> 野分のまたの日こそ、いみじうあはれにおぼゆれ。(中略)格子の壺などに、さと際をことさらにしたらむやうに、こまごまと吹き入れたるこそ、荒かりつる風のしわざともおぼえね。
>
> (枕草子, 191段)

거센 바람으로 격자문 사이사이에 나뭇잎이 끼어 있는 풍경이 너무나 운치가 있다는 것이다.

기라 스에오雲英末雄가 부송의 하이가俳画(하이쿠적인 맛이 나는 간결한 담채화나 묵화)와 관련하여 『마쿠라노소시』를 인용하고 있는 것은 매우 시사적이다.

「무엇이나 작은 것은 모두 귀엽다」 이 경우의 「우쓰쿠시うつくし」는 미려美麗함이 아니라 「귀엽다」를 의미한다고 합니다. 애니메이션이나 헬로우 키티 등, 일본발 「KAWAII」문화는 이제 글로벌적으로 수출되고 있습니다만, 이 「귀엽다」는 하이가俳画의 특성의 하나라는 생각이 들었습니다. 가장 뛰어난 하이가는 18세기 후반 요사부송과 문하생들에

의해 그려졌습니다. 그 그림들은 신기하게도 「와비, 사비」와는 거리가 먼, 어깨에 힘이 들어가지 않은 「자유」로 넘쳐 있습니다. 일본 미술에 잠재해 있는 「귀여운」 유전자가 하이쿠라는 궁극적인 「작은」 시로 이어져서 뜻하지 않게 회화의 모습을 취했다는 생각마저 듭니다.[11]

'와비, 사비'와는 거리가 먼, 부송 하이가에 나타난 작고 '귀여운' 것의 '자유로움'에 대해 쓴 것이다. 기라는 하이가俳画를 이야기하면서도, 일본인의 유전자 안에 내재해 있는 '작음'을 선호하는 성향에 대해 언급하고 있다.

4. 미세한 생명

부송의 하이쿠를 읽으면 마주하고 있는 대상이 지닌 감각이 그대로 독자에게도 전달되는 느낌을 받는다. 눈앞에 마주하고 있는 대상에서 뿜어 나오는 색깔, 소리, 냄새, 맛, 촉감을 즉물적으로 전달하되 속되다는 느낌을 주거나 불쾌감을 유발하지 않고 감성을 자극하여 아름다움으로 느끼게 한다. 특별한 수식어도 없고 소재를 둘러싼 배경 설명도 생략되어 하나의 '물物'이 선명하게 클로즈업되어 있기 때문에 독자들도 온몸으로 감지할 수 있다.

① 녹나무 뿌리를
　조용히 적시는
　겨울비

楠の根を静かにぬらす時雨哉　　　　　　　(自筆句帳, 明和5[1768])

② 봄비 내리네

　　사람 들어와 사니 연기가

　　벽 틈을 샌다

　　春雨や人住ミテ煙壁を洩る　　　　　　(句集, 明和6[1769])

③ 시원함이여

　　범종에서 멀어지는

　　범종의 소리

　　涼しさや鐘をはなるるかねの声　　　　(句集, 安永6[1777])

④ 봄날의 개울

　　제비꽃 띠꽃을

　　적시며 가네

　　春の水すみれつばなをぬらし行　　　　(自筆句帳, 天明元[1781])

⑤ 짐수레가

　　요란히도 울리는

　　모란꽃이여

　　地車のとどろとひびく牡丹かな　　　　(自筆句帳, 安永3[1774])

⑥ 범종의

　　어깨에는 묵직한

오동잎 하나

つりがねの肩におもたき一葉哉   (落日庵, 安永[1772-1780]中期?)

⑦ 장마 빗줄기

처마의 홈통을 울린다

늙은이 귓전

さみだれのうつほばしらや老が耳   (自筆句帳, 明和6[1769])

⑧ 서글픔이여

낚싯줄을 흔드는

가을바람

かなしさや釣の糸ふく秋の風   (自筆句帳, 安永2[1773])

　①은 겨울비에 젖어 거무튀튀한 녹나무 뿌리를 클로즈업하여 고요하면서도 차가운 겨울비의 감각을 전달하고 있다. ②는 한참이나 비어 있던 집에 사람 인기척이 나더니 불을 지폈는지 갈라진 벽 사이로 연기가 낮게 새어나오는 풍경, 때마침 봄비가 내리니 눅눅하지만 온기가 퍼지는 느낌을 읊었다. ③은 범종소리가 범종에서 멀어진다고 하여 그 소리의 여운이 범종의 묵직하고 차가운 느낌과 더불어 시원한 감각을 전하고 있다. ④는 개울물이 작은 풀꽃들을 적시며 흐르는 모습에서 대지를 축이는 봄날의 생동감이 와 닿는다. 그 외, ⑤는 짐수레 덜컹거리는 소리에 흔들리는 모란꽃의 모습, ⑥은 '묵직한' 범종위에 '묵직한' 오동잎 하나가 척 걸쳐진 '묵직한' 모습, ⑦은 처마의 빗물이 홈통을 타고 흐르는 소리가 늙은이의 귓전에 울린다

고 하여 청각과 함께 머릿속이 울리는 느낌까지 표현하고 있다. ⑧은 '서글픔'이라는 것을 낚싯줄을 흔드는 가을바람으로 표현하고 있는 것이 섬세하면서도 감각적이다.

이처럼, 부송 자신이 대상을 풍경으로서만 바라보는 것이 아니라 그 속성을 깊이 감지하고 있기 때문이며 독자들은 표현된 사상事象들의 '미감美感'을 오감으로 느끼게 된다.

부송의 감각이 가장 섬세하고 예리하게 작동될 때는 작은 생명체들을 마주할 때이다. 지극히 미세한 것들의 생명의 꿈틀거림을 회화적이면서도 따뜻한 시선으로 그리고 있다. 마사오카 시키正岡子規가 부송을 '사생'의 시인으로 평가한 이래 부송은 사생의 시인의 대명사처럼 인식되어 왔지만, 단순한 사생이 아니라 생명 현상에 대한 경이로움과 존재의 연민을 이야기한다.

무심히 지나치면 시야에 들어오기 어려운 작은 생명체들이 발하는 움직임과 빛을 숨을 죽이고 들여다보고 있다.

① 아침바람에
　　솜털을 흩날리는
　　송충이여
　　朝風に毛を吹かれ居る毛むしかな　　　　　　(新花摘, 安永6[1777])

② 짧은 밤이여
　　송충이 잔 털 위에
　　이슬방울들
　　みじか夜や毛虫の上に露の玉　　　　　　(自筆句帳, 明和7[1770]?)

③ 짧은 밤이여

　갈대 사이로 사라지는

　가재 거품

　みじか夜や芦間流るる蟹の泡　　　　　　　(自筆句帳, 明和8[1771])

④ 모기소리 나네

　인동 꽃잎 하나하나

　질 때 마다

　蚊の声すにんだうの花の散るたびに　　　　(自筆句帳, 安永6[1777])

⑤ 봄비 내리네

　갯바위 작은 조개

　적셔질 만큼

　春雨や小磯の小貝ぬるるほど　　　　　　　(句集, 明和6[1769])

⑥ 황량한 겨울

　작은 새가 쪼아대는

　정구지 밭

　冬ざれや小鳥のあさる韮畠　　　　　　　　(自筆句帳, 安永6[1777])

⑦ 스시 밥통을

　씻노라면 낮게 다가오는

　물고기들이여

　すし桶を洗へば浅き游魚かな　　　　　　　(新花摘, 安永6[1777])

송충이, 물방개, 모기, 이름 없는 하얀 벌레, 조개, 작은 새, 작은 물고기 등, 미세한 '존재'들의 꿈틀거림을 특유의 감각과 인상적인 필치로 그려내고 있다.

①은 상큼한 여름아침에 솜털을 흩날리고 있는 송충이의 모습을 묘사하고 있다. '송충이'라는 일견 '흉측'할 수 있는 벌레가 함께 숨쉬는 생명체로서 '기쁨'의 대상으로 클로즈업되어 있다. 경이로움으로 잔잔한 미소를 머금고 바라보고 있는 부송의 표정이 연상된다.

②도 송충이를 관찰하고 있는 작품이다. 송충이를 가만히 응시하고 있는 행위 자체가 부송의 심심하고 적적한 내면을 잘 드러내고 있다. '짧은 밤'은 여름밤을 나타내는 계어이다. 시간대는 아직 햇살에 이슬이 사라지기 전인 이른 아침이라고 보면 되겠다. 낮 공기와 현격하게 달라서 이슬이 작은 송충이의 털에 방울방울 맺혀있다. 생각만 해도 웃음이 나온다. 징그러운 미물이지만 밤공기를 함께 견딘 존재끼리의 연민의 표출이다. '짧은' 여름밤의 정서와 '짧은' 시간에 사라져버릴 이슬, '짧은' 송충이의 생명이 서로 호응하여 찰나성이 강조되고 있다.

③도 앞의 구들과 유사한 기법이다. 개천 언저리에서 작은 거품들이 떠내려가며 갈대사이로 사라지는 풍경을 보고 무언가 했더니 '아하 가재로구나!'하는 의미이다. '가재거품', '게거품'이라는 말이 있다. 아가미호흡을 하는 가재나 게는 공기 중에 장시간 노출되어 있을 때 숨이 가빠져서 거품을 낸다. 모래밭에 있던 가재가 물속으로 들어가며 거품이 물에 떠내려가며 '짧은' 시간에 금세 사라지는 모습이 '짧은' 여름밤의 정서와 통한다. '게거품'이라는 우스꽝스러운 자연현상을 조금도 비속하지 않게 정겨우면서도 애틋하게 나타내고 있는

것이다. 3장에서 본 '이속론俚俗論'의 결정판이라고 할 수 있다.

④는 인동 꽃잎이 질 때의 섬세한 공기 진동과 여린 모기소리를 함께 배치하고 있다. 인동 꽃 색깔, 향기, 모기 소리가 시각, 후각, 청각을 자극하여 미세한 생명의 아름다움을 느끼게 한다.

⑤는 봄비에 젖는 갯바위의 '작은' 조개를 읊은 것인데 '~적셔질 만큼ぬるるほど'이라는 표현으로 조용히 내리는 봄비의 느낌을 감각적으로 전달하고 있다.

⑥은 황량한 겨울 정구지(부추) 밭을 쪼는 '작은' 새를 클로즈업하여 '작은' 생명체들의 저마다의 존재방식에 대한 감동이나 페이소스pathos를 표현하고 있다.

다음 작품도 작은 생명체들의 존재방식에 대해 미소 지으며 바라보는 부송의 시선을 읽을 수 있다.

① 달팽이
　　무슨 생각을 하나
　　한 더듬이 길고 한 더듬이 짧게
　　蝸牛何おもふ角の長みじか　　　　　　　　(自筆句帳, 明和5[1768])

② 꾀꼬리
　　울음 우네 쪼끄만
　　주둥이 벌려
　　鶯の啼や小さき口明イて　　　　　　　　　(自筆句帳, 安永6[1777])

①은 달팽이가 촉각을 하나는 길게 하나는 짧게 넣었다 뺐다 하는

모습이 마치 뭔가를 가늠하여 열심히 생각하고 있는 것 같다고 미소를 머금고 바라보고 있는 것이다. 부송의 달팽이 구는 무려 19구나 된다. 『하이분가쿠 다이케이』에 의하면 부송이 잇사 다음으로 많이 다루고 있음을 알 수 있다. 달팽이는 습기를 좋아하므로 장마철이 긴 일본의 풍토 때문에 비 온 후, 나뭇잎 등에서 자주 볼 수 있다. 느린 동작과 촉각을 움직이는 해학적인 모습에서 하이쿠의 단골 소재가 되었다.

②의 작품 역시 꾀꼬리가 작디작은 입을 벌려 울고 있는데 어찌 그렇게 고운 소리가 나는지 경이로워 하고 있는 모습을 표현한 것이다. 꾀꼬리는 대개 그 아름다운 소리를 찬미하는 것이 와카 이래의 경향인데 바쇼가 '꾀꼬리여 / 떡에다 똥을 싸는 / 툇마루 끝鶯や餅に糞する縁の先'이라고 전원의 생활감각과 연결시켜 읊은 이후에, 꾀꼬리의 모습을 친근하게 읊는 경향이 생겼다. 부송은 더욱 세밀한 관찰을 하며 고운 소리가 나는 작은 입을 응시하고 있는데 표현이 지극히 단순하면서도 생명현상의 경이로움을 최대한 드러내고 있는 점이 놀랍다고 할 수 있다.

식물에 대해서도 하나의 풍경이라기보다는 미세한 관찰에 의한 내부의 생명력을 나타낸 작품이 많다.

① 도끼로 찍다가
　향에 흠칫 놀라네
　겨울나무
　斧入れて香におどろくや冬こだち　　　　　(自筆句帳, 安永2[1773]?)

② 하얀 이슬들

　찔레꽃 가시마다

　한 방울씩

　白露や茨の刺にひとつづつ　　　　　　　　(自筆句帳, 明和6[1769]?)

③ 한 송이를

　다섯 잎으로 나뉘어

　매화가 지네

　一輪を五ッにわけて梅散りぬ　　　　　　　(遺稿, 明和7[1770]?)

④ 길가에 베어 둔

　말 풀에 꽃피는

　초저녁 비

　路辺の苅藻花さく宵の雨　　　　　　　　　(句集, 安永6[1777])

　이 작품들은 모두 무심히 스치면 느낄 수 없는 생명 현상들이다.
①에서는 마치 다 말라버린 듯한 겨울나무가 도끼로 찍는 순간 향이
물씬 나서 내부의 생명력에 감탄하고 있는 장면이다. ②는 이슬방울
이 찔레꽃 가시 하나하나에 맺혀 있는 모습을 정감 있게 클로즈업하
여 이슬이나 가시나 모두 살아있는 생명체인 것처럼 느끼게 한다.
③은 '매화가 그냥 지는 것이 아니라 다섯 잎이 낱낱이 지고 있는 것
이 아닌가?' 라는 감탄을 읊은 것이며, ⑤는 아무렇게나 베어 둔 말
풀, 수초가 비를 맞으니 다시 살아나 꽃을 피우는 것을 보고 역시 그
내부의 생명력에 놀라고 있는 것이다.

일상에서 접하는 자연물들이 주관이 절제된 채 클로즈업되고 있다. 단순한 이미지의 생산이나 시각적인 재현에 그치는 것이 아니라, 주변의 사물들에 대한 주의 깊은 관찰을 통해 발견해 낸 생명력에 대한 감동, 기쁨을 구상화하고 있다.

분주한 마음으로는 보이지 않으나 고요히 거하며 자연의 숨소리를 느끼는 가운데 미세한 생명현상들을 보고, 듣고, 호흡하며 응대하고 있는 것이다. 작가와 대상간의 교감을 통해 일종의 '번뜩임'이 생겨난 것이다. 그러한 번뜩임을 언어로 재현할 때 독자에게 전달되는 정서적 호소력은 과연 무엇일까?

첫째는 미물이나마 유한한 존재끼리의 연민일 것이다. 비단 부송뿐만이 아니라 바쇼나 잇사도 '작은' 생명체나 자연물에 대한 경이로움과 연민을 읊고 있다. 바쇼는 아래와 같은 작품에서 작은 자연물이나 생명체에서 느끼는 조화造化의 이치를 이야기하고 있다.

자세히 보니
냉이꽃 피어 있는
울타리로다   바쇼
よく見れば薺花咲く垣根かな   芭蕉

가재 한 마리
발에 기어오르는
맑은 시내여   바쇼
さざれ蟹足はひのぼる清水哉   芭蕉

기르지 않아도, 누가 봐 주지 않아도 작디작은 꽃을 피우는 하얀 냉이꽃, 무심히 발위를 기어오르는 가재를 통하여 노장적인 자득自得의 이치와 아름다움을 이야기한다. 다음의 바쇼의 작품도 비속한 '작은' 미물이 지닌 생명에 대해 읊은 것이다.

산채로
한 덩이로 꽁꽁 언
해삼이여   바쇼
生きながら一つに凍る海鼠かな   芭蕉

소 외양간에
모기소리 어두운
늦더위여   바쇼
牛部屋に蚊の声暗き残暑哉   芭蕉

추우면 추운대로 꽁꽁 얼어 있는 해삼의 모습, 그리고 여름이 다한 늦더위에도 살아남아서 우는 소리마저도 쇠약해진 모기의 모습을 통하여 미물들의 생명현상과 유한한 존재끼리의 연민을 이야기한다.

부송 이후의 세대이지만 고바야시 잇사小林—茶의 경우도 유명한 '아, 때리지마 / 파리가 손을 비비고 / 발을 비빈다やれ打な蠅が手をすり足をする'에서처럼 작은 생명체에 대한 연민[12]을 읊고 있다. 다음 잇사의 구들도 마찬가지 이다.

석양이여

모기가 울기 시작하니

애처로워라   잇사

夕空や蚊が鳴出してうつくしき   一茶

사마귀여

오 푼어치 혼을

가졌다고   잇사

鎌切りや五分の魂もったとて   一茶

이와 같이 작은 생명체에 대한 찬탄은 일본인들이 중시 여기는 정령신앙 같은 것이 바탕에 있을 수도 있겠다. 하이쿠에서는 거대한 생명체나 전통적으로 심미적인 대상이 되었던 동식물보다도 인간 삶 속에서 접하는 모기, 파리, 빈대, 벼룩, 가재 등과 같은 동물, 냉이, 민들레, 유채꽃, 부추 등과 같은 식물이 중요한 소재가 되었다. 하이쿠 이전에는 비속한 것으로 문학의 소재 바깥에 밀려 있었던 것들이 서민들의 시 속에서는 그들도 함께 살아가는 존재들로서 교감이 이루어지고 있는 것이다.

부송은 그 자신 한때 승려이기도 했다. 7장에서 언급하겠지만 부송 작품 속에 불자들이 가장 많이 등장하는 것으로 보아 불교적인 토양에서 생활한 인물이라고 할 수 있다. 구도적인 정진을 하지는 않았지만 '불성佛性'이라는 것이 늘 체화되어 있었을 것으로 추측된다. 때문에 어떠한 존재들이라도 찰나의 시간을 함께 숨 쉬고 있는 유한한 생명으로 바라보는 시선이 있다.

모리모토 데쓰로森本哲郎는 부송 하이쿠에 대해 '하나의 정지된 풍경을 사생적으로 잘라낸 것이 아니라 그 안에 시간성을 함축하고 그 시간과 함께 움직이는 작자의 심정이 또 하나 그 위에 겹쳐져'[13] 있다고 지적하고 있다.

계절의 한 순간을 포착하는 '계어季語'라는 형식을 포함하고 있으므로 하이쿠는 기본적으로 시간이 함축되어 있다고 할 수 있지만, 부송과 같이 시선이 구심적으로 미세하게 작용하는 작품에 있어서는 '찰나성'이 더욱 강조되고 있음을 볼 수 있다. 관심이 구체적이면서 구심적으로 작용할수록 작고 유한한 존재들의 모습을 생생하게 읽어낼 수가 있다.

근대 하이쿠시인 이이다 류타飯田龍太는 하이쿠의 한 특성으로 '일순의 직재直截한 파악—瞬の直截な把握'[14]즉, 찰나의 직관적인 파악을 이야기하였는데 부송 하이쿠는 그와 같은 특성을 잘 보여주고 있다.

부송은 감정이 전면에 드러나는 주정적 표현은 사용하지 않는다. '나팔꽃이여 / 한 송이 깊은 / 연못의 빛깔朝顔や 一輪深き 淵の色', '하얀 이슬들 / 찔레꽃 가시마다 / 한 방울씩白露や茨の刺にひとつづつ'과 같이 '정情'을 최대한 절제한 표현에 그 특성이 있다. 또한, '짧은 밤이여 / 송충이 잔 털 위에 / 이슬방울들みじか夜や毛虫の上に露の玉', '짧은 밤이여 / 갈대 사이로 사라지는 / 가재 거품みじか夜や芦間流るる蟹の泡', '모기소리 나네 / 인동 꽃잎 하나하나 / 질 때 마다蚊の声すにんどうの花の散るたびに'에서처럼 찰나적 명멸明滅을 감정의 노출 없이 회화적으로 그려내고 있는 것이다.

이 장에서는 작고 미세한 것들의 생명의 몸짓을 화가적인 섬세함으로 그려 낸 작품, 자질구레한 일상의 디테일, 집에 틀어박힌 채 특별한 사건 없이 그저 지나가는 하루하루를 객관화하여 속물적이지 않은 포에지로 승화시키고 있는 작품들을 살펴보았다. 결국 부송은 좁은 공간에서 '작은' 것들에 만족하고 '작게' 살아가는 서민들의 모습을 '작은' 몸짓으로 표현하고 있는 것이다.

부송은 미세한 것들의 찰나적인 명멸이나, 사소한 일상의 디테일을 주관의 개입 없이 감각적이고 즉물적인 영상으로 독자에게 제시한다. 인간 중심으로 자연에 감정이입을 하는 것이 아니라 '물物'에 충실하되, 단순한 '사생'에 그치지 않고 살아있는 것들끼리의 교감을 읊었다. 작은 집, 작은 물건, 작은 생명체에 집착하는 것은 잡학적인 것에 관심을 두는 에도 서민문화나, '아와레미憐れみ'라는 일본적 정서의 영향도 있겠지만, 부송의 경우 고요히 안주하는 상태에서 화가적 기질로 찰나적인 생멸현상을 구심적으로 바라보는 관찰력이 있었기 때문이다. 작고 사소한 것들에 대한 애착이 자폐적으로 보이지 않고 오히려 생명의 아름다움을 더욱 찬탄케 한다. 그것은 어떠한 사상이나 관념에 경도되기보다는 오히려 다양한 삶의 경험을 통해 존재에 대한 깊은 통찰력을 지니고 있었기 때문일 것이다.

1 芳賀徹(1986)『与謝蕪村の小さな世界』中央公論社, pp.21-86.
2 寺島良安著, 島田勇雄 외(1987)『和漢三才図会7』東洋文庫, pp.326-327.
3 CD-ROM版『古典俳文学大系』編集委員会(2004) CD-ROM版『古典俳文学大系』集英社.
4 「妹が家路近くありせば見れど飽かぬ麻里布の浦を見せましものを」(万3636), 「松浦なる玉島川に鮎釣ると立たせる児らが家路知らずも」(万856).
5 喜田川守貞著, 宇佐美英機 校訂(1996)『近世風俗志-守貞謾稿 (二)』岩波書店, p.388.
6 森田蘭(1978)「蕪村の感覚表現」『国文学解釈と鑑賞』至文堂, pp.106-107.
7 鈴木春信가 호남성(湖南省)의 명승지 소상팔경(瀟湘八景)을 방안 실내의 풍경으로

패러디한 니시키에(錦絵 : 비단과 같이 정치한 우키요에 판화)이다.

8 森下みさ子(1988)『江戸の微意識』新曜社, p.35.
9 비애의 감정이 바탕이 된 가슴 깊숙이에서 우러나오는 은은한 감동을 가리킨다.
10 이하『枕草子』는『日本古典文学全集』(小学館, 1990)에 의거함.
11 雲英末雄(2006) 芸術新潮『特集 芭蕉から蕪村へ 俳画は遊ぶ』新潮社, p.48.
12 渡辺弘(1995)『一茶・小さな生命への眼差し』川島書店.
13 尾形仂・森本哲郎対談(1978.3)「蕪村・その人と芸術」『特集 : 天明の詩人、与謝蕪村』
   国文学解釈と鑑賞, 至文堂, pp.35-36.
14 飯田龍太(1996)『俳句入門三十三講』講談社学術文庫, p.143.

부송 하이쿠와
삶의 미학

제5장

생활을 바탕으로 한 계어

하이쿠가 짧으면서도 하나의 예술로서 존립할 수 있는 가장 중요한 형식적 기반은 역시 계어季語일 것이다. 계어는 계절을 상징하는 기능도 하지만 풍토와 역사, 문화적 함의를 지니고 작품 전체의 정서를 지배하며 상상력을 자극하는 역할을 한다. 부송의 하이쿠에 있어서는 인간의 삶에 바탕을 둔 계어가 특히 많이 등장하여 당시의 교토의 생활정서를 반영하면서도 부송의 내면을 비춰내는 중요한 역할을 감당하고 있다.

벚꽃, 매화, 두견, 달, 사슴, 풀벌레, 풀꽃, 단풍, 눈 등의 자연물은 와카나 하이쿠를 막론하고 주된 계절 소재로 등장한다. 그러나 와카와 하이쿠의 소재가 극명하게 다른 점은 역시 인간 삶을 중심으로

한 소재일 것이다. 하이쿠에서는 고타쓰火燵, 스시, 복어, 두건, 고용살이 휴가藪入(やぶいり) 등의 서민생활에 바탕을 둔 소재들이 감동을 주는 시어로 정착되는 것이다.

자연물은 시대가 바뀌어도 달라지지 않지만 인간의 생활상은 시대에 따라 끊임없이 변해간다. 예컨대 근대에 들어서는 '크리스마스'가 겨울의 계어가 되고 있는 것이다. 야마모토 겐키치山本健吉가 「계어의 연륜季語の年輪」[1]에서도 이야기하고 있듯이 하이쿠에 이르러 현실 생활과 맞물려 계절적인 소재가 끝없이 증가한다. 시대와 환경에 따른 각양각색의 삶의 모습이 하이쿠에 등장하게 되는 것이다.

계어 변화의 양상을 가장 여실히 볼 수 있는 것은 역시 계어를 분류하고 작품의 예를 수록해 놓은 '사이지키歲時記'이다. 부송이 활약했던 18세기의 사이지키에는 인간 삶을 바탕으로 한 계어, 소위 '인간사人事(じんじ)'가 폭발적으로 늘어나 있음을 볼 수 있다. 특히 1780년에 나온 사이지키겸 하이쿠 작법서『하이카이 통속지俳諧通俗志』에는 인간사 계어가 특히 많이 수록되어 있다.『하이카이 통속지』가 나온 시기는 시기적으로 부송의 만년과 겹친다.

필자는 「『하이카이 통속지俳諧通俗志』에 나타난 계어季語의 양상 -'시령時令'을 중심으로-」에서 인간사와 관련한 계어에 대해서 논했다. 이어서 필자는 인간사와 관련한 부송의 계어를 분석하여 「'인간사'와 관련한 부송의 홋쿠 연구」[2]로 발표했다.

이들 논문에서는 에도시대에는 하이쿠의 계어에 있어서 인간생활에 관한 계어가 폭증하고 있음을 밝혔다.『하이카이 통속지俳諧通俗志』의 '시령時令'(사계절의 소재라는 의미)부분에는 그와 같은 경향이 특히 잘 드러나 있으며 부송이 홋쿠에서 사용한 계어의 대부분이

『하이카이 통속지誹諧通俗志』의 계어와 일치하고 있음을 밝혔다. 그리고 인간 생활과 관련한 부송의 작품들이야말로 자연 속에 녹아들어 살고 있는 삶의 미학을 보여주는 것이며 삶을 아름답게 긍정하는 것임을 논했다.

여기서는 이러한 연구를 바탕으로 하여 특히 인간생활에 관한 계어가 집중적으로 많이 등장하는 여름과 겨울의 계어를 중심으로 살펴보기로 한다. 아래는 부송의 홋쿠에 사용되고 있는 여름과 겨울의 생활 계어이다.

〈여름의 생활 계어〉

고로모가에更衣/袷(35), 첫가다랭이初鰹(2), 모깃불蚊遣(13), 모기장蚊帳(13), 생선식혜鮓(19), 관솔불火串/照射(8), 모내기田植/早苗/田歌/早乙女(18), 가마우지 고기잡이鵜飼(15), 감주甘酒(4), 술졸임酒煮(3), 석빙고지기氷室守(1), 땀汗(2), 기우제雨乞/旱(4), 둥근 부채団扇(10), 쥘부채扇(8), 풍령風鈴(1), 멍석簟(たかむしろ)(5), 죽부인竹婦人(4), 피서納涼/涼み(13), 강낚시川狩/夜ぶり/投網(6), 적삼薄羽織/帷子/羅(4), 구제 쌀施米(1), 거풍虫干(3), 향주머니掛香(7), 갈탕葛水(6), 미숫가루水の粉(2)

〈겨울의 생활 계어〉

난로열기炉開(2), 신차 개봉口切(6), 고타쓰炬燵(6), 난로炉(1), 나무화로火桶(9), 잿불埋み火(10), 장작불榾火(1), 숯炭(10), 금침衾(6), 이불ふとん(12), 겨울사냥夜興引(2), 어살網代(1), 무大根(1), 보리파종麦蒔(2), 매·매사냥鷹·鷹狩(4), 가오미세顔見世(5), 목청틔우기寒声(1), 고기보양식薬喰(8), 복국鰒·鰒汁(24), 청국장納豆汁(4). 메밀국물蕎麦湯(1), 계란술玉

子酒(1), <u>부추국韮の羹(1)</u>, <u>다비足袋(3)</u>, 두건頭巾(17), 종이옷紙子(9), 의복을 하사함衣配り(2), 칠복신보물선宝船(2), 자코네雑魚寝(1), 낡은 책력古暦(12)[3]

밑줄 친 부분을 제외하고 『하이카이 통속지』의 계어와 일치한다. 계어의 전체적인 분석이나 통계에 관해서는 다음 기회의 연구로 미루기로 하고, 여기서는 본서의 주된 논점인 삶의 미학에 초점을 두고 생활과 관련한 계어를 작품별로 살펴보기로 한다. 와카의 전통에 바탕을 둔 것과 하이쿠의 새로운 계어 중에서 특징적인 것을 선별했다.

1. 고로모가에更衣와 후유고모리冬ごもり

이 두 단어는 생활 계어 중에서 일본인들이 가장 좋아하는 언어들 중의 하나이다. 8세기 『만요슈万葉集』이래로 등장하고 있다. 'ko ro mo ga e', 'hu yu go mo ri'라는 5음절로 된 부드러운 표현은 이 말들이 지니는 삶의 체취와 함께 계절적 정서를 불러일으키는 데 적절하게 사용되었다.

1) 고로모가에更衣

와카 이래의 시어이다. 부송은 '고로모가에更衣'에 관한 구를 무려 35구나 읊고 있다. 그 중에는 '홑옷'이라는 의미의 '아와세袷' 7구가 포함되어 있다. 생활과 관련한 모든 작품 중에서 가장 많은 수를 차지하고 있다. 어떤 이유에서일까?

'고로모가에'라고 하는 것은 음력 4월 1일에 두꺼운 솜옷에서 홑옷으로 갈아입는 것을 의미한다. 근세의 풍속지『모리사다만코守貞謾稿』의 '사월초하루四月朔日' 항목에 다음과 같이 나와 있다.

> 고로모가에라고 하고 이날부터 오월사일까지 아와세를 입는다. 이에 따라 오늘날의 성씨에 사월일일이라고 써서 '와타누키(솜이 없는 홑옷)'라고 읽는다.
>
> 更衣と称し、今日より五月四日に至り、袷衣を着す。これに因り、今苗字に四月一日と書きて、わたぬきと訓ずなり。[4]

즉, 일본의 특이한 성씨 중의 하나로 '四月一日'이라는 것이 있는데 '와타누키わたぬき'라고 읽는다. '와타누키'는 '솜을 뺀 홑옷'이라는 의미인데 음력으로 4월 1일이 솜이 없는 홑옷으로 갈아입는 '고로모가에'날이라서 그렇게 불렀다는 것이다.

'고로모가에'는 움츠리고 살았던 추운 계절을 지나 음력 4월의 상큼한 계절 감각을 나타낸다. 궁중에서 이날은 모두 얇은 흰옷으로 갈아입으며 행사를 했던 것에서 유래했다. 5음절의 부드러운 일본 고유어라서 청각적인 음수율의 장점도 있어서 와카 이래로 애송되어 왔다.

근세 서민들은 '고로모가에'라는 것에 대해 '두꺼운 옷을 벗어 던지고 산뜻한 옷으로 갈아입는 청신한 계절감각'을 느끼고 있지만, 과거 귀족들은 오히려 봄이 가버리는 것에 대한 아쉬움을 읊었다. 향락의 계절인 봄이 끝나고 여름이 도래함에 대해 느끼는 허전함 같은 것이었다.

와카에서는 '꽃잎 빛깔로 / 물들였던 소맷자락 / 아쉽게도 / 홑옷 갈아입으니 / 허전한 오늘이여花の色に染めし袂の惜しければ衣更うき今日にもあるかな'(拾遺集)와 같은 것이 그것이다. 꽃향기가 스며들어 있는 봄옷을 벗고 얇은 옷으로 갈아입는 허전함을 이야기하고 있다. 같은 계절현상에 대해서도 사람들이 사는 환경에 따라 전혀 다르게 받아들여지는 것이 흥미롭다.

부송의 '고로모가에'를 보기로 하자. '고로모가에'라는 표현을 문맥에서 적절히 번역하기로 한다.

① 목이 달아날
　부부였었던 것을
　여름옷 입고
　お手打の夫婦なりしを更衣　　　　　　　(自筆句帳, 明和7[1770]?)

② 거리의 가마에
　귀한 사람 태웠네
　홑옷 입은 날
　辻駕によき人のせつころもがへ　　　　　(自筆句帳, 明和6[1769])

③ 잠깐 동안의
　사랑 나누는 날이여
　홑옷 입은 날
　かりそめの恋をする日や更衣　　　　　　(題宛集, 年次未詳)

④ 홑옷 입었는데
   어머니 되는 분은
   후지와라씨였다네
   更衣母なん藤原氏なりけり   (自筆句帳, 安永6[1777])

　초여름의 계절감각을 살리면서도 무언가 사연을 연상케 하는 기
법을 쓰고 있다.
　①번은 무사를 모시는 남녀끼리는 사랑을 하면 안 된다는 금지법
인 '고핫토ご法度'를 어기고 '눈이 맞은' 두 남녀가 주인의 아량으로 용
케 살아남아 부부의 인연을 맺고 홑옷으로 갈아입는 초여름을 맞았
다는 것이다.
　④번은 『이세모노가타리伊勢物語』 10단 이야기의 한 구절 '부친은
보통 사람이고 모친은 후지와라씨였다父はなほびとにて、母なん藤原なりける'
라는 것에서 착상을 한 것이다. '후지와라'는 헤이안시대의 귀족의
성씨이다. '여름 홑옷', '어머니', '후지와라'라는 3가지 단어를 연결
하여 '지체 높았던 여인의 사연'을 구상화한 것이다. 옷을 통해 회상
하는 장면이어서 이미 이 세상 사람은 아닌 듯하다. 주어진 소재와
설정으로 상상력을 동원해 보면 '여름으로 넘어가는 계절에 장롱에
서 타계한 어머니의 기품 있는 얇은 옷을 발견한다. 문득, 타계한 어
머니가 신분의 차이를 견디며 살았을 세월을 생각한다'는 스토리를
연상할 수 있다.
　'고로모가에' 즉 '여름옷 갈아입기'라는 초여름의 행사는 때로는
허전함을, 때로는 상큼함을 느끼게 하며 계절의 변화에 순응해 사는
인간 삶을 보여준다. 두꺼운 옷 한 벌, 얇은 옷 한 벌로 옷을 연례행

사처럼 갈아입었던 시절에 자연스럽게 생겨난 삶의 방식이 생활미학으로 승화된 것이다. 부송은 이러한 전통적인 계어의 이미지를 발전시켜 사연이 있는 하나의 삶의 스토리를 구상화함으로써 깊이와 여운이 있는 작품을 일구어낸 것이다.

2) 후유고모리冬ごもり

이 역시 와카 이래의 시어이다. 겨울에 꼼짝 않고 집안에 틀어박혀 있는 '겨울 칩거'를 의미한다. 부송의 작품 중에 '겨울의 인간사와 관련한 계어' 중에서는 '후유고모리冬籠', 말하자면 '겨울칩거'가 26구로 가장 많이 등장한다. 하가 도오루芳賀徹는 부송을 '농거의 시인籠居の詩人(poete casanier)'[5], 즉, 틀어박혀 꼼짝 않고 지내는 몽상가라고 했는데 '후유고모리'를 소재로 한 작품에 그러한 특성이 가장 잘 드러난다고 할 수 있을 것이다.

'후유고모리'는 『만요슈』, 『고킨슈』부터 그 용례가 많이 보인다. 다만 그 쓰임에 있어서 '눈 내리면 / 겨울잠에 드는 / 풀도 나무도 / 봄에는 알 수 없는 / 꽃이 핀다네雪降れば冬ごもりせる草も木も春に知られぬ花ぞ咲きける'처럼 '초목이 겨울잠에 드는 것'을 의미했다. 그러나 차츰 어의가 바뀌어 『증보 하이카이 사이지키 시오리구사增補俳諧歳時記栞草』[6]에 '한풍을 피해서 집에 틀어박히는 것을 말한다'라고 나와 있듯이 인간 생활의 계어로 정착이 되었다.

'후유고모리'는 눈이 많이 오는 일본의 기후적 특성상 와카와 렌가, 하이쿠를 통틀어 자주 등장하는 시어이다. 『하이분가쿠 다이케이』에서 冬籠, 冬篭, 冬ごもり, ふゆごもり로 조사하면 563예나 검색된다.

바쇼도 11구를 읊고 있으며, 잇사는 눈이 많이 오는 시나노信濃 출신으로 무려 32구 정도 읊고 있다.

『도설 하이쿠 다이사이지키図說俳句大歲時記』에 의하면 '후유고모리라는 말이 딱 어울리는 인간생활은 봉건사회의 할거적割據的 퇴영적退嬰的 환경에서 많이 볼 수 있는 것이다'[7]라고 하고 있다. 이 말처럼 진취적 기상보다는 자신의 공간에 틀어박혀 몽상에 잠기거나 자잘한 재미를 추구하는 성향을 상징하는 말이다.

'겨울칩거(후유고모리)'를 소재로 한 부송의 구는 아늑한 일상을 즐기거나 독거하며 자적하는 모습이 엿보인다는 점에서 읽는 이로 하여금 하이쿠적인 정취에 젖어들게 하고 있다.

① 그리 부담이 없는
　빚을 안고서
　겨울 칩거
　苦にならぬ借錢負ふて冬籠　　　　　　　　(落日庵, 明和5[1768])

② 저 혼자 데워 오는
　술병이 있었으면
　겨울 칩거
　ひとり行く德利もがもな冬籠　　　　　　　(落日庵, 明和6[1769]?)

2장에서 보았듯이 부송 자신도 젊은 시절 한 때 동북지방을 떠돌며 방랑의 고통을 맛본 적도 있었고 승려의 신분으로 지낸 적도 있었지만, 45세에 환속하여 교토의 산카켄三菓軒에 정착했다.[8] 문인들과의 교류, 그림과 하이쿠 작품 활동, 화려한 교토문화의 향락적 분위기에 도취하는 등의 행동을 하면서도 한편으로는 혼자만 틀어박혀 지내는 것을 즐겼다. 한겨울 방안에 가만히 틀어박혀 있는 시간은 고독하면서도 아늑한 '온전히 자신만의 시간'이었다.

①번은 '늘 빈한하여 빚을 지고 있지만 크게 걱정되는 정도는 아니어서 내 집을 지니고 겨울에도 편안히 지낼 수 있으니 얼마나 좋은가'라는 소시민적인 행복감을 담아내고 있다.

②번은 술을 마시고 싶어도 꼼짝하기 싫으니 술병이 저절로 걸어가서 데워져서 왔으면 좋겠다는 일종의 '게으름의 미학'이다.

가끔 인간적인 나태함을 즐기면서 아래와 같이 부처, 사이교西行, 바쇼 등으로 대표되는 구도적 정신과 멀어지는 자신을 바라보고 있다.

① 겨울칩거
　부처와 멀어지는
　마음이여
　冬ごもり仏にうときこころかな　　　　　　(自筆句帳, 安永3[1774]?)

② 냄비 받침에
　산카슈山家集가 있네
　겨울칩거
　鍋敷に山家集有冬ごもり　　　　　　(自筆句帳, 明和6[1769]?)

③ 마쓰시마는
　얼어 죽는 사람 있겠지

겨울 칩거

松島で死ぬ人もあり冬ごもり　　　　　　　　　（青荷宛書簡, 天明2[1782]）

④ 겨울칩거

벽을 마음속의

산으로 기댄다

冬ごもり壁をこころの山に倚る　　　　　　　　（自筆句帳, 安永4[1775]）

　①번은 한때 승려이기도 했던 부송이 일상에 매몰되어 살면서 불도와 멀어지고 있는 기분을, ②번은 사이교법사의 『산카슈山家集』 책을 냄비 받침으로 쓰고 있음을, ③은 마쓰시마松島에서 방랑하다 얼어 죽는 사람을 떠올리며, 구도적 삶과는 달리 현실에 안주하는 자신의 생활을 자조하듯 읊고 있다. ④번은 바쇼의 '겨울 칩거 / 또 기대어보자 / 이 기둥을冬ごもりまた寄り添はんこの柱'이라는 작품을 연상하여 방안의 벽을 산처럼 기댄다고 읊고 있다.

　부송은 이처럼 겨울에 방안에서 칩거하는 자신을 자조하며 읊고 있다. 그러나 다른 측면에서 보면 아무것도 애써서 구求하지 않고 빈둥거리는 부송의 태도는 독자를 편안하며서도 아늑하게 해 주는 요소가 있다고도 할 수 있다.

2. 음식 계어

음식에 대한 소재나 미각에 관한 것은 와카나 렌가에서는 '미야비雅'

의 범주에서 벗어나 있기 때문에 소재가 될 수 없었다. 와카·렌가와 하이카이의 소재의 가장 큰 차이라고 한다면 인간의 여섯 가지 감각 즉, 시각, 청각, 후각, 촉각, 의식 중에서 미각과 관련한 것이다. '먹고 배설하는' 행위는 원초적으로 인간이 동물임을 입증하는 근거가 되기 때문일까?

그러나 하이쿠에서는 일상적 생활감각 속에서 느끼는 계절 감각이 강조되었다. 일상에서 가장 중요한 것이 바로 '먹는' 행위이며, '먹음'이라는 것이 삶의 기초적 원동력으로 되살아나 하나의 미학으로까지 정착하게 되었다. 이것은 하이쿠가 다른 선행하는 시가들과 구별되는 가장 큰 특징의 하나라고 할 수 있다. 와카와 렌가에서는 '먹지 않고' 번민하는 것은 시가 될 수 있어도 '맛있게 먹고' 그 맛을 적극적으로 표현하는 것은 시가 될 수 없는 '마야비'의 세계였다.

모리카와 아키라森川昭는 「사이지키 속의 식歳時記の中の食」에서 렌가는 '아雅', 하이카이는 '속俗'이라는 대조적인 성격을 지니는데, 시각과 청각은 비교적 '아'에 가깝고, 촉각과 미각은 비교적 '속'에 가까우며 후각은 그 중간에 해당한다고 하였다.[9] 특히 2장에서 보았듯이 음식을 통하여 계절 감각을 마음껏 즐기는 에도시대의 문화적 배경 하에서 '미각'은 '속俗'의 세계에서 벗어나 충분히 아雅의 세계에 진입할 수 있었던 것이다.

에돗코江戸っ子, 즉 우리식으로 말하자면 서울내기들은 한 철의 맏물初物(첫 수확물)을 즐기고자 하는 도락이 성행했다. '첫가다랑어初鰹'의 경우, '마누라를 전당포에 잡히고라도 먹고 싶은 첫가다랑어女房質に入れても初鰹'라는 우스갯말이 있을 정도로 인기가 있었다. 다음의 렌쿠連句가 그것을 대변한다.

시중의 나루터 / 백로도 쉬어가네

市中の渡し鷺も休まる

드넓은 에도여 / 첫가다랑어여 / 내달음치네

御江戸哉初鰹かなかけて行　　　　　　　　　　　　(江戸筏，連句第二)

렌쿠 중의 한 장면인데, 조용했던 나루터를 읊고 있는 앞의 구를 받아서 갑자기 첫가다랑어 얘기를 듣고 내달음치는 모습을 연결하여 분위기를 전환하고 있다.

모리카와의 조사에 의하면 에도초기의 기타무라 기긴北村季吟의 『조야마노이增山井』에는 식소재[10]가 1900여 종 가운데 172개어가 수록되어 있어서 9%를 차지하고 있는데, 근세후기의 『하이카이사이지키시오리구사俳諧歲時記栞草』에는 3,400의 계어 중에 식소재는 480개로 14.1%로 증가하고 있다고 하고 있다.[11] 하이쿠가 서민들의 생활과 밀착됨으로써 특히 와카와 렌가에 없었던 식소재가 급격히 증가하기 시작했고 에도초기와 후기를 비교해도 그 증가세가 확연하다고 지적하고 있다.

이와 같은 음식에 관한 계어들은 일상에 가장 밀착된 소재이다. 인간의 오감 중에서도 미적 범주에서 가장 밀려나 있었던 미각이 예술의 세계로 영입되고 있음을 보여준다. 그날그날 먹고 지내는 음식으로 인해 소박한 삶의 즐거움을 찾는 소시민적 일상의 미학이라 할 수 있으며 '먹음'으로 계절의 미학을 충분히 드러낼 수 있음을 보여준다.

부송의 하이쿠에는 특히 아래와 같이 음식이 많이 등장한다. 숫자는 작품 수이다.

봄

떡국雜煮(1), 나물밥菜飯(1), 마죽とろろ汁(2), 김海苔(2), 쑥떡草餅(2), 우렁
이무침田にしあへ(1)

(미역若和布 2, 우렁이田螺 8, 바지락蜆 2)

여름

첫가다랭이初鰹(2), 스시鮓(19), 치마키떡粽(1), 감주甘酒(4), 술졸임酒
煮(3), 칡차葛水(6), 우무가사리心太(2), 냉국冷汁(1), 미숫가루水の粉(2)

(은어鮎 1, 죽순筍 8, 외瓜/참외真桑瓜 11, 가지茄子 1)

가을

찐쌀焼き米(1), 햅쌀新米(6), 소바蕎麦(6), 신소바新蕎麦(2), 새술新酒(2), 새
두부新豆腐(1), 밤밥栗飯(1)

(고추唐辛子 8, 포도葡萄 1, 옥수수唐黍 1, 수수黍 1, 밤栗 3, 송어江鮭 2,
문절망둑沙魚 2, 미꾸라지鰍 4, 연어鮭 1, 정어리鰯 1, 작두콩なた豆 1,
표고버섯茸 4)

겨울

복국鰒/鱆汁(24), 보양식薬喰(8), 청국장納豆汁(4)、소바국물蕎麦湯(1)、
계란술玉子酒(1)、부추국韮の羹(1)、말린연어乾鮭(12)

(무우大根 1, 파葱 5, 해삼海鼠 3, 기생개구리社父魚 1, 고래鯨 7)

※ 그 외 계어가 아닌 것: 떡餅, 팥떡ぼた餅, 식은밥ひやめし, 보리밥麦飯,
죽粥, 술酒, 하얀 쌀真しらげよね, 다시마昆布, 된장국味噌汁, 회무침鱠 등

마치 계절 밥상을 들여다보는 듯하다. 괄호 속은 동식물로 구분된 것이지만 식재료로 주로 많이 쓰이는 것이어서 넣어 보았다. 대개 아주 소박한 서민 음식들이 주류를 이루고 있다. 이 중에서도 스시鮓 19구, 복어鰒·복국鰒汁 24구, 말린 연어乾鮭 12구, 보양식藥食 8구, 소바蕎麦·신소바新蕎麦 8구로 가장 많다. 부송이 좋아하는 식품들임을 짐작할 수 있는 대목이다.

부송은 일상에서 미각을 통해 느끼는 계절적 정서를 시로 승화시키는데 뛰어난 재질을 발휘하고 있다. 소소한 일상적 삶의 즐거움을 만끽하며 살았고 일상 속에서 인간의 희로애락을 보았기 때문이라 본다.

그 중에서 주요한 음식 계어를 통해 그 미학을 살펴보기로 하자.

3. 부송이 좋아한 생선 식해熟れ鮨(なれずし)

'스시鮓'는 부송이 가장 좋아했던 음식의 하나로 추정된다. 스시에 관한 구를 19구나 읊고 있다. 그런데 이 스시는 지금의 초밥이 아니라 발효시킨 '나레즈시熟れ鮨'[12]를 가리키는 것으로 소금과 밥, 술을 넣어 무거운 것을 얹어 놓아서 삭힌 것이다. 스시는 여름의 계어이며 가장 에도시대적인 미각을 나타낸 것이라고 볼 수 있다.

필자는 '스시를 읊은 부송의 하이쿠'에 독특한 하이쿠적인 정서가 배어 있음에 착안하여 논문「부송하이쿠에 나타난 스시의 미학」(2012)을 발표한 적이 있다.[13] 여기서는 이 논문을 바탕으로 부송의 생활미학과 연관시켜 이야기하고자 한다.

'나레즈시'라고 할 때, '나레루なれる'에 해당하는 '熟れる'나 '馴れる'는 모두 생선이 삭는다는 의미의 동사이다. 그런데 하이쿠에 등장할 때는 그냥 '스시'라고만 하며, 생선의 종류에 따라 붕어를 삭힌 '후나즈시鮒鮓', 은어를 삭힌 '아유즈시鮎鮓' 등이 있다.

'나레즈시'는 우리나라의 '생선 식해食醢[14]'와 유사하다. 『조선일보』 2011년 8월 31일자 신문에 「상한 것 같은 이 스시, 한 끼 50만원! '오리지널 스시' 추구하는 일본 최고 스시요리사 」[15]라는 기사에 나와 있는 나레스시熟れ鮨('나레즈시'의 잘못)라는 것이 바로 이것이다. 열흘 숙성시킨 썩은 것 같은 갈회색의 나레즈시를 소개하며(때로는 몇 달, 몇 년 숙성시키는 경우도 있다고 한다) '한국 사람은 썩은 줄 알고 먹지 않을 것 같다'라고 쓰고 있다.

나카자와씨는 "요즘 일반적으로 먹는 (날생선을 얹는) 스시는 역사가 50여 년에 불과하다"고 했다. 일본에서 초밥이 발달하는 건 7세기 무렵부터다. 붕어 배를 가르고 내장을 제거한 다음 소금에 절이고 밥을 채워 삭혔다. 한국의 식해와 비슷하지만 삭은 밥은 걷어내고 생선만 먹었다는 점이 다르다. '익힌 초밥'이라는 뜻으로 '나레즈시熟れすし'라고 부른다. 16세기부터는 생선 속이 아닌 도시락 같은 틀에 밥과 자른 생선살을 함께 담아 짧게는 며칠, 길게는 몇 달 동안 숙성시켜 먹었다. 식초를 사용하고 발효과정을 생략하기도 한다. 이때부터 삭힌 생선을 밥과 함께 먹었다. 오늘날의 초밥으로 발전하는 계기가 마련됐다. 19세기 중반 에도江戸(지금의 도쿄)선 식초로 간 한 초밥에 숙성시킨 생선살을 올려 먹는 초밥이 등장했다. 나카자와씨는 "하나야 요헤이華屋與兵衛가 얇게 썬 생선을 식초 친 밥에 얹어 판 것이 인기를 끌면서 초밥집이 에도江戶(도쿄의 옛 이름)에서 유행하기 시작했다"고 말했다. "당시 초밥집은 노점 형태였지요. 초밥장사꾼들이 에도성江戶城 앞에서 미리 만든 초밥을 늘어놓았죠. 손님들은 그 앞에 서서 집어먹었죠. 요즘 스타일의 초밥을 에도마에즈시라고 하는 건 에도성 앞에서 팔았다고 해서 붙은 이름입니다." 손으로 쥐어 만든다고 해서 일본어로 '쥠'을 뜻하는 '니기리握り'를 붙여 '니기리즈시握りずし'라고 부르기도 한다.

(중략)

나카자와씨는 자신처럼 숙성시킨 생선을 사용하는 게 "오리지널 에도마에즈시"라고 했다. 1978년 요리계에 입문한 그는 "신선한 날생선을 사용하는 스시가게가 도쿄에 퍼진 건 1960년대 이후"라면서 "1980년대 후반부터는 숙성 생선초밥은 거의 사라지고 프레시(fresh) 초밥이 대세를 이뤘다"고 했다. 그는 1993년 스시쇼를 개업하면서 에도마에즈시의 원점으로 돌아가기로 결정했다. "과거엔 기술이 없어서 생선을 숙성시켰습니다. 제가 생선을 숙성시키는 이유는 맛을 위해서입니다." (중략)

나카자와씨가 생선을 숙성시키는 기간은 짧게는 몇 시간에서 길게는 몇 달까지, 생선에 따라 다르다. 참치는 큰 덩어리로 다듬어 서늘한 곳에서 열흘 정도 숙성시킨다. 고등어, 전어 따위 등푸른 생선은 소금에 절여 식초로 씻는다. 광어 같은 흰살생선은 다시마로 감싸 수분을 제거하고 감칠맛을 증가시킨다. 소금과 쌀을 섞은 용액(시오코지)에 담가두기도 한다. 그는 생선 숙성을 극한極限으로 밀어붙이고 있다. 나카자와씨가 냉장고에서 플라스틱 용기를 꺼내 뚜껑을 열었다. 쿰쿰한 냄새가 퍼졌다. "시오코지(쌀과 소금을 섞은 용액)에 다섯 달 숙성시킨

참치입니다. 3년 숙성시킬 계획입니다." 스시쇼에서 연수 중인 롯데호텔 일식요리사 정병호씨는 "한국 손님들은 생선이 상했다고 먹지 않을 것"이라며 웃었다.[16]

나레즈시는 대개 '큼큼하면서도 산미酸味가 나는 숙성된 맛'을 지니고 있다. 나레즈시 그 자체의 유래나 삭히는 방법 등에 관해서는 『근세일본풍속사전近世日本風俗辭典』[17]을 위시하여 많은 자료들이 나왔고, 헤이안시대부터 그 연원에 대해서는 『고지루이엔故事類苑』의 '음식부飮食部'에 상세히 나와 있다. 하이쿠에 나타난 음식소재에 대한 연구는 아직 상당히 미흡하다고 할 수 있는데, 모리카와 아키라森川昭의 「사이지키에 나타난 음식歲時記の中の食」[18]은 하이쿠의 미각을 논하는 데 있어 상당한 시사점을 준다.

에도시대의 하이진들은 스시에 관한 구를 많이 읊고 있다.

돌절구로
잠시 하룻밤 재우네
스시 누름돌
挽臼をかりの一夜や鮓の圧   砂明(俳諧玉章)

장맛비여
스시 누름돌 위의
민달팽이
五月雨や鮓の重しもなめくぢり   鬼貫(男風流)

몇 밤을 새우고
하룻밤 더 샌 스시
제대로 삭고
幾夜経て一夜を鮓のなれかげん   葎亭[19] (葎亭句集)

스시를 누름돌로 누르고, 삭히고, 익기를 기다리고, 잘 삭아 기뻐
하는 모습을 그려내고 있으며 때로는 그 큼큼한 냄새까지 느끼게 하
고 있다. 서민 정서의 깊숙한 곳을 들여다 볼 수 있는 작품들이다. 이
러한 작품들은 '나레즈시'의 풍습을 모르고는 이해할 수가 없다.

스시의 어원부터 살펴보면 아라이 하쿠세키新井白石의『도가東雅』를
참조하면, '스'는 '식초酢', '시'는 조사라고 한다.[20] 스시를 만드는 방
법에 대해서는『고지루이엔故事類苑』에 상세히 나와 있어서 인용하기
로 한다.

鮓는 스시라고 한다. 식초절임이라는 의미이다. 생선을 밥과 소금에
절여 저장하여 산미가 생기면 섭취하는 데서 이름 붙여졌다. 스시에는
나레즈시와 하야즈시의 두 가지가 있다. 옛날에 일컫는 스시는 모두
나레즈시이다. 이것을 만드는 데는 소금을 묻혀서 생선을 누르기를 하
룻밤, 물기를 닦아서 깨끗이 하여, 찬밥을 써서 통에 담가 무거운 돌로
눌러 두기를 수일간, 맛이 익으면 먹는다. 전국 도처에서 이것을 만들
었지만, 그 중에서도 오미近江의 후나즈시鮒鮓, 야마토大和 요시노吉野의
아유즈시鮎鮓, 야마시로山城 우지宇治의 우나기즈시鰻鮓 등이 가장 널리
알려져 있다. 하야즈시早鮓는 식초를 써서 만들어, 하룻밤 지나서 먹기
때문에 하룻밤 스시(히토요즈시-一夜鮓)라는 이름이 붙었다. 또한 이것

을 나마나리라고도 한다. 도쿠가와 시대에 이르러 에도에서 니기리즈시, 마키즈시 등을 만들어 이것이 교토, 오사카를 비롯하여 일반적으로 유행하여 나레즈시는 크게 쇠퇴했다.[21]

식초를 전혀 쓰지 않고 수일간 삭히는데, 빨리 삭힐 때는 식초를 써서 하룻밤 삭히는 수도 있다고 한다. 원래는 육류와 어패류를 삭혔고, 식초를 쓴 것이 아니라 자연 발효시킨 것이며, 주로 4~6일 걸렸고, 더 짧은 나마나레('하야즈시'라고도 함)라는 것도 있었으며, 19세기 초부터는 차츰 없어지고 니기리즈시가 유행하게 된 것이다.

1) 사이지키歲時記에 나타난 나레즈시

스시가 하이쿠의 계어로서 사이지키에 등장한 것은 『하이카이쇼가쿠쇼俳諧初学抄』(1641)가 처음인 것으로 보인다. 그리고 대부분의 사이지키에 스시는 4월부터 6월 사이에 실려 있고, 이는 음력을 의미하므로 여름의 계어에 해당한다. 『곳케이조단滑稽雑談』에는 스시에 대한 계절의 혼동을 피하기 위해 다음과 같이 나와 있어 여름의 계어임을 강조하고 있다.

예로부터 후나즈시鮒鮓 혹은 나마나레生熟를 여름의 계어로 허용한다. 당시 모두 鮓라고만 하면 여름으로 보는 것이 상례였다. (중략) 대개 스시의 종류는 많다. 마음을 실어서 그 계절로 삼으면 된다.

『조야마노이』에는 '메시즈시飯鮓'와 같은 음식소재에는 '飯鮓　俳'

와 같이 표기하여 '하이곤俳言(하이쿠 용어)'으로 명시하고 있어서 하이쿠부터 읊게 된 계어임을 나타내고 있다. 『곳케이조단』에는 여러 가지 스시의 종류가 나열되어 있다. 모두 나레즈시의 종류인데, 그 중에서 하야즈시무鮓, 하룻밤스시一夜鮓는 빨리 삭힌 것을 의미한다. 스시가 하이쿠에 등장할 때 스시의 재료에 따라 후나즈시, 아유즈시, 삭히는 시간에 따라 하룻밤스시 등, 다양한 명칭이 붙기도 하지만, 고전 하이쿠와 근대 하이쿠를 막론하고 대개는 '鮓(すし)', '鮨(すし)'라고 단독으로 쓰이는 경우가 많다.

　요즈음의 니기리즈시는 '스시를 뭉치다鮓を握る'라고 하지만 나레즈시의 경우 '스시를 담그다鮓漬ける', '스시를 누르다鮓を圧す', '스시가 익다鮓馴れる', '스시가 삭다鮓熟れる'와 같이 쓴다. 그만큼 만드는 방법이 전혀 다름을 알 수가 있다.

2) 부송과 나레즈시

　스시, 즉 '나레즈시'는 하이쿠적 언어, 즉 하이곤俳言 중에서도 실제 서민들의 골목풍경, 집안풍경을 밀착하여 들여다 볼 수 있는 계절 소재였다. 나레즈시를 읊은 부송 작품의 일부이다.

　① 스시를 누르는
　　　내가 있고 술을 담그는
　　　이웃이 있다네
　　　鮓をおす我レ酒醸す隣あり　　　　　　　　　(新花摘, 安永6[1777])

② 스시를 담그고

　　한참 만에 돌아간

　　생선장수여

　　鮓つけてやがて去ニたる魚屋かな　　　　　　　　　　(新花摘, 安永6[1777])

③ 너무 삭은

　　스시를 주인은

　　한탄하고

　　なれ過た鮓をあるじの遺恨哉　　　　　　　　　　　(自筆句帳, 明和8[1771])

④ 스시통을

　　씻으면 얕은 물의

　　물고기 몰려드네

　　すし桶を洗えば浅き游魚かな　　　　　　　　　　　(新花摘, 安永6[1777])

　스시를 집에서 담가 먹고, 생선장수를 불러서 담그는 사소한 즐거움, 스시통 뚜껑을 열어보는 기대감, 스시통을 냇가에서 씻으면 남은 밥알 때문에 생선이 몰려오는 풍경 등, 삶의 생생한 모습들이 예술로 승화되고 있다.

　스시는 이처럼 한 곳에 정착해서 사는 사람만이 읊을 수 있는 지극히 생활 냄새가 나는 음식이라고 할 수 있다. 때문에 바쇼와 같은 방랑자는 스시를 읊지 않은 것이라 추측된다. 바쇼는 '술'이 어울리는 성자 이미지라고 볼 수 있다. 하라다 노부오原田信男 가『식食을 노래하다』[22] 에서 언급하고 있듯이 '술'은 속성俗性과 성성聖性을 아울러 지니고 있다.

메이지시대의 하이진 고스기 요시小杉余子는 다음과 같은 구를 읊고
있다. 부송의 스시의 구에 대해서 상당히 의식을 하면서 평가를 하
고 있음을 알 수 있다.

　　스시를 누르네
　　평소에는 소원한
　　부송의 구
　　鮓押すや日頃はうとき蕪村の句　　　　　　　　　小杉余子(余子句集)

　　고스기는 내면을 비춰내는 '심경하이쿠心境俳句'로 유명했다. 스시
를 통해서 내면의 적막감을 읊었던 부송을 생각하며 읊은 구라고 할
수 있다.
　　스시는 '누름돌로 꾹 눌러서 삭힌다'는 그 발효방법 때문에 하이
쿠에서는 누름돌의 무게감과 움직임이 정지된 느낌에 의해 적막한
집안의 분위기를 드러내는 것이 일반적이었다.
　　다음 구가 그것을 말해 준다.

　　① 적막하게
　　　　한 낮의 스시는
　　　　잘 삭았겠지
　　　　寂寞と昼間を鮓のなれ加減　　　　　　　　(新花摘, 安永6[1777])

② 스시를 누르고
   한 동안 쓸쓸해지는
   마음이여
   鮓压てしばし淋しきこころかな   (新花摘, 安永6[1777])

①,② 모두 어두컴컴한 분위기와 스시 누름돌의 무게감으로 인해
적적한 집안 분위기를 묘사하고 있다. 특히 ①은 적막한 집안 분위기
와 스시의 곰삭은 느낌이 조화를 이루어 여름 한낮의 계절감각이 잘
나타나 있다. 부송이 아니면 읊기 어려운 명구라 생각된다.

스시는 하이쿠에 많이 등장하지만 실제로 먹을 때의 즐거움이나
그 미각 자체에 대해서는 읊지 않는다. 스시를 담글 때의 설렘, 담근
후의 적막한 기분, 익기를 기다리는 마음, 뚜껑을 열 때의 기대감 등
이 그 주된 내용이다. 풍기는 냄새에 대해서도 근대에 들어 '만담장
의 / 스시 큼큼한 / 냄새여よせ席の鮓古くさき匂ひ哉'라는 시키의 구를 제외
하고는 보이지 않는다. 이것은 기다림과 여운을 중시하는 일본 시가
의 경향과 무관하지 않다고 본다.

다음은 부송과 그의 제자 쇼하가 '스시가 익기를 기다리는 마음'
에 대해 주고받은 하이쿠이다.

스시를 절이고
기다릴 사람 없는
이 몸이여
鮓つけて誰待つとしもなき身哉   蕪村(句集, 明和8[1771])

스시를 누르고
나는야 기다리는
남자라네
鮓圧して我は人待つ男かな   召波(春泥句集)

　맛있는 스시를 절여 놓고도 기다릴 사람이 없다고 한 부송의 구에
대해 제자인 구로야나기 쇼하黑柳召波(1727-1771)가 자신은 기다려서
함께 먹을 사람이 있노라고 농조로 읊었다. 또한 쇼하 하이쿠는 바
쇼의 '나팔꽃 피고 / 나는 밥을 먹는 / 남자라네朝顔に我は飯食う男哉'를 다
분히 의식하고 있는 것으로 보인다.
　아래와 같은 구는 삭혀 놓은 스시의 뚜껑을 설레는 마음으로 열어
볼 때의 마음이 잘 나타나 있다.

나무그늘 아래
스시 뚜껑 여는
주인장이여
木のもとに鮓の口切るあるじかな   (自筆句帳, 明和8[1771])

　당시 서민들의 일상 속에서 본 소소한 즐거움이 잘 표현되어
있다.
　삶의 체취가 묻어나는 집안 깊숙한 공간에서 생존의 방편으로
생선을 삭혀서 발효시키는 풍습, 그 결과물도 마치 썩은 것 같은
큼큼한 냄새를 동반하는 것이 나레즈시이다. 그런데 이 '썩은' 듯
한 나레즈시가 하이쿠에 등장하면 인간 삶의 가장 깊숙한 국면이

드러난다. 시각을 즐겁게 하는 아름다운 풍경도 아니며, 후각에 호
소하는 향기로운 꽃도 아니고, 청각을 맑게 해 주는 아름다운 새소
리도 아닌 '큼큼한' 소재가 서민의 삶 한 장면을 상상케 해 주는 것
이다.

　아래와 같은 작품들은 얼핏 스시와는 거리가 먼 듯한 소재를 연결
했지만, 스시의 정서와 조화되어 비속한 삶이 미적으로 승화되는 경
지를 잘 보여준다.

　　스시를 누르는
　　돌 위에다 한시를
　　적어볼까나
　　鮓をおす石上に詩を題すべく　　　　　　　　(新花摘, 安永6[1777])

　　스시 누름돌에
　　오경의 종소리
　　울림이여
　　鮓の石に五更の鐘のひびきかな　　　　　　(新花摘, 安永6[1777])

　　붕어스시여
　　저 멀리 히코네성에
　　구름 걸렸네
　　鮒ずしや彦根の城に雲かかる　　　　　　　(自筆句帳, 安永6[1777])

　스시 누름돌과 한시, 스시와 종소리, 스시와 성 위의 구름은 도무

지 어울리지 않을 것 같으면서도 소재들 사이에 공간을 형성하여 독자의 시상을 좁은 부엌 공간에만 머물러 있게 하지 않고 확장시켜준다. 스시를 담그며 작게 살아가는 인간을 넓은 원근법으로 조망할 수 있게 하는 것이다.

특히 '스시를 누르는 / 돌 위에다 한시를 / 적어 볼까나'와 같은 경우는 속된 일상과 우아한 한시를 의도적으로 병치하여 그 여백에 독자들의 상상력을 개입시키고 있다. 『부송전홋쿠蕪村全発句』에 '시문과 속사가 일체화된 하이카이風雅と俗事-体の俳諧'[23]라고 나와 있다.

'묵직한 스시 누름돌에 눌리는 느낌', '모든 것이 침묵에 드는 듯한 적막감', '스시가 삭기를 기다리는 마음', '스시 뚜껑을 열어보는 기대감' 같은 것이 바로 하이쿠 시인들이 발견한 시성詩性이었음을 알 수 있다. 실제로 스시를 맛있게 먹는 미각은 읊지 않고 있다. 상상에 맡기고 있어서 여백과 여운의 효과가 살아난다고 볼 수 있다.

스시를 읊은 하이쿠는 골목풍경, 집안풍경, 부엌풍경, 담긴 그릇의 느낌, 냄새까지를 상상할 수 있는 특성이 있다. 때문에 방랑자 바쇼보다 집안에 틀어박혀 살았던 부송의 작품에서 많이 볼 수 있다. 하이쿠의 계어는 무한히 현실생활에 밀착되어 있다. 그 중에서도 인간이 원초적으로 '먹고 배설하는' 것과 관련된 언어들도 계절감각을 동반한 계어로 승화된다. 스시는 서민들이 적막하지만 작고 소박한 즐거움을 추구하며 살았던 세계를 상징하는 시어였음을 알 수 있다.

4. 항간의 음식들

복국ふくと汁

'복국'은 에도시대에 들어서 가장 적극적으로 향수된 소재 중의 하나인데 그 맛과 더불어 복국을 즐기는 아슬아슬함에 대해 해학적으로 읊은 작품이 많다. 복어가 가지고 있는 독성이 제대로 제거되지 않은 채 사고를 당하는 경우도 많아 특히 복어 독에 대한 '위험함'이 미각을 즐기고자 하는 '욕구'와 교차되어 하이쿠적 맛이 배가되는 것이다.

바쇼의 유명한 '아, 별일 없네 / 어제는 지나갔어 / 복국 먹었는데ぁら何ともなや昨日は過ぎて河豚汁'는 그 아슬아슬함을 강조하여 하이쿠적인 맛을 살린 것이다.

부송이 복국을 읊은 구는 무려 24구나 된다. 세간의 다양한 향락을 마음껏 즐긴 부송의 성향을 보여주는 것이기도 하다.

바다가 없는
교토가 무섭구나
복국을 먹고
海のなき京おそろしやふくと汁   (自筆句帳, 明和5[1768]?)

하카마 입고
복국을 먹고 있는
장사치여

袴着て鰒喰ふている町人よ　　　　　　　　　　(自筆句帳, 安永6[1777])

보양식

'구스리구이薬喰'는 겨울철에 육류를 먹는 것을 의미하는 것으로 겨울의 계어이다. 당시 평소에는 안 먹는 육류를 엄동설한에 보양식으로 먹는 것을 의미하며, 서민 하이쿠에서 가능한 시재이다. 부송은 보양식에 관한 작품을 8구 읊고 있다. 실제로 보양식을 즐겼던 것으로 추정된다.

　　보양식 먹는데
　　옆집 주인 아저씨
　　젓가락 들고 오네
　　薬喰隣の亭主箸持参　　　　　　　　(自筆句帳, 明和5[1768]?)

　　객승은
　　자는 척 하는데
　　보양식 먹고
　　客僧の狸寝入やくすり喰　　　　　　(自筆句帳, 安永元[1772]?)

청국장納豆汁, 새두부新豆腐, 햇메밀국수新蕎麦

　① 하인들에게
　　 젓가락 들게 하네
　　 청국장 끓여

下部等に箸取らせけり納豆汁 (落日庵, 明和5[1768]?)

② 새 두부
조금 단단한 것이
한스럽구나
新豆腐少しかたきぞ遺恨なる (夜半叟, 安永6[1777])

③ 햇메밀국수
잡초 무성한 집의
네고로 사발
新蕎麦やむぐらの宿の根来椀 (夜半叟, 安永7[1778])

평소의 밥상에 나오는 음식들에 대해 꾸밈없이 읊은 것들이다. ③
번 구는 햇메밀국수가 '네고로根来 사발'에 담겨 있는 모습을 찬미하
고 있다. '네고로 사발根来椀(ねごろわん)'은 붉은 옻칠을 한 '네고로' 지방
의 목기이다. 네고로 사발 외에도 '네고로 쟁반根来折敷(ねごろおしき)' 등
을 읊고 있으며 음식을 담는 그릇에도 관심을 보이는 부송의 관찰력
이 돋보인다.

5. 생활도구들과 시정詩情

생활도구는 일상적 삶의 냄새를 가장 가까이에서 느낄 수 있는 소
재이다. 계절에 따라 바뀌는 생활도구들은 신변에 존재하면서 계절

감각을 환기하고 계절이 바뀜에 따라 손에서 멀어져 가면서 시간의 흐름을 절실히 느끼게 한다.

사계절 내내 인간의 신변에 존재하는 것들은 계어가 되지 못한다. 특정한 계절에 특히 많이 사용되는 것들이 계절감각을 유발하는 것이다. 부송이 가장 즐겨 읊은 생활도구 소재들은 다음과 같다.

여름 : 모기장蚊帳(13), 부채団扇(10), 쥘부채扇(8), 대자리簟(5), 죽부
　　　인竹婦人(4), 홑옷薄羽織/帷子/羅(4), 향주머니掛香(7)
가을 : 쓰다 버린 부채捨て扇 (1), 등롱灯籠(5), 다듬이砧(18),
겨울 : 고타쓰火燵(6), 화로炉(1), 나무화로火桶(9), 잿속에 묻은 불埋み
　　　火(10)、숯炭(10), 두건頭巾(17), 종이옷 紙子(9)

생활도구가 가장 많이 읊어지고 있는 계절은 여름과 겨울이다. 냉난방기구가 없었던 시절에 여름과 겨울은 서민들에게 있어서 제일 견디기 어려운 계절이었고 더위와 추위를 피하기 위한 신변 도구들이 정감 있게 등장하는 것이다. 하나씩 보기로 하자.

1) 여름날의 집안풍경과 도구들

여름은 더위로 인해 인간의 체취가 진하게 묻어나는 계절이기도 하다. 더위를 견디기 위한 각종 도구들이 정감을 불러일으키는 소재로 빈번하게 등장한다. 여름날 저녁의 서민들의 생활정서를 잘 나타내 주며 인간의 체취가 묻어나는 소재로는 '모깃불蚊遣り · 蚊遣り火', '모기장蚊帳'이 있다.

모깃불은 나뭇잎이나 마른 풀, 감귤류의 껍질, 새끼 같은 것을 그을려서 모기를 쫓는 불인데 연기가 메워서 모깃불을 피우는 사람은 힘들고 고단하다. 빈한한 농가의 정경을 나타내는데 적절한 소재라고 할 수 있다. 그러나 원경으로 바라볼 때에는 하나의 아름다운 풍경으로서 정취를 느끼기도 한다. 부송은 모깃불을 13구나 읊고 있다.

와카에서부터 많이 보이는 소재이지만 '여름이 오면 / 집을 그을리는 / 모깃불처럼 / 언제까지 나 자신은 / 속으로만 타는 걸까夏なれば やどにふすぶるかやり火のいつまでわが身したもえをせん'(古今集)와 같이 비유적으로 사랑의 번민을 상징하는 시재로 많이 애송되었으며 계절적인 정서와는 관계없이 읊어지는 경우도 많았다. 하이쿠에서는 농가의 여름날의 계절감각을 잘 나타내주는 친근한 소재이다.

모깃불

사이가 나쁜
이웃끼리 서로
모깃불 피워대네
腹あしき隣同士のかやりかな   (遺稿, 明和8[1771])

마음 분주한
몸 위로 덮어 쓰는
모깃불 연기
いとまなき身にくれかかるかやり哉   (自筆句帳, 安永3[1774])

모기장

얼굴이 뽀얀
아이 모습 흐뭇하네
작은 모기장
貌白き子のうれしさよまくら蚊帳   (新花摘, 安永6[1777])

초가집에
좋은 모기장 드리운
법사님이여
草の戸によき蚊帳たるる法師かな   (新花摘, 安永6[1777]?)

하루 일과가 끝나고 어둠이 내렸을 때 모기와 더위로 인해 괴로울
수도 있지만 보기에 따라서는 일말의 시심을 자극하는 서민적인 작
품들이라고 할 수 있다. 모기장은 근세 하이쿠에 와서 빈번히 쓰이
기 시작하여 시어로 정착이 되었고, 하이진들이 즐겨 쓰게 되었다.

부채団扇、扇

① 훈도시에
부채를 꽂은
주인장이여
褌に団さしたる亭主かな   (落日庵, 明和8[1771]?)

② 과수댁이

　수심에 찬 얼굴로

　부채질 하네

　後家の君たそがれがほのうちわ哉　　　　　　(自筆句帳, 安永3[1774])

　부채는 접을 수 있는 '쥘부채扇'와 자루가 달린 '둥근 부채団扇' 두 가지 모두 많이 읊어졌다. 쥘부채는 와카에서도 많이 읊어졌지만 둥근 부채는 하이쿠에 이르러 읊어지기 시작한 서민적인 소재이다. ① 에서처럼 여름날 골목에서 흔히 볼 수 있을 것 같은 '훈도시에 부채를 꽂은' 남정네의 모습이나 ②에서처럼 해거름에 수심에 차서 부채질 하는 '과수댁'의 모습 등으로 '부채'라는 소품을 통해 여름날 항간의 표정이 그려지고 있는 것이다.

죽부인

　죽부인은 대나무로 원통형을 엮어서 만든 것으로 끌어안고 잔다고 해서 '죽부인竹婦人'이라 하는데 중국에서 전래되어 한국과 일본에서 여름철에 사용되고 있다. 대나무의 서늘한 감촉 때문에 더위를 피하는 도구로 널리 쓰였다. 근세 하이쿠에 와서 등장한 소재이다. 근세 초기 일찍이 『조야마노이增山井』부터 보이며 『통속지通俗志』등에 나와 있다.

　부송은 죽부인을 4구 읊고 있으며 주로 중국고사에서 그 이미지를 많이 따오고 있다. 다음과 같은 것은 가볍게 일상의 흥을 읊은 것이다.

죽부인이여

하룻밤 함께하며

밀어를 나누네

抱籠や一夜ふしみのささめごと   (遺草, 年次未詳)

향주머니掛香

향주머니여

벙어리 딸아이도

어엿한 처녀

かけ香や唖の娘の成長   (自筆句帳, 明和8[1771])

향주머니여

막을 친 온천의 그대

바람 스친다

かけ香や幕湯の君に風さわる   (詠草, 明和8[1771])

　'향주머니掛香'는 향을 넣어두는 주머니로 몸에 지니고 다니는 것이며 여름의 계어이다. 음습한 여름날에 향으로 분위기를 돋우는 것이며, 근세초기 사이지키『반쇼와라와番匠童』,『통속지』등에 일찍부터 계어로 나타난다. 와카와 렝가에서는 보이지 않는 생활냄새가 나는 하이쿠의 계절 소재이다.『하이분가쿠 다이케이』를 조사해 보면 일반적으로 많이 읊어지는 소재는 아니지만 부송은 7구나 읊고 있어 가장 많은 수를 점하고 있다. 작은 생활용품에 관심을 기울임으로써 하나의 스토리를 연상케 하는 효과를 올리고 있다.

2) 다듬이소리

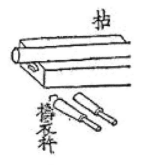

다듬이 『와칸산사이즈에』

다듬이는 옷의 주름을 펴고 부드럽게 하기 위해서 두들기는 도구이다. 부송은 '다듬이'를 16구나 읊고 있다. 『하이분가쿠 다이케이』에 의하면 개인적인 작품수로는 부송이 가장 많다.

'다듬이砧(きぬた)', '옷을 두들긴다衣打つ(ころもうつ)', '도의擣衣(とうい)' 등으로 쓰이며 주로 그 애조 띤 소리를 읊는 것이 일반화되어 있다. 흉노족에게 잡혀서 돌아오지 못한 남편 '소무蘇武'를 그리며 그 아내가 다듬이를 두드린다는 중국의 고사古事 이후, '가을밤의 외로운 기다림'이라는 이미지가 정착되었다. 일본에서도 헤이안 초기 『와칸로에이슈和漢朗詠集』, 『고킨로쿠조古今六帖』에서부터 많이 나타나고 있다. 하이쿠에서는 가을의 계어로 정착되어 있으며 부송은 다음과 같은 작품들을 남기고 있다.

① 외간 남자의
   옷을 다듬이질 하겠지
   작은 오두막
   異夫の衣うつらん小家がち   (書簡, 安永3[1774]. 3. 8)

② 무녀마을에

　애절함을 더하는

　다듬이 소리

　巫女町に哀を添ふる砧かな　　　　　　　　(夜半叟, 安永7[1778]以後)

　여기서는 다듬이가 고단한 일상을 살아가는 하층민들의 삶의 상징이 되고 있다. 전술했듯이 다듬이소리는 돌아오지 않는 남편을 기다리는 아내의 애절함을 강조하는 것이 일반적인 이미지다. 그러나 ①번 작품은 삯일로 외간 남자의 옷을 다듬이질하는 모습을, ②번 작품은 돌아올 남편이 있는 것도 아닌데 다듬이질을 하고 있는 무녀를 그리고 있다. 서민들의 현실적인 애환이 강조되어 가을 저녁의 정서가 깊어가는 효과를 낳고 있다.

　1773(安永3)년 9월 23일 부송이 다이로大魯에게 보낸 편지에도 '다듬이소리'라는 소재는 진부하지만 그럼에도 불구하고 다이로는 신선한 감각으로 읊고 있음을 칭찬하는 글을 쓰고 있다.[24] 부송이 특히 애송했던 소재였음을 알 수 있다.

3) 겨울의 생활도구들

　생활도구는 겨울의 도구가 가장 많이 등장하고 있다. 우선 방안의 도구들을 보기로 하자. 고타쓰火燵 6구, 화로炉 1구, 나무화로火桶 9구, 잿속에 묻은 불埋み火 10구, 숯炭 10구, 이불衾(ふとん) 18구가 그것이다. 겨울에 방안에서 사용하는 것들로, 이와 관련한 수많은 작품들은 부송이 방안에 틀어 박혀 지낸 시간들과 그 모습을 상상케 한다. 체취

가 배인 신변의 비속한 도구들이 '아늑한 삶을 형상화하는 시어'로
승화되고 있다.

고타쓰는 서민생활에 필수적인 도구이다. 여러 명이 둘러 앉아 담
소하거나 음식을 먹는 단란한 분위기를 연상케 하는 것이다. 서민의
겨울 계절 감각을 나타내는 하이쿠의 계어로서 확고히 정착했다. 와
카나 렌가에서는 도저히 등장할 수 없는 하이쿠적 언어 즉 '하이곤俳
言'이다. 고타쓰는『하이분가쿠 다이케이』에서 'こたつ', '火燵', '炬燵',
'巨燵' '置巨燵'등으로 조사하면 532건이 검색된다.

　　　허릿심이 없는
　　　아내가 아름다운
　　　고타쓰여
　　　腰ぬけの妻美しき火燵哉　　　　　　　　(落日庵, 明和6[1769]以前?)

고타쓰는 하이쿠의 소재이지만 '화로火桶'나 화롯불은 와카의 소재
이다. 에도시대에 들어서 장작을 구하기 어려운 도시형의 생활이 정
착됨에 따라 서민들에게도 많이 보급된 것이다. 나무로 된 화로는
오동나무나 편백나무의 속을 파서 만들었다.

부송은 화로나 화롯불이라는 계어를 자주 사용하고 있다. 하이쿠
적인 느낌을 살리면서도 비속한 속정에 머물지 않는 것이 그 특징이
다. 자적하는 마음을 표현하여 비근한 소재를 쓰면서도 고아한 '아雅'
의 세계를 그려내고 있는 것이다.

부송은 '오동화로桐火桶'나 '잿불埋火'에 웅크리고 혼자 불을 쬐는 자
신의 모습을 자화상처럼 그려내고 있다.

오동화로

줄 없는 거문고를

쓰다듬는 마음

桐火桶無絃の琴の撫ごころ   (無宛名書簡, 天明2[1782])

　　오동으로 만든 화로를 쓰다듬으며 도연명의 '무현금無絃琴'을 연상
한 작품이다. 무현금은 줄이 없는 거문고를 뜻하며, 여기서는 마음
의 소리를 듣는다는 의미이다.

조촐하게

화로를 발라주자

단자쿠 종이로

侘しらに火桶張るよ短冊で   (落日庵, 明和5[1768]?)

　　단자쿠短冊는 하이쿠를 적는 좁고 길쭉한 종이이다. 초라하지만 항
상 끼고 앉아 있는 화로에 단자쿠 종이를 발라주자고 하는 것에서
화로에 애착을 지니는 부송의 마음을 엿볼 수 있다.

화롯불이여

마침내 끓기 시작하는

냄비의 국물

埋火やつゐには煮ゆる鍋のもの   (自筆句帳, 明和6[1769]?)

　　방안에 오래 칩거해 있는 긴 시간의 흐름을 화롯불에 얹은 국물이

끓는 소리로 묘사하고 있다.

두건頭巾과 종이옷紙子

두건이나 종이옷은 서민생활을 나타내는 가장 대표적인 하이쿠 소재라고 할 수 있을 것이다. 부송은 두건을 17구, 종이옷은 9구 읊고 있다.

천으로 만든 두건은 겨울 방한용으로 남자들이 많이 썼기 때문에 겨울의 계어로 정착되었다.

① 사팔눈을 한
  의원의 초라한
  두건이여
  眇なる医師わびしき頭巾哉   (夜半亭, 安永3[1774])

② 두건을 쓴 채
  등잔불 불어 끄는
  외로운 잠이여
  頭巾着てともし吹消すわび寝哉   (夜半叟, 天明2[1782]?)

①은 눈만 내 놓는 두건을 쓴 의사가 한 쪽 눈이 사시여서 안쓰러우면서도 서글픈 모습을 읊고 있으며, ②는 너무 추워서 두건을 쓴 채 잠드는 쓸쓸한 겨울밤의 풍경이다. '두건'은 서민들의 겨울의 생필품이면서 서민들의 고달픈 행색을 형상화하는 소재로 등장하고 있다.

'종이옷紙子'은 두꺼운 화지和紙에 감물을 먹여서 만든 옷으로 바느질을 할 필요가 없어서 여성의 손을 빌리지 않아도 되므로 승려들이 입은 데서 비롯된 것이다. 지지地誌인 『옹주부지雍州府志』에 그 만드는 방법과 유래가 상세히 나와 있다.[25] 또한 종이옷은 가볍고 따뜻해서 노인이나 풍류인들이 즐겨 입었다. 항간의 겨울의 계절감각을 잘 나타내준다.

① 밥풀로
　종이옷 헤진 곳을
　메워 입었네
　めしつぶで紙子の破れふたぎけり　　　　　　　　(自筆句帳, 明和5[1768]?)

② 촌장 어르신
　종이옷의 어깨여
　주진촌
　宿老の紙子の肩や朱陳村　　　　　　　　　　　　(自筆句帳, 明和5[1768]?)

①은 헤진 종이옷을 그냥 밥알로 때워 입는 빈한한 생활을 읊고 있다. 읽는 이에 따라서는 지극한 궁색함을 읽어낼 수도 있겠고, 빈한해도 밥풀로 종이옷을 때워 입을 정도로 구애받지 않는 여유로움을 읽어낼 수도 있을 것이다.

②은 '종이옷'이 평화로운 마을 촌장의 위엄의 상징으로 등장하고 있다. '주진촌朱陳村'은 중국 당나라의 서주徐州의 장수마을로, 도읍에서 멀리 떨어져 평화롭게 지내는 곳이었다. 주진촌의 촌장도 비록

좋은 옷은 아니지만 종이옷을 입어 어깨에는 위엄이 보인다는 의미이다.

'두건'과 '종이옷'이라는 아주 소박한 서민의 의상으로 겨울 골목을 오가는 사람들의 모습과 표정을 전달하고 있는 점에서 하이쿠적 맛이 살아나고 있다.

6. 도시 서민의 삶

상업도시의 풍속, 고용살이 휴가藪入り

에도시대 상업사회에서의 '야부이리藪入り'는 고용살이 휴가를 의미하는 것으로 삶의 애환이 담긴 풍속이었다. 도회에서 고용살이를 하던 사람이 정초(1월 16일 전후)와 우란분盂蘭盆(7월 16일 전후)때 잠시 집으로 돌아가 쉬는 기간이나 그 사람을 이야기한다.[26] 상업자본주의가 일찍 발달하여 농촌에서 도회로 돈 벌러 나가는 사람이 많은 당시의 시대적 배경 하에 생겨난 풍습이다.

원래는 며느리가 친정에 다녀오는 날을 의미했으나 에도시대에 들어서서 상가의 풍속을 가리키는 말로 바뀌었다. 하이진俳人들은 여기에 담긴 애틋한 정서를 놓치지 않았으며 하이쿠의 계어로 확실히 정착하였다. 그저 '야부이리'라고만 했을 때는 신년 즉 봄의 계어가 되고 '노치노 야부이리後の藪入り'라고 했을 때는 가을의 계어가 된다. 관견의 범위에서는 『세와즈쿠시世話盡』(1656, 明曆2)에 처음 보인다.

부송은 다른 어떤 하이진보다도 이 야부이리에 많은 관심을 쏟았으며 '야부이리'에 관한 작품을 11구 읊고 있다.

① 고용 살다 온

　아이에 흐려지는

　어머니 거울

　やぶ入に曇れる母の鏡かな　　　　　　　(夜半叟, 安永7[1778]以後)

② 고용살이 휴가

　부적을 잊어버려

　애타는 모정

　やぶいりや守袋をわすれ草　　　　　　　(句集, 安永7[1778]以後)

③ 고용살이 아이를

　지키는 것은

　애기 지장보살

　やぶいりを守る小安の地蔵尊　　　　　　　(遺稿, 安永7[1778]以後)

　이들 작품 모두 고용살이하다가 잠시 고향에 들른 자녀들에 대한 반가우면서도 쓸쓸한 마음, 그리고 '남의집살이' 보낸 아이를 애틋해 하는 부모의 마음을 나타내고 있다. 생업의 고달픔에서 나온 소재이기 때문에 당시 사람들의 정서적 공감을 불러일으키기 좋은 작품들이다. 와카와 렌가와 같은 상층민들의 시가詩歌 문학형태에서는 도저히 나올 수 없는 에도시대 하이쿠의 특성을 나타내는 것이다.

　부송이 하이쿠와 한시 등을 연결하여 쓴『슌푸바테이교쿠春風馬堤曲』는 바로 이 '고용살이 휴가'의 정서를 이용하여 독특한 향수의 정을 불러일으키고 있다. 고용살이 휴가는 많은 하이진들에 의해 읊어지고 있으나 부송 작품에 있어서 특히 중요한 의미를 지니는 것은 '실향의 아픔'과 '어머니에 대한 기억'이 고용살이 휴가의 정서에 녹아들어있기 때문이다.

3장에서 보았듯이 '류조·가즈이에게 보내는 편지柳女·霞瑞宛書簡'[27]에서 부송은 게마毛馬가 자신의 고향이라고 술회하고 있다.『슌푸바테이교쿠春風馬堤曲』에는 고용살이하던 처녀가 휴가를 얻어 게마 강둑을 따라 시골집으로 돌아가는 마음을 풋풋하면서도 정감 있게 묘사하고 있다.

> 나는 하루 어르신들을 뵈러 고향에 들렀다. 우연히 고향으로 돌아가고 있는 한 처녀를 만났다. 앞서거니 뒤서거니 하면서 가기를 수십 리, 서로 되돌아보면서 이야기를 했다. 용모가 곱상했다. 앳된 모습이 어여뼜다. 그래서 가곡 18수를 지었다. 여자의 마음을 대신하여 읊었다. 그리하여, 제목을 '슌푸바테이교쿠(봄바람이 부는 게마 방둑의 노래)'라고 붙였다.
>
> 余一日耆老を故園に問う。澱水を渡り馬堤を過ぐ。偶女の郷に帰省する者に逢う。先後して行くこと数里、相顧りみて語る。容姿嬋娟、癡情憐れむ可し。因って歌曲十八首を製し、女に代りて意を述ぶ。題して春風馬堤曲と曰う。[28]

다나카 요시노부田中善信의 『요사부송与謝蕪村』[29]이나 다카하시高橋의 『부송전기고설蕪村伝記考説』[30] 등에 의하면 실제로 부송은 이 시기에 고향을 방문한 적은 없다. 오사카에서 게마까지의 거리도 1리(한국의 '10리'에 해당)에 지나지 않는다. 그러나 먼 길을 가는 것처럼 묘사하고 있는 이유는 고향으로 향하는 자신의 마음을 '휴가를 얻어 귀성

하는 처녀의 마음'에 빗대어 술회하고자 한 의도가 있었기 때문이라
고 한다.

제일 첫 부분의 홋쿠를 보기로 하자.

고향에 가네
나니와를 나와서
나가라강 건너
やぶ入や浪花を出て長柄川   (夜半楽, 安永6[1777])

나가라강長柄川은 신요도가와新淀川의 전신인 나카쓰가와中津川의 옛
이름으로 맨 앞의 '나가(長)'에 먼 길이라는 느낌을 담고 있다. 이 글
에 이어서 가나시仮名詩나 한자와 가나를 섞은 이체시異体詩를 통해 고
향으로 가는 도중의 그립고 낯익은 풍경들을 묘사하고 있다. 그 분
위기는 전술한 서간문에서 밝히고 있듯이 '이동무대로 상연되는 가
부키교겐引道具の狂言'처럼 쓰고 있으며[31] 고향집으로의 여정이 다음과
같이 이어진다.

한 채의 찻집
수양 버드나무
오래 늙었네
一軒の茶見世の柳老にけり   (夜半楽, 安永6[1777])

찻집의 할머니는 나를 보고 부드럽게
무탈함을 축하하고 봄옷을 부러워하네.

茶店の老婆子儂を見て慇懃に

無恙を賀し且儂が春衣を美ム

　'老婆子(할멈)'와 같은 것은 중국식 호칭으로 분위기를 낸 것이라
볼 수 있다. 다정하고 낯익은 사람들을 만난 기쁨을 표현하고 있다.
그리고 고향에 당도했을 때의 장면이다.

　　머리를 들어 처음으로 보네 고향집을

　　해거름에 문에 기댄 백발노인이

　　동생을 안고 봄이면 봄마다 나를 기다리네

　　矯首はじめて見る故園の家黄昏

　　戸に倚る白髪の人弟を抱き我を

　　待春又春

　고향집에 돌아오는 딸을 반겨주는 늙은 부모를 그리고 있다. 그리
고 마지막 장면은 다음에 든 단 다이기炭太祇의 구로 장식되고 있다.
고용살이 하다가 그리운 고향집에 돌아와서 홀로된 어머니와 만나
서 반갑고도 쓸쓸한 회포를 푸는 장면이다.

　　고용 살다와

　　잠을 자네 홀로된

　　어머니 곁에서

　　藪入の寝るやひとりの親の側 太祇　　(春風馬堤曲의 마지막 구, 安永6[1777])

이처럼 '고용살이 휴가'는 근세 상업사회의 세태를 반영하는 중요한 계어이다. 그 정서는 고향을 떠나 객지에서 고용살이를 하는 당시의 농촌 자녀들의 애환과 향수의 정, 부모의 애타는 마음, 때마침 꽃피는 계절과 때를 같이하여 설레는 마음 등이다. 부송은 이 '고용살이 휴가'에 자신의 향수의 정을 담아냄으로써 에도의 상업사회를 반영하는 멋진 생활 시어로 재생산하고 있는 것이다.

7. 부송의 유락遊樂

2장에서 보았듯이 부송은 에도시대 당시의 향락적인 문화를 누리며 살았다. 그러한 점에서 서민들에게 친숙하게 다가갈 수 있었다. 부송 작품 속에 나오는 유락 중에서는 여름의 가마우지낚시鵜飼 15구, 가을의 씨름相撲 16구, 겨울의 가부키 가오미세顔見世 5구 등이 있다. 이 중에서 가마우지낚시나 씨름과 같은 것은 바쇼를 비롯한 하이진들이 공통적으로 많이 읊고 있는 계어이나, '가오미세'는 부송 이외에는 그다지 보이지 않는다.

가마우지낚시鵜飼

가마우지낚시는 잘 조련된 가마우지를 이용하여 고기를 삼키게 하고는 다시 뱉어내게 하는 고기잡이 방식이다. 캄캄한 여름밤에 화톳불을 피워 놓고 능숙한 우쇼鵜匠, 즉 가마우지 낚시꾼이 줄을 조종하면서 여러 마리의 가마우지를 이용하여 고기를 잡는 풍경이 볼거리가 되어, 여름의 풍물로 정착되었다. 교토의 가쓰라가와桂川나 우지가와宇治川, 기후岐阜의 나가라가와長良川 강에서 많이 행해졌기 때문에 부송은 자주 가마우지 낚시를 접할 수 있었던 것 같다. 서간문에도 가마우지 낚시에 대한 글을 자주 쓰고 있는 사실(1775 乙総宛, 1777 士川, 士巧, 士喬宛)[32]로 보아 가마우지낚시 구경을 무척 즐겼음을 알 수 있다.

① 눈을 가리고
　　승려 지나가는
　　가마우지 강
　　目ふたいで僧の過行鵜川哉　　　　　　　　　(落日庵, 明和6[1769])

② 입을 벌리고
　　가마우지 토한 입김
　　화톳불 빛
　　口明て鵜のつく息に篝かな　　　　　　　　　(夜半叟, 安永6[1777])

가마우지 낚시는 와카 이래의 가제歌題인데 하이진들이 특히 좋아한 소재이다. 바쇼도 '흥겹다가 / 금방 서글퍼지는 / 가마우지 낚시여面白うてやがて悲しき鵜飼かな'라고 읊고 있다. 또한 '가마우지 콧잔등에 / 화톳불 비쳐서 / 서글프구나鵜のつらに篝こぼれて憐れなり'와 같은 가케이荷兮의 작품에서 보듯이 고기를 먹으려 삼켰으나 내뱉어야 하는 가마우지 모습에 대한 서글픔을 담은 것이 많다.

부송도 가마우지 낚시의 즐거움보다는 가마우지를 이용한 고기잡이 그 자체에서 느끼는 애환을 강조하고 있다. 다만 부송이 여타 하이진들과 다른 점은 화가적인 감각을 발휘하여 실감나게 묘사하고 있다는 점이다. ②의 경우에서 보듯이 가마우지가 힘겹게 고기를 잡으며 헉헉대는 모습을 화톳불 빛에 찰나적으로 비친 '가마우지의 입김'으로 묘사하고 있는 점이 실로 탁월하다고 할 수 있다.

씨름相撲

부송이 가을철에 즐겨 구경한 것은 '스모相撲' 즉 씨름이다. 이 당시는 '角力', 'すまひ' 등으로 쓰였는데, 그는 씨름에 관한 구를 16구나 읊고 있다. 과거 궁중에서 '스모 연회相撲節会'를 음력 7월에 행했기 때문에 가을의 계어로 정착되었다. 부송도 '씨름꾼들 / 가을의 계어라서 / 벌거숭이 벌레角力取秋季なれば裸虫'라고 읊고 있는데 씨름이 가을을 상징하는 것이어서 가을의 대표적인 계어인 벌레에 비유하고 있는 것이다. 렌가 이래의 계절 소재로 렌가론서『시호쇼至宝抄』에 그 용례가 보인다. 오늘날은 한 해 여섯 차례 대회가 행해지므로 사실상 가을의 계절감각이 살아나지 않는다.

에도시대에는 도쿠가와 가문을 위한 스모대회가 자주 열렸으며 직업적인 오즈모大相撲가 개최되었다. 도시의 발달에 따라 가부키와 동시에 스모대회가 열리는 수가 많았다. 부송의 편지글에서도 스모에 대한 이야기가 더러 보인다. 규코九湖 · 기토几董 앞으로 보낸 편지(연대미상) 등에 스모에 대해 쓰고 있는 것[33]으로 보아 부송은 즐겨 씨름을 관람한 것으로 추측된다.

저녁 안개여
후시미 씨름꾼들

뿔뿔이 흩어져

夕霧や伏見の角力ちりぢりに　　　　　　　　　(自筆句帳, 明和5[1768])

질 리가 없는

씨름이었는데라고

푸념을 하네

負まじき角力を寝ものがたり哉　　　　　　　　(自筆句帳, 明和5[1768]?)

커다란 몸집들을 부딪치며 땀 냄새를 풍기는 씨름이라는 소재가
시로 승화될 수 있는 것이 하이쿠의 세계이다. 다만 씨름 그 자체의
박진감이나 재미를 읊는 것이 아니라 '일락逸樂이 끝난 후의 아쉬움,
허전함'을 담은 것이 많다는 것이 부송 구의 특징이라 하겠다.

가오미세顔見世

'가오미세'는 에도, 오사카, 교토에서 연말에 새로운 배우들이 한
자리에 모여 연기하는 가부키 첫 공연이다. 보통 이른 새벽에 이루
어졌다. 당시 도회인들에게 최고의 오락이었다. 사이지키『반쇼와라
와番匠童』(1691)부터 그 용례가 있는 것으로 봐서[34] 겐로쿠元禄시대부
터 계어로 정착된 전형적인 생활 시어라고 할 수 있다.

근세 풍속지『모리사다만코守貞謾稿』에는 아래와 같이 나와 있다.

가오미세顔見世는 삼도(역주 : 교토, 오사카, 에도) 모두 11월에 행했다.
그러나 요즘 오사카는 일반 가부키는 흥행을 하지만 가오미세는 별 인
기를 얻지 못하고 교토는 일반 가부키는 별 인기가 없고 가오미세가

큰 흥행을 했다. (중략) 가오미세 상연기간 동안 교토, 오사카 모두 기
녀들은 이것을 구경 못하는 것을 부끄러움으로 여겼다.[35]

오사카는 가오미세가 흥행을 못했지만, 부송이 살았던 교토는 상
당히 흥행을 했음을 알 수 있고 특히 기녀들이 이를 보지 못하면 부
끄러워 할 정도로 즐겨 보았다는 것이다. 부송의 편지를 보면 기녀
들과 함께 가오미세를 즐긴 흔적을 많이 찾아 볼 수 있다. 2장에서
언급한 1782(天明2)년 11월 5일 제자 기토几董에게 보낸 서한[36] 등을
보면 부송이 가부키를 관람한 후에 배우들의 연기에 대해 상세히 묘
사하고 있는 것을 볼 수 있다.

편지에서는 무대의 분위기를 상세히 묘사하지만 하이쿠에서는
가오미세를 보기 전후의 설렘이나 아쉬움을 묘사하고 있다.

① 가오미세여
　이불을 떠나네
　임의 옆자리
　貌見世や夜着を離るるいもがもと　　　　　　(自筆句帳, 明和5[1768]?)

② 가오미세여
　어느새 속세는
　아침밥 때가 되고
　貌見世や既うき世の飯時分　　　　　　(自筆句帳, 明和5[1768]?)

①은 가오미세를 보기 위해서 새벽에 떠나기 싫은 임과의 잠자리
를 떨치고 일어난다는 의미이다.

가오미세를 읊은 구와 그림

②는 이른 새벽부터 가오미세 공연에 빠져들어 속세의 잡사를 완전히 잊고 있었는데 어느새 아침밥 먹을 때가 되었음을 이야기하고 있다. 임과의 이부자리도 박차고, 밥 먹는 것도 잊은 채 가부키 공연을 즐기는 도회인들의 정서를 잘 보여주는 일단이다.

근세 도회인들은 매년 '연극 연중행사芝居年中行事'라는 것을 의식하고 살 정도로 가부키가 자주 상연되었다. 시기에 따른 가부키의 상연으로 계절감각을 느끼는 것이다. 가부키의 시작은 11월 겨울의 가오미세부터 시작이 되어 초봄 가부키初春狂言(이때의 狂言이라는 말은 희극의 장르인 교겐을 의미하는 것이 아니라 '가부키교겐歌舞伎狂言'의 줄임말로 가부키를 일컬음)[37], 삼월 가부키弥生狂言, 오월 가부키皐月狂言, 삼복 가부키土用狂言, 추석 가부키盆狂言, 마지막 가부키名残狂言 등으로 이어지는 것이다. 이 모든 것이 하이쿠의 계어로 정착되어 있는 것이 일본인의 대중적인 계절감각이다. 핫토리 유키오服部幸雄의 『가부키 사이지키歌舞伎歳時記』와 같은 것은 가부키와 관련한 일본인의 연중 생활정서를 잘 보여주고 있다.[38]

부송과 대조적으로 바쇼는 가부키에 대한 것을 언급한 적이 없으며 하이쿠로 읊은 바도 없다. 바쇼의 제자인 기카쿠其角는 당시 에도의 도회 분위기를 만끽하였으며 가부키 가오미세에 대한 구를 읊고 있다. 기카쿠는 「가오미세, 이치카와의 미쓰마스[39]를 축하하다顔見世. 市川三升を祝す」라는 마에가키前書(서문)와 함께 다음 구를 읊고 있다.

미쓰마스여

절대로 얼지 않는

강물 줄기   기카쿠

ミつますやおよそ氷らぬ水の筋   其角 (蕉門名家句集)

여기서 '미쓰마스三枡'라고 하는 것은 사각형을 3중으로 겹친 문양인데, 가부키배우 이치카와市川 가문의 문양이다. '이치카와'라는 성씨에 들어 있는 '川'에 대한 연상으로 '강물 줄기'를 읊은 것이다.

가부키에 대한 부송의 취향은 도회 서민 부송의 독특한 경지라고 할 수 있을 것이다. 부송은 경제적으로 유복하지는 못했기 때문에 서점상 다나카쇼베田中庄兵衛(俳号는 佳棠)의 주선으로 교토 기온祇園에서 기녀 고이토小糸 등과 유락의 시간40을 보내며 연말 가부키 행사인 가오미세를 즐겼던 것이다.

8. 다도 풍습

화로 열기炉開き, 첫차 개봉口切, 화로 닫기炉塞

센노리큐千利休(1522-1591)이래 다도 문화가 성행한 에도시대에는 차와 관련한 생활사를 엿볼 수 있는 계어가 많다. 그 중에서도 '화로 열기炉開き(ろびらき)', '첫차 개봉口切(くちきり)', '화로 닫기炉塞(ろふさぎ)'는 다도와 계절감각이 어우러진 계어이며 당시의 생활사를 짐작할 수 있는 주요 용어이다.

'화로 열기炉開き'는 다도를 위해 음력 10월 1일이나 10월중의 '해일

亥日'에 풍로를 빼고 화로를 놓고 손님을 맞이하여 차를 대접하는 것
이다. '첫차 개봉ㅁ切'은 지난 늦봄에 찻잎을 따서 정제精製하여 차단
지에 밀봉하여 둔 것을 겨울에 처음 뚜껑을 열어 손님들을 접대하는
다회茶會이다. 차를 처음 개봉하여 신차의 향기가 집안을 진동하는
가운데 화기애애하게 차를 음미하는 서민들의 행사이다. '화로 닫기
炉塞'는 늦은 봄인 3월말에 화로(난방을 겸해 숯을 넣은 것)를 닫고 여
름용의 풍로로 바꾸어 다회를 여는 것이다.

'화로 열기炉開き', '첫차 개봉ㅁ切'은 겨울의 계어이며, 초겨울의 계
절감각을 나타내고 '화로 닫기炉塞'는 봄이 지나가는 아쉬움을 나타
낸다. 이들 계어들은 와카와 렌가에서는 향수하지 않았던 하이쿠의
시재이다.

'화로 열기'는『게후키구사毛吹草』의 「하이카이 사계절어俳諧四季之詞」
에 일찍이 보인다. 생활과 예도芸道, 문학이 합일이 된 계어라고 할 수
있다. 바쇼도 '화로를 여는 / 미장이 늙어가네 / 귀밑털 서리炉開や左官老
行鬢の霜'와 '차 개봉하니 / 사카이의 마당이 / 그리워지네ㅁ切に境の庭ぞな
つかしき'와 같은 구를 남기고 있다.

부송은 '화로 열기'를 2구, '첫차 개봉'을 6구, '화로 닫기'를 3구 읊
고 있어서 다도의식을 매우 즐겼음을 알 수 있다.

① 화로를 여네
　뒷마을로 통하는
　길모퉁이 집
　炉開や裏町かけて角屋敷　　　　　　　　　　　(遺稿, 明和5[1768])

② 차 개봉하네
　　기타류 배우도 모셔온
　　사첩 반 다다미
　　口切や北も召れて四畳半　　　　　　　　　(自筆句帳, 明和7[1770])

③ 화로를 닫고
　　남완의 목욕탕에 드는
　　느긋함이여
　　炉塞で南阮の風呂に入る身哉　　　　　　　(句集, 天明元[1781])

　①은 처음 화로를 열고 다회를 베푸는 저택의 크고 널찍한 모습을 이야기하고 있다.

　②는 차를 처음 개봉하는 다회에 노能의 배우까지 초청되니 좁은 4조반 다다미방이 화사한 분위기로 가득하다는 의미이다.

　③은 제자 기토几董의 암자에서 읊은 구이다. 봄까지 다회 분위기를 아늑하게 해 주었던 화로도 이제 날이 따뜻해지니 거둬들이며 마지막 아쉬운 다회를 마쳤다. 그리고 느긋하게 목욕을 한다는 것이다. 여기서 '남완南阮'은 위진남북조시대 진나라의 죽림칠현이었던 남완 즉, 완적阮籍과 완함阮咸을 의미한다. '완阮'씨 가문은 남쪽과 북쪽에 나누어 살아서 남완과 북완이라고 했는데 북완은 권력과 부를 누리며 살았고 남완은 초야에 묻혀서 청빈하게 살았다. 따라서 '남완의 목욕탕'이라고 한 것은 소박하지만 편안한 목욕탕을 상징한다. 물론 제자 기토의 소박한 집 분위기를 찬미한 것이라 추측된다.

　이와 같이 처음 화로를 두고, 처음 차단지의 뚜껑을 연다는 식으로 다도를 함에 있어서도 '그해 처음'의 의미를 많이 강조하고 있다. 속된 삶 속에서 밝고 화사한 소위 '하레晴'의 순간을 음미하는 생활 습속을 엿볼 수 있다. '화로 닫기'에서는 찻물을 끓이던 화로를 닫으면서 아늑한 다회의 계절이 떠나감에 대한 아쉬움을 담고 있는 것이다.

다도가 계절행사의 하나로 정착됨에 따라 생활 감각이 시정詩情으로 발전된 것이다. 오늘날도 「다도 사이지키茶道歳時記」, 「차노유 사이지키茶の湯歳時記」, 「오모테센케 사이지키表千家歳時記」, 「우라센케 사이지키裏千家歳時記」 등의 다도 행사와 관련한 사이지키가 다수 출간되고 있음을 보아도 계절에 따라 다도 의식을 즐기는 일본인의 풍습을 알 수 있다.

9. 세모 풍습

낡은 책력古曆

책력曆(こよみ)은 요즘 식으로 말하면 달력을 의미하지만, 일기예보가 없었던 과거에는 절기나 연중행사와 같은 것이 상세히 적혀 있어서 일상생활에 있어서 아주 중요한 기능을 하고 있었다. 『하이쿠와 일본적 감성』의 「시간의 흐름과 책력」에서도 강조하고 있듯이 일본은 날씨 변화가 특히 심하여 국가적으로도 책력을 편찬하는 일에 힘을 쏟았다. 부송의 시대에는 역학자曆学者 시부카와 하루미渋川春海가 1685년에 편찬한 「조쿄레키貞享曆」가 많이 유포되어 있었다.[41]

부송은 '낡은 책력古曆'을 자주 읊어 무려 12구나 남기고 있다. '낡은 책력'은『하이분가쿠 다이케이』를 보면 31건만 검색되어 에도시대를 통틀어 드물게 보이는데 부송이 유독 많이 읊고 있음을 알 수 있다. '책력에 따라 아등바등 살아온 시간에 대한 감회'와, '해가 바뀌어 이제는 쓸모없어져 휴지조각이 된 책력에 대해 느끼는 서글픔' 같은 것이 담겨 있다.

사이지키『곳케이조단滑稽雜談』(1713)에 '설날부터 그믐까지 매일 사용해 왔는데 벌써 한해도 내일로 새 설날을 맞게 되었네. 올해의 책력은 이제 쓸모가 없게 되어버렸네. 두 번 다시 열어보지 않게 되었어. 내일이 설날이니 작년 책력은 낡아서 아무 짝에도 쓸모없는 휴지조각이지. 오늘까지 썼다가 내일 금방 옛것이 된다고 해서 낡은 책력은 세모에 읊는 것이다.' 라고 '설날이 되면 휴지조각이 되는 지난 책력'[42]에 관한 정서를 잘 설명하고 있다.

① 불경 같아서
   그윽한 기분이여
   낡은 책력
   御経に似てゆかしさよ古曆   (自筆句帳, 安永3[1774]?)

② 낡은 책력
   바람에 날리네
   미와의 동구 밖
   古曆吹かるるや三輪の町はづれ   (夜半叟, 安永6[1777])[43]

③ 낡은 책력

　밟고 지나가네

　미시마 역참 변두리

　古暦踏むや三島の宿はづれ　　　　　　　　　　　　　(断簡, 年次未詳)

　①은 다사다난했던 한 해도 후딱 지나가 버리고 휴지조각이 되어
버리는 책력이 마치 '인생은 그런 것이야'라고 말해 주는 불경과 같
이 느껴진다는 것이다. 아니면 오히려 지난 것들의 소중함을 낡은
책력이 말해 준다는 의미로 읽어낼 수도 있을 것이다.

　②③은 모두 쓸모없게 된 낡은 책력이 아무 관심도 받지 못한 채
여기저기 나뒹굴고 있는 풍경을 읊은 것이다. ③은 미시마의 역참 변
두리에 '미시마 책력三島暦'이 해가 바뀌어 휴지처럼 발에 밟히는 정
경을 보고 형언키 어려운 감회를 느끼고 있는 것이다.

　함축성을 추구하는 하이쿠 문예의 특성상, '다가오는 시간에 대한
희망'보다 '흘러가버린 시간에 대한 허전함'을 읊는 것이 더 많다.
'낡은 책력'은 흘러간 시간의 허망함을 대변하는 적절한 시어였던
것이다.[44]

　정어리 대가리鰯のかしら

　햇살비치네

　오늘아침 정어리

　대가리부터

　日の光今朝や鰯のかしらより　　　　　　　　　(自筆句帳, 明和9[1772])

'정어리대가리鰯のかしら'라는 것은 액을 쫓기 위해서 입춘 전날 호랑가시나무에 꿰어서 문에 꽂아두는 것이다. 청정한 햇살이 마치 정어리대가리에서부터 솟아 올라오는 듯한 느낌을 읊고 있다. 지극히 민속적인 소재를 써서 어쩐지 비릿한 냄새도 풍겨올 것 같은 서민 가정의 분위기를 잘 묘사하고 있다. 정초의 경사스러운 햇살이 정어리대가리라는 누추한 소재에도 비치고 있음을 이야기하고 있는 것이 이 작품의 매력이라고 할 수 있으며 '성속聖俗'의 경계가 허물어짐을 볼 수 있는 것이다.

'정어리대가리를 꽂다鰯の頭挿す'라는 말은 『통속지通俗志』에 일찍이 보이며 『야마노이山の井』와 『조야마노이增山井』, 『게후키구사毛吹草』에도 보이는 하이쿠 특유의 인간사 계어이다.

10. 풍경으로서의 농경

부송은 농사를 짓지 않은 순수 도회민이라고 할 수 있다. '농경'도 더러 읊고 있지만 아무래도 실제적인 느낌보다는 '하나의 풍경'으로서만 바라본 것이 많다. 농경에 관한 소재와 그 작품 수를 보면 다음과 같다.

봄 : 화전燒野(5), 씨뿌리기種まき/種おろし(4), 씨앗가마니種俵(2), 밭을
      일구다畠打つ(12), 갈다耕/밭갈기畑打(15), 못자리苗代(7)
여름 : 모내기/모/모내기노래/모내는 아가씨田植/早苗/田歌/早乙女(18)
가을 : 허수아비案山子(21), 새 쫓는 딸랑이鳴子引/引板(9)

겨울 : 보리파종麦蒔(2)

농경은 파종과 밭 일구기 등 봄 농사와 관련된 것, 여름의 모내기 풍경, 가을에는 추수 후의 '허수아비案山子'에 대해서 특히 많이 읊고 있음을 알 수 있다. 겨울은 보리파종에 관한 것뿐이다.

밤새도록
소리 없이 비 내리네
씨앗 가마니
よもすがら音なき雨や種俵   (自筆句帳, 安永9[1780])

'씨앗 가마니種俵'를 2구 읊고 있다. 싹을 틔우기 위해서 씨앗을 가마니에 담아서 물에 담가두는데 담가둔 씨앗가마니 위로 촉촉이 봄비가 내리고 있는 모습을 읊은 것이다. 씨앗가마니는 순수한 하이카이 소재俳諧題이다.

① 밭을 가네
   귀가 먼 몸이
   달랑 혼자서
   畑打や耳うとき身の只一人   (遺稿, 安永7[1778]以後)

② 한낮 고둥소리
   김매는 소리 멎어
   고요하다네

午の貝田うた音なく成にけり   (新花摘, 安永[1777])

③ 소박을 맞은
　 몸이지만 힘을 내어
　 모내기 하네
　 離別れたる身を踏込で田植哉 (句集, 宝暦8[1758])

④ 물고기 한 마리
　 못자리의 물을
　 퍼올려 보니
　 魚ひとつ苗代水を掬すれば   (落日庵, 明和6[1769])

　②는 한낮의 고둥소리에 맞춰 점심을 들기 위해 쉬느라고 농부들
의 노랫가락이 끊어진 한가로운 전원 풍경을 '소리'로서 묘사하고
있다. ③은 온 마을이 총출동하여 모내기를 하는데 소박맞아 괴롭다
고 해서 혼자 있을 수 없어 기운을 내어 모내기를 하는 모습을 읊고
있다.

　인간사 고달프지만 농경에 맞추어 순응하며 살아가는 모습을 그
려내고 있다. 직접 농사를 짓지 않았던 부송은 농사의 고단함이나
기쁨을 읊기보다는 전원의 삶의 모습을 정감 있게 바라보며 풍경
을 묘사하거나 사연을 읽어내는 것에 흥미를 느끼고 있음을 알 수
있다.

허수아비案山子

허수아비는 가을을 상징하는 계어이다.『하이카이 쇼가쿠俳諧初学抄』(1641)에 일찍이 보인다. 부송이 허수아비를 읊은 구는 무려 21작품이나 된다. 전원의 가을 풍경을 화가적인 시선과 하이진의 시심으로 바라봤을 때 가장 친근한 소재가 아니었을까 하는 생각이 든다.

① 물이 빠지니
여윈 정강이 껑충한
허수아비여
水落ちて細脛高きかがしかな   (自筆句帳、安永3[1774])

② 알알이 고통
몸이 알아 이슬진
허수아비여
粒々皆身にしる露のかがしかな   (夜半叟, 安永7[1778]以後)

③ 이름은
무엇일까 호號는
안산자(허수아비)로다
姓名は何子か号は案山子哉   (句集, 安永3[1774])

①은 허수아비의 삐쩍 마른 정강이가 드러난 모습에서 허허로움을 표현하고 있다. ②는『고문진보古文眞寶』의 이신李紳(당나라 시인, 772-846)의 한시 '농자를 가여워하다憫農'에 '벼논에 김매기를 하는

데 한낮이 되니 땀방울이 벼이삭 아래의 흙을 적시네. / 그 누가 알리
오 밥상의 흰쌀밥이 알알이 모두 농부의 고통인 것을 鋤禾日當午 汗滴禾下
土 誰知盤中餐 粒粒皆辛苦'이라는 문구를 생각하고 읊은 것이다. 부송은 '누
가 알리오'라는 것에 대해 그 알알이 배인 고통을 허수아비만을 알
고 있어 이슬이 맺혔다고 하고 있는 것이다.

③에 대해서는 부송이 편지글에서 이렇게 쓰고 있다.

> (전략) 요전에 교외를 산책하며 하이쿠를 읊다가 물끄러미 허수아비
> 의 모습을 바라보니, 부귀를 좇지 않고, 빈천을 한탄하지 않고, 사람을
> 위해서 들을 지키고 비바람과 눈서리를 마다 않으니 이보다 더한 숨은
> 군자가 어디 있겠는가 하고 생각되었소. 실로 바위굴에 숨은 군자라는
> 생각이 들어 이 자의 성은 무엇인지 자字는 무엇인지 생각하다가 그저
> '안산자案山子'라는 별호로 사람들이 부르니까 (허수아비가) 그 또한 좋
> 다고 묵묵히 받아들이는 모습이 운치있어서 (후략)
>
> (前略)このあいだ郊外を吟行いたし候て、つくづくかれが有さまを見候ニ、富
> 貴をしたハず、貧賤をうれひず、人のために田を守りて、風雨霜雪をいとハ
> ず、此うへの陰徳又有べしとも不覚候。実ニ巌穴の隠君子にて可有ともおもひ
> つつ候而、此ものニは、性ハ何名ハ何字ハ何と申べけれど、只案山子といへ
> る別号を以テ人の唱ふれバ、それも又よしと淵黙したる形容のおもしろければ
> (後略)[45]

허수아비에 대해 부귀와 빈천을 초탈하여 추위 속에서 묵묵히 들
을 지키는 '숨은 군자'로 칭하고 있다.

부송은 주로 칩거하는 생활을 즐기긴 했으나 위의 작품들을 보면

가끔 산야를 산책하며 구를 읊었던 것으로 보인다. 직접 밭 갈고 씨 뿌리는 농경적인 요소는 발견하기 어렵지만 농부들의 애환이 담긴 전원 풍경을 화폭에 담듯이 그려내었다. 그 중에서도 허수아비의 모습이 제일 마음에 와 닿아 때로는 '농사의 땀방울'로 때로는 '물욕을 초월한 군자'로 찬미하고 있다.

이 장에서는 부송의 홋쿠를 대상으로 하여 '속(俗)'된 삶을 바탕으로 한 계어가 어떻게 나타나고 있는가를 살펴보았다.

구체적으로 인간사와 관련한 계어는 연중행사보다 일상생활에 집중되어 있으며 가장 친근한 생활도구, 음식, 의복 등에 관한 것이 특히 많이 등장한다. 부송이 좋아한 '스시'에 대한 구가 돋보인다.

중년기부터 정착하여 시정에 파묻혀 살았던 삶의 방식과 중국의 영물시, 문인화 등의 영향으로 소재에 대한 세세한 관찰, 조형적인 감각, 구도, 미적인 언어로의 재생산 등에 뛰어난 소질을 발휘했다.

부송은 궁상스러운 우리 삶도 우리 마음 속의 속된 기운을 걸러내기만 하면 아름다운 예술로 거듭날 수 있음을 수많은 작품들을 통해 보여 주고 있다. 그의 하이쿠가 단순한 미적 감각에 의한 조형이나 색채미의 아름다움에만 그치지 않고 가슴으로 전파되는 감동을 줄 수 있었던 것은 그날그날 삶을 영위하는 사람들의 희로애락의 정서를 세밀하게 읽어내는 마음, 연민어린 시선이 뒤따랐기 때문일 것이다. 또한 어떤 인간사에 있어서도 충족감보다는 설레임과 아쉬움을 중심으로 읊고 있어서 독자들의 마음을 사로잡았다. 늘 부족한 채 살아가는 인간에 대한 애정이 부송 하이쿠의 힘이라고 볼 수 있으며 근세 사회의 에너지를 보여주는 것이기도 했다.

1   山本健吉(1988)『最新俳句歳時記』新年編 文芸春秋社, p.241.

2   유옥희(2011)「'인간사'와 관련한 부송의 홋쿠 연구」『일본어문학』, pp.353-372.

3   위의 논문, pp.355-356.

4   喜田川守貞著 宇佐美英機校訂(2001)『近世風俗志 四 守貞謾稿』岩波文庫, pp.210-211.

5   芳賀徹(1986)『与謝蕪村の小さな世界』中央公論社, pp.21-86.

6   馬琴·青藍編 古川久 解説(1973)『増補俳諧歳時記栞草』下 八坂書房, p.174.

7   秋元不死男外13人編(1974)『図説俳句大歳時記』冬 角川書店, p.242.

8   高橋庄次(2000)『蕪村伝記考説』春秋社.

9   森川昭(1984)「歳時記の中の食」『国文学』学灯社, pp.66-67.

10   모리카와는 '식(食)'이라고 하고 있는데, 필자가 식소재로 번역했다. 본 논문에서
     조리한 음식은 '음식'이라고 하고, 조리와 상관없이 먹는 소재를 통틀어 '식소재'
     라고 했다.

11   森川昭(1984) 앞의 논문, p.67.

12   어패류를 발효시켜서 식초를 사용하지 않고 자연 酸味로 먹는 스시. 소금에 절인
     생선에 소금을 뿌린 밥을 섞어서 절인 스시와, 생선포를 뜬 것과 밥을 함께 섞어서
     절인 것이 있다(『日本国語大事典』小学館, p.363).

13   유옥희 (2012)「부송하이쿠에 나타난 스시의 미학」『외국문학연구』46.

14   '식해(食醢)'와 '식혜(食醯)'는 더러 혼동되어 쓰이는데, '식해'는 생선을 삭힌 것이
     고, '식혜'는 밥을 삭힌 소위 감주이다. 그런데 북한에서는 생선식해도 '식혜'라고
     한다(국립국어연구원, 『표준국어대사전』, 두산동아, 1999년 p. 3817 참조).

15   『조선일보』, 2011년 8월 31일자.

16   『조선일보』, 2011년 8월 31일자, 문화면.

17   日本国書センター(1967)『近世日本風俗事典』人物往来社.

18   森川昭(1984) 앞의 논문, pp.66-70.

19   근세 중기 俳人, 三宅嘯山(1718~1801) 京都의 사람이다.

20   古事類苑刊行会(1914)『故事類苑』飲食部, 吉川弘文館, p.950.

21   『故事類苑』위의 책, pp.949-950.

22   原田信男(2008)『食を歌う』岩波書店, p.78.

23   藤田真一·清登典子(2003) 앞의 책, p.193

24   大谷篤藏·藤田真一校注(1992)『蕪村書簡集』岩波書店, p.77.

25   秋元不死男外13人編(1974) 앞의 책. p.196, 재인용.

26   『日本民俗大辞典 下』(2000) 吉川弘文館, p.737.

27   大谷篤藏·藤田真一校注(1992) 앞의 책, pp.187-189.

28   尾形仂·山下一海 校注(1994)『蕪村全集 第四巻 俳詩·俳文』講談社, p.19 이에 근거
     하여 書き下し文으로 고침.

29   田中善信(1996)『与謝蕪村』吉川弘文館.

30   高橋庄次(2000)『蕪村伝記考説』春秋社.

31 尾形仂·山下一海 校注(1994) 앞의 책, pp.16-18.

32 大谷篤藏·藤田真一校注(1992) 앞의 책, pp.107-108, pp.260-262.

33 大谷篤藏·藤田真一校注(1992) 앞의 책, p.424.

34 尾形仂·小林祥次郎共編(1981)『近世前期歲時記十三種本文集成並びに総合索引』勉誠社, p.424.

35 喜田川守貞著·宇佐美英機 校訂(1996)『近世風俗志-守貞謾稿』5卷 岩波書店, p.151.

36 大谷篤藏·藤田真一校注(1992) 앞의 책, pp.351-352.

37 이때의 狂言이라는 말은 희극의 장르인 교겐을 의미하는 것이 아니라 歌舞伎狂言의 줄임말로 가부키를 일컫는다.

38 服部幸雄(1995)『歌舞伎歲時記』新潮社.

39 사각형을 3중으로 겹친 문양. 가부키 배우 이치카와 가문의 집안 문양이다.

40 1779(安永8)년에서 1783(天明3)년 동안 기녀 고이토와의 관계는 高橋庄次『蕪村伝記考説』(春秋社, 2000) pp.436-467에 상세히 나와 있다.

41 유옥희(2010)『하이쿠와 일본적 감성』제이앤씨, pp.276-279 참조.

42 秋元不死男外13人編(1974) 앞의 책, p.278, 재인용.

43 静岡県 三島의 三島神社에서 파는 책력이다.

44 유옥희(2010) 앞의 책, 6장「흐르는 시간과 하이쿠」pp.267-330 참조.

45 大谷篤藏·藤田真一校注(1992), 앞의 책, pp.85-86.

일상의 공간
-계어가 아닌 소재를 중심으로

    이 장에서는 부송이 즐겨 읊은 일상의 소재 가운데서도 계어가 아닌 것을 중심으로 살펴보기로 한다. 작품 속에 계어가 포함되어 있기는 하나 여기서는 구가 읊어진 배경이나 무대에 관심을 두고 분석하기로 한다.

    부송은 중년기부터 서민들이 복닥거리는 도회의 삶 속에 파묻혀 지냈다. 그리하여 일상적인 삶 속에서 매일 먹고 사는 무대가 되는 겨울의 부추밭, 전당포, 목욕탕, 뒷간, 파장수, 나그네극단, 지진의 풍경 등은, 부송의 심미안 속에서는 모두가 예술적인 소재가 되고 있다.

1. 서민들의 공간

부송은 삶의 공간에 있는 아무리 '시시콜콜'한 소재일지라도 미적 결정체로 거듭나게 하는 수완이 있었다. 당시에는 상인들을 중심으로 하여 문학이 대중화되면서 어떤 이야기나 소재라도 5/7/5 운율의 틀에 넣어 자유롭게 시심을 즐기는 분위기가 형성되어 있었기 때문이기도 하다.

5장에서도 보았듯이 부송 하이쿠에 있어서 시심을 일으키는 계절 소재는 무한히 증폭되어 있음을 알 수 있었다. 우리 시조時調나 일본의 와카和歌의 경우와 비교해서 생각해 보자. 우리 시조는 대개 유교적 '미덕美德'을 상징하는 것이나 '흥興'의 대상이 되는 '자연'에 초점이 두어져 있고 신변잡사身邊雜事는 미적 범주에 포함되지 못했다. 일본의 전통시가인 '와카和歌'의 경우는 시조보다도 그 소재의 범위가 더욱 제한되어 있었다. 쓰다 소키치津田左右吉는 헤이안시대 와카의 특성에 대해 다음과 같이 언급하고 있다.

헤이안 귀족들이 즐겨 감상한 것은 작은 것, 아름다운 것들이다. 웅대, 장골, 삼엄하여 대개 그 위력이 사람을 압도하고, 사람들의 삶을 두렵게 하는 것은 그들의 감상의 대상에 포함되지 않았다. 자연계에 있어서 우아하고 아름답고 약소한 방면의 것만을 사랑하는 것은 나라시대부터 그러했지만, 헤이안시대가 되면 귀족의 기풍이 더욱 더 섬약해졌기 때문이다. 그들은 좁다랗고 우아하고 아름다우며 또한 소규모인 헤이안 도읍의 산하를 세계로 삼아, 그 바깥세계로 나오는 것을 좋아하지 않았다. 『마쿠라노소시』의 권두에 나오는 「봄은 새벽녘」단이 좋은 예이다. 모든 것이 작고 아름다우며 우아하지 않은가?[1]

헤이안 도읍(교토)의 분위기와도 어우러져 웅대한 자연보다는 우아하고 약소한 것만을 선호하는 섬약한 분위기가 주류를 이루었다고 하고 있다. 귀족들이 문학의 중심이었던 당시의 시대배경 하에 교토에 안주하며 시야에 들어오는 자연물을 완상玩賞하며 즐기는 문화였다고 할 수 있다. 그들이 바라본 자연은 지극히 제한적일 수밖에 없었다.

부송 역시 교토에 정주하여 살면서 진취적인 것보다는 섬세한 것을 즐겼다. 주변의 사물을 섬세하게 관찰하는 것은 어쩌면 헤이안 귀족들의 성향을 이어받았다고도 할 수 있다. 그러나 서민사회로 접어들면서 인간의 삶이 전면에 부각되면서 자연물뿐만이 아니라 마을, 밭, 우물, 뒷간, 부엌, 빚쟁이, 훈도시褌(아랫도리를 가리는 띠), 역병 등의 신변잡사로 시적 공간이 확대되어 와카와 렌가에서는 얻을 수 없는 감동을 빚어내고 있다.

와카와 렌가에서 쓰이지 않는 하이쿠적 언어를 '하이곤俳言'이라고 한다. 하이카이, 하이쿠에서만 쓰이는 속어나 한자어 같은 것을 의미한다. 1663(寬文3)년에 기타무라 기긴北村季吟이 편찬한 계어를 모아놓은 『조야마노이增山井』에는 하이곤을 일일이 명시하고 있다. '하이곤'이야말로 하이쿠의 하이쿠다움을 보여주는 소재이며 서민들의 삶을 비춰내는 언어라고 할 수 있다. 부송은 하이곤 중에서도 인간의 체취가 배어 있는 신변의 삶의 공간이나 도구들을 즐겨 묘사했다.

바쇼의 경우는 일상적인 삶에 밀착해 살기보다 방랑으로 일생을 보내는 가운데 좀 더 우주적이고 철학적인 성찰이 작품의 주제를 이루었다. 말하자면 자연이나 인간의 삶을 거시적으로 조망하는 영법詠法이라 할 수 있다. 방랑자 바쇼와 달리 부송은 한 곳에 정착하여 일상적인 삶의 즐거움을 추구하며 살았고 본업이 화가였던 관계로 정물화적인 관찰이 많았다. 그리하여 구석구석의 삶의 공간을 들춰내어 자신이 몸담고 있는 시공간의 무생물들을 정감을 지닌 존재로 재생산하고 있는 점이 특이하다고 하겠다.

부엌, 우물, 목욕탕, 뒷간

인간 삶에 있어서 가장 일상적인 공간을 들라고 하면 이 4가지라고 할 수 있을 것이다. 사람들이 매일매일 먹고 씻고 배설하는 행위가 이루어지는 곳이기 때문이다. 때문에 어찌 보면 가장 '시적詩的이지 않은' 공간일 수 있다. 그러나 부송은 이러한 곳도 놓치지 않았다.

'부엌'은 '台所(だいどころ)', 혹은 '勝手(かって)'로 표현되고 있는데 부송은 4구를 읊고 있다.

① 차 개봉하는 날
　김이 예사롭지 않은
　부엌 안
　口切や湯気ただならぬ台所　　　　　　　　　　(落日庵, 明和6[1769]?)

② 부엌에까지
　어느 아낙이 왔나
　겨울 칩거
　勝手まで誰が妻子ぞふゆごもり　　　　　　　　(自筆句帳, 明和5[1768])

①은 5장에서 보았듯이 차를 숙성시켰다가 처음 개봉하며 다회를 여는 것으로 겨울의 계어이다. 부엌에서 무럭무럭 솟아나오는 김으로 다회의 화기에애한 분위기를 그려내고 있는 것이다. 부엌 안이 미적인 공간으로 살아나고 있다.

②는 부송이 겨울날 방안에 틀어박혀 칩거하며 가끔 들려오는 바깥 소리에 귀를 기울이는데 부엌 근처에서 아낙네 소리가 들려오는 상황이다. '대체 누가 왔지?'라고 궁금해 하는 모습에서 부엌이라는 소재를 통해 '게으른' 일상의 한 모습이 시로 승화되고 있음을 볼 수 있다.

부송은 '우물'을 4구 읊고 있다. 그 중 '古井' 1구, '古井戸' 2구를 읊고 있으며 낡은 우물이 지니는 고요하고 어두컴컴한 분위기를 효과적으로 활용하고 있다.

① 낡은 우물이여
　　모기 잡는 물고기
　　소리 어둡다
　　古井戸や蚊に飛ぶ魚の音くらし　　　　　　（自筆句帳, 明和5[1768]?）

② 낡은 우물의
　　어둔 곳에 떨어지는
　　동백꽃송이
　　古井戸のくらきに落る椿哉　　　　　　　　（落日庵, 明和6[1769]）

①은 모기가 안 생기도록 우물에 넣어 놓은 작은 물고기들이 모기를 물려고 튀는 소리를 표현한 것이다. 소리가 '어둡다'라고 함으로

써 컴컴한 우물 속 소리의 울림을 효과적으로 나타내고 있다.

②는 낡고 깊은 우물에 큼지막한 동백꽃이 송이채 '풍덩'하고 떨어지며 울리는 소리를 감각적으로 묘사하고 있다. 어느 것이나 낡고 깊은 우물의 컴컴한 분위기와 '풍덩' 소리의 웅숭깊은 울림을 통하여 적적한 집안의 분위기를 간접적으로 드러내고 있다.

이 당시까지만 해도 '낡은 우물'은 하이쿠에서 그다지 소재가 되지 않았다. 『하이분가쿠 다이케이』에서도 그 용례가 8구 검색될 뿐이다. 부송은 3구를 읊고 있는데 모두 오래된 우물의 어두컴컴한 이미지가 허름한 민가의 분위기를 묘사하는 데 적절히 사용되고 있다.

'목욕탕'에 관한 작품은 12구이다. 에도시대는 특히 공중목욕탕이 발달되어 있었다. 시키테이 산바式亭三馬는 『우키요 목욕탕浮世風呂』이라는 대중소설을 써서 목욕탕에 드나드는 인물들의 대화를 통하여 당시의 세태를 리얼하게 묘사하고 있다. 하이쿠 역시 대중화되면서 목욕탕이 친근한 소재로 등장한다.

① 목욕탕 안에
　생선장수 들어 왔네
　겨울 달
　銭湯に魚屋入しよ冬の月　　　　　　　　　　(夜半叟, 安永6[1777])

② 겨울비 오네
　오사다 저택에서
　목욕을 할 때
　しぐるるや長田が館の風呂時分　　　　　　　(書簡, 天明3[1783])

①은 공중목욕탕 '센토銭湯'의 한 장면이다. '생선장수'라는 소재도 항간의 서민생활을 묘사하는데 적절히 배치된 것이다. 늘 생선을 만지는 사람이므로 아마 몸에 비릿한 냄새도 배어 있을 것이다. 목욕탕 안에 김이 서려 그 모습은 잘 안 보이는데 냄새만으로 생선장수가 들어왔음을 직감했을 것이다. 소박한 이들의 삶 위로 겨울 달빛이 비쳐들고 있다.

②는 집안에서 목욕을 하는 장면이다. 얼핏 보면 비 오는 날, 저택 안에 있는 목욕탕의 아늑함을 나타내는 작품처럼 느껴진다. 그와 같은 분위기로 읽어도 좋을듯하지만 사실 역사적인 배경을 깔고 있는 작품이다. '헤이지의 난平治の乱' 때에 오사다 다다무네長田忠致가 미나모토노 요시토모源義朝를 목욕탕에서 살해한 이야기를 연상케 하고 있다.[2] 겨울비 시구레時雨가 추적추적 내려 음산한 저녁, 다가올 위험을 예감하지 못한 채 김이 오르는 목욕탕에서 목욕을 하고 있는 무사의 모습, 마치 영화의 한 장면을 방불케 한다. '목욕탕'과 '시구레'를 접목시켜 드라마틱한 인간사를 그려냈다는 점이 흥미롭다.

다음으로 하이쿠에서 읊어지는 '뒷간', 일본어로 셋친雪隠이다. 뒷간은 인간의 일상에서 가장 중요한 공간중의 하나이다. 화장실을 안 가고 사는 사람은 없기 때문이다. 그러나 배설하는 행위는 언제부턴가 가장 비속한 것으로 인식되어 왔다. 서민문학이 발전한 근세 이전의 전통시가에서는 도저히 등장할 수 없는 언어라고 할 수 있다.

일본에서 쓰는 '셋친雪隠'이라는 용어는 선종의 사원에서 유래되었다고 하는 것이 일반적인 설이다. 선종의 사원에서 북쪽에 있는 화장실을 '셋친'이라고 했는데 대개 화장실은 북쪽에 있어서 소위 뒷간이라는 의미로 셋친을 사용하게 되었다고 한다. 또 하나의 설은

중국의 '설두雪竇(せっちょう)' 선사가 설은사雪隱寺에서 덕을 감추고 화장실을 청소하는 일을 하였다고 하여 셋친雪隱이라고 불리게 되었다고도 한다.[3]

> 뒷간에 앉아
> 가을 기운에 놀랐더니
> 억새였었네
> 雪隱の秋におどろく尾花哉　　　　　　　(高徳院発句会, 明和8[1771])

'뒷간에서 볼일을 보는데 뭔가 허연 것이 움직거려 놀랐는데 억새더라'라는 것이다. 흔히 있을 수 있는 일상사 중의 한 장면을 통하여 가을의 도래를 이야기하고 있다. 장소가 '뒷간'이었기 때문에 지극히 평범한 삶 속에서 계절을 느끼는 하이쿠의 묘미가 잘 살아나고 있다.

전당포, 옛 도구상, 구멍가게

부송이 '전당포質屋'를 읊은 구는 2구이다. 『하이분가쿠 다이케이』를 보면 근세 하이진들이 전당포를 읊은 작품은 총26구 검색되는데 주로 데이몬貞門 · 단린談林 하이쿠에서 많이 보이고 부송이 활약한 시기에는 그다지 발견되지 않는다.

전당포는 금전에 궁한 서민들이 물건을 맡기고 돈을 빌리는 곳이다. 그 연원은 가마쿠라鎌倉시대부터이며 상업자본주의가 만연했던 에도시대에 아주 성행했다. 이하라 사이카쿠井原西鶴의 『세켄무네산요世間胸算用』의 '섣달 그믐날 작은 전당포는 눈물 바다大晦日の小質屋は泪'에는 궁핍한 서민들이 온갖 물건을 전당포에 잡혀서 겨우 받은 몇

푼으로 설을 쇠는 풍경이 실감나게 그려져 있다.

전당포는 빈한한 서민들의 생활상을 대변하는 풍습이라고 할 수 있으며 부송은 이 '전당포'라는 언어가 풍기는 이미지를 놓치지 않았다. 시의 소재가 되기 어려운 전당포라는 소재를 과감하게 사용하여 고달픈 인간 삶의 풍경을 담아내고 있다.

① 두 마을에
　전당포 하나 있네
　겨울나무 숲
　両村に質屋一軒冬木立　　　　　　　(落日庵, 明和[1766-1771]年間)

② 히다산의
　전당포가 문을 닫았네
　겨울 한 밤중
　飛騨山の質屋戸ざしぬ夜半の冬　　　　(自筆句帳, 安永9[1780]?)

①은 두 마을에 전당포 하나가 유난히 눈에 띄는 황량한 풍경을 읊은 것이다. 마른 겨울 숲은 그 분위기에 어울리는 배경이다. 마에가키前書(하이쿠 앞에 쓴 서언)에 '몽상夢想'이라고 적혀 있어서 꿈속에서 착상을 얻은 것으로 보인다.[4] 금전적으로 늘 궁핍했기 때문에 춥고 힘든 겨울날 자신의 마음의 풍경이 꿈속에서 몽상으로 나타났을 수도 있을 것이다.

②는 히다산飛騨山 산골마을의 겨울밤 풍경이다. 히다마을飛騨の里(ひだのさと)은 눈이 많이 와서 지붕이 내려앉지 않도록 뾰족하게 만드는

'갓쇼즈쿠리合掌作り'로도 유명한 곳이다. 이 마을에 있는 전당포가 밤이 되어 굳게 닫혀 있는 모습이 겨울밤을 한층 더 춥게 느끼게 한다.

　　가을 등불빛
　　그윽한 나라奈良의
　　골동품 가게
　　秋の灯やゆかしき奈良の道具市　　　　　　　　（句集, 年次未詳）

　위의 구는 고도古都 교토에 어울리는 '옛 도구상道具市'을 가지고 옴으로써 유서 깊고 그윽한 분위기를 연출하고 있다. 일본은 신사나 절 등을 중심으로 하여 좁은 골목에서 옛 도구를 파는 가게가 많다. 여기에 어울리는 조명이라고 할 수 있는 '가을 등불 빛'을 가지고 와서 그윽한 분위기를 돋우고 있다.

　　짧은 밤이여
　　구멍가게 열려 있는
　　동네 어귀
　　みじか夜や小見世明たる町はづれ　　　　　　　（自筆句帳, 安永5[1776]）

　'구멍가게小見世'를 읊은 구이다. '짧은 밤みじか夜'은 여름밤을 나타내는 계어이다. 밤이 짧아 벌써 날이 새려 하고 있다. 일찍부터 아침 일을 나서려는 사람들을 위해 불을 켠 동네어귀의 구멍가게가 정겨우면서도 애틋함을 느끼게 한다.

2. 세간도구들

물대야, 풀대야

'물대야盥(たらい)'는 서민 생활에 있어서 가장 비근하고도 일상적인 소재로 에도 하이쿠에 와서 많이 읊어진다. 부송은 4구인데, 대야盥 2구, 풀대야糊盥 2구를 읊고 있다. 바쇼의 경우도 '파초에 태풍불고 / 물대야에 빗소리 / 듣는 밤이여芭蕉野分して盥に雨を聞く夜かな'라는 작품으로 '바쇼 물대야芭蕉盥'라는 말이 생겨났을 정도로 에도 하이쿠에 친근한 소재이다.

> 봄밤이여
> 대야의 물을 쏟는
> 동네 어귀
> 春の夜や盥をこぼす町はずれ   (落日庵, 明和6[1769])

동네 어귀에서 들려오는 대야 물 쏟는 소리로 봄밤의 정취를 느끼고 있다. 삶의 냄새가 물씬 나지만 이것을 '시詩'로 읊고 있는 자체에서 일상을 아름답게 바라보는 작자의 시선을 느낄 수 있다.

'풀대야糊盥'는 2구가 있다. 옷에 풀을 먹이려고 쑤었거나 창호지를 바르기 위해 풀을 쑤어 담은 대야이다. 부송은 그림을 그리기 위한 화첩이나 작품을 적기 위한 단자쿠短冊등을 자주 사용했기 때문에 풀대야를 늘 사용하고 있었을 것이다. '조촐하게 / 화로를 발라주자 / 단자쿠 종이로侘しらに火桶張うよ短冊で'라고 읊은 것처럼 단자쿠를 화로에

발라 주기도 했으며 풀대야는 필수품이었다.

> 꾀꼬리여
> 매화를 밟아 흩어
> 풀대야 속으로
> うぐひすや梅踏みこぼす糊盥   (遺稿, 安永7[1778]以後)

매화나 벚꽃이 낱낱이 흩어져 산화散花하는 아름다움은 와카적 전통 이래 최고의 아름다움으로 찬미되었다. 그러나 하이쿠에서는 지극히 일상적 삶의 공간에 날리는 벚꽃 잎이 클로즈업되고 있다. 위의 작품은 꾀꼬리가 매화 꽃잎을 흩어서 풀대야에 떨어졌다는 의미이다. 이는 바쇼의 '꾀꼬리여 / 떡에다 똥을 싸는 / 툇마루 끝鶯や餅に糞する縁の先'이나 '벚나무 아래 / 국물도 생선회에도 / 벚꽃 잎 가득木の下に汁も膾も桜かな'과 같은 작품들을 의식한 것으로 보인다. 부송은 그러한 바쇼의 착상을 빌려와서 '풀대야'와 조합하여 더욱 생활 정서가 물씬 나는 작품을 만들어내고 있다. '풀대야'를 소재로 읊은 사람은 『하이분가쿠 다이케이』에서 부송이 읊은 2구만 발견이 되며 다른 예는 찾아 볼 수 없다.

쟁반

> 붉은 빛 예쁜
> 네고로 쟁반이여
> 청국장 담아

朱にめづる根来折敷や納豆汁　　　　　　　　(月並発句帳, 安永4[1775])

쟁반이나 주발도 때에 따라서는 하이쿠의 멋진 소재가 되고 있다.
『하이분가쿠 다이케이』에 의하면 '네고로 쟁반根来折敷', '네고로 주발
根来椀'은 부송이 유일하게 읊고 있다. 기슈紀州 와카야마현和歌山県 네
고로根来의 특산품인 네고로 쟁반에 올려놓은 청국장은 보기만 해도
맛깔스럽다는 의미인데 밥상머리에서도 색채감각에 민감한 부송의
심미안을 엿볼 수 있다.

톱

톱질하는
소리 가난함이여
겨울 한 밤중
鋸の音貧しさよ夜半の冬　　　　　　　　(自筆句帳, 安永9[1780])

겨울 한 밤중에 옆집에서 톱질하는 소리로 차가운 밤공기를 표현하
고 있다. '소리가 가난'하다고 표현함으로써 추위가 공감각적으로 전
달되면서 톱질소리로 인해 '한기寒氣'가 더욱 심화되는 느낌을 준다.

못

굽은 못에
에보시 걸려있네

봄날의 객사

折釘に烏帽子かけたり春の宿 　　　　　　　　　　(自筆句帳, 安永5[1776])

'에보시烏帽子'는 귀족이나 무사들이 쓰는 모자이다. 굽은 못에 걸려 있는 에보시 모자 하나를 클로즈업하여 여러 가지 스토리를 상상케 하는 묘미가 있다. '야도宿'는 거주하고 있는 집일 수도 있고 방랑중의 객사일 수도 있다.

조리, 게타

부송의 하이쿠에는 일상을 보여주는 용어로 특히 '조리草履'와 '게타下駄'가 많이 등장한다. '조리草履'는 짚이나 가죽으로 만드는데 발가락을 뀔 수 있도록 만든 것이다. '짚신'이라고 번역할 경우 우리나라의 짚신 모양을 연상할 수 있으므로 '조리'라고 번역하기로 한다. 조리는 8구, 게타는 4구이다. 조리나 게타는 계어는 아니지만 생활의 정서를 잘 드러내는 용어로 등장한다.

① 조리를 사고

　오두막집 들떠있네

　갯벌잡이

　ぞうり買ふ小家うれしき汐干哉 　　　　　　(落日庵, 明和6[1769]?)

② 해묵은 연못에

　조리 빠져 있고

　진눈깨비 내리네

古池に草履沈みてみぞれけり　　　　　　　（自筆句帳, 明和6[1769]?）

③ 봄비 오는데

　헐렁한 게타 빌려주는

　나라의 여관

　春雨やゆるい下駄借す奈良の宿　　　　（はるのあけぼの, 安永9[1780]）

①은 갯벌에서 조개잡이를 하기 위해 조리를 사두고 썰물을 기다리는 바닷가 작은 집의 사소한 행복을 이야기하고 있다.

②는 진눈깨비 내리는 처량함과 을씨년스러움을 연못에 빠져 있는 조리의 풍경으로 표현하고 있다.

③은 여관에서 헐렁한 게타를 빌려주어서 봄비에 미끄러울 것 같으면서도 편안한 봄날의 정취를 이야기하고 있다.

여기에 나온 신발들은 맵시를 내기 위한 것이 아니라 흙이 묻었을 법한 생활냄새가 나는 것이며, 일상적 활동을 영위하는 하나의 도구로 등장하고 있다. 각 작품들의 클로즈업 장면에서 신발의 모습은 때로는 기쁘기도 하고, 때로는 쓸쓸하기도 하고, 때로는 편안한 심경을 대변하기도 하며 시심을 담아내는데 있어서 손색이 없는 시재로 쓰이고 있다.

훈도시

남자들이 아랫도리를 가리는 띠 '훈도시褌'도 부송의 작품에서는 시재가 되고 있다. 훈도시를 읊은 구는 6구이다. 참고로『하이분가쿠다이케이』를 검색해 보면 총 68구가 검색된다. 그 중에서도 부송이 가장 많이 읊고 있다는 사실은 흥미롭다.

① 훈도시에
　　부채를 꽂고 있는
　　주인장이여
　　褌に団さしたる亭主かな　　　　　　　(落日庵, 明和8[1771]?)

② 날강도에게
　　훈도시는 돌려 받았네
　　매운 추위여
　　追剝に褌もらふ寒さ哉　　　　　　　　(落日庵, 明和6[1769]?)

①은 훈도시에 부채를 꽂은 남정네의 모습에서 더운 여름날의 골목 분위기를 나타내고 있다.

②는 날강도에게 가진 것을 모두 뺏겼는데 너무 추워서 훈도시만이라도 돌려받았다는 희비극 장면을 연출하고 있다.

훈도시는 계어는 아니고 사계절 어느 때나 읊어지는 일상적 소재이다. 에도시대 서민들의 생활상과 밀접하며 어떤 의미에서는 가장 '비속'할 수 있는 것이지만 훈도시로 드러난 인간의 맨살처럼 삶의 속살을 보여주는 적절한 소재로 쓰이고 있는 것이다.

3. 풍속

무녀마을·백정마을

부송은 사람들이 하루하루의 삶을 영위하는 모습에 관심이 많았으므로 자연히 사람들이 모여서 사는 마을, 말하자면 '마치町'에도 관심이 많았다. 부송의 구에는 수많은 종류의 마을이 등장한다. 그 중에서도 특별한 계층으로 애환을 안고 살아가는 '무녀마을巫女町', '백정마을穢多村'에 대한 작품이 눈에 띈다.

무녀마을巫女町은 무당들이 모여 사는 곳이다. 일본어에서 '미코巫女'라고 했을 때 2가지 의미가 있는데 '신사에서 신을 모시며 살아가는 여성'이라는 뜻과 '신내림을 받아 혼을 불러내는 무당'이라는 뜻으로, 여기서는 후자의 경우로 보인다. 『하이분가쿠 다이케이』에 총 4구가 검색되며 그 중에 부송이 2구를 읊고 있다.

무녀 마을에
애절함을 더하는
다듬이 소리
巫女町に哀を添ふる砧かな   (夜半叟, 安永7[1778]以後)

또한 '백정穢多'을 읊은 구는 『하이분가쿠 다이케이』에서 총32구가 검색된다. 대개 '백정마을穢多村', '백정의 집穢多が宿' 등으로 읊어진다. 부송은 2구 읊고 있다.

백정 마을에

아직 꺼지지 않은

등불빛이여

穢多村に消のこりたる切籠哉　　　　　　　(落日庵, 明和5[1768]?)

초겨울이여

향이며 꽃을 파는

백정의 집

初冬や香華いとなむ穢多が宿　　　　　　　(落日庵, 明和5[1768]?)

　철저한 신분사회였던 에도시대에 '백정'은 최하층민으로 부락部落
을 이루며 격리되어 살았다. 도살업과 가죽세공 일을 하면서 타고난
신분으로 인해 사람대접을 못 받고 고달프게 살아갈 수밖에 없었다.
부송은 그러한 백정마을을 하나의 풍경으로 그려내고 있다.

　허나 그렇다고 해서 문인화가인 부송은 백정의 삶 자체를 결코 사
실적으로 그려내지는 않는다. 백정이라는 신분이 지닌 비천한 이미
지에 '등불빛', 혹은 '향불'을 배치함으로써 고통스러운 삶을 따뜻한
조명이나 향으로 감싸듯 표현하고 있다. 그들의 애환은 등불빛이나
향기로 인해 상상의 세계 속에 존재하게 된다.

　지장보살

　부송은 '지장보살地蔵'을 8구 읊고 있다. 『하이분가쿠 다이케이』에
서 '地蔵'으로 검색해 보면 검색 수가 332에 해당하며 모리타케守武
(초기 하이진) 이래 자주 읊어지고 있다.

① 고용살이 휴가[5]를

　무탈하게 지켜주는

　지장보살

　藪入を守る小安の地蔵尊　　　　　　　　　　(遺稿, 安永7[1778]以後)

② 가을 해질녘

　거리의 지장보살에

　기름을 붓는다

　秋の暮辻の地蔵に油さす　　　　　　　　　　　(句集, 年次未詳)

　지장보살은 일본의 민가나 전원에서 자주 접하는 작은 불상이다. 사람들의 왕래가 잦은 길목에 빨간 턱받이[6]를 한 지장보살은 일본인들의 일상적인 마음의 안식처 같은 것이다. 지장보살은 석가 입멸 후, 무불세계의 육도의 중생을 교화 구제하는 보살로 민중들에게 가장 친숙한 보살이다.

　①은 객지에서 고용살이하다 오랜만에 휴가를 얻어 고향에 가고 있는 '야부이리藪入'와 관련하여 읊은 것이다. '야부이리藪入'는 앞장에서 보았듯이 객지에서 고용살이하다가 정초에 휴가를 얻어 귀향하는 풍습, 혹은 귀향하는 사람을 가리킨다. '고야스 지장보살상小安(子康)地蔵'은 아이의 순산이나 건강을 지켜준다고 믿어지고 있다. 힘겨운 객지생활에서 자녀의 건강을 지켜주어 감사하는 부모 마음을 읊고 있다.

　②는 가을 해질녘에 거리의 지장보살의 등불에 기름을 부어 불을 밝힌다는 것이다. 저녁나절 지장보살에 밝혀진 불빛으로 인하여 소

박한 믿음이 번지는 교토 거리의 정경이 상상된다.

참고로 지장보살에 대한 작품은 떠돌며 걸식 방랑생활을 많이 했던 잇사가 16구로 가장 많다. 바쇼 작품에는 지장보살 자체를 읊은 홋쿠発句가 없다는 점은 특이하다.

텃밭 부추

부송은 '부추韮(にら)' 혹은 '정구지'라고 하는 반찬거리를 자주 읊고 있다. 『하이분가쿠 다이케이』에 보면 총 14구가 검색이 되는데 그 중의 8구가 부송 작품이다. 안에이安永6[1777]년 겨울에 기토几董에게 보낸 서신에 5구를 읊어서 보내면서 '모두 추운 마을의 누항의 경치이다皆寒郷陋巷の致景なり'라고 하고 있다.[7]

부추는 향이 강하고 열을 내는 성질이 있어서 서민들이 좋아하는 음식이다. 고급 음식에 속하지는 않으며 농가의 풍경을 연상케 하는 지극히 생활냄새가 나는 찬거리이다. 봄, 여름, 가을에 걸쳐서 3~4회 잎이 돋아나고 때로는 겨울까지 수확할 수 있기 때문에 계어는 아니다.[8] '부추국韮の羹'이라고 하면 확실히 겨울의 계어가 된다. 부추는 열을 내는 성질이 있어서 사찰의 선승들은 기피하는 음식이었지만 일반인들은 겨울에 몸을 덥게 하기 위해 많이 먹었다.

① 황량한 겨울
　북쪽 뒤란 그늘의
　부추를 뜯는다
　冬ざれや北の家陰の韮を刈　　　　　　　　　　　(五車反古, 安永6[1777])

② 서리 몰아쳐

　부추를 뜯어 걷는

　노인네여

　霜あれて韮を刈り取る翁かな　　　　　　　　(自筆句帳, 安永6[1777])

　①은 황량한 겨울, 푸른 채소라고는 거의 없는데 북쪽 뒤란에 조금
남아있는 부추를 뜯어 찬거리를 마련하는 모습에서 빈한한 일상이
여백에 묻어난다.

　②는 역시 서리가 몰아치는 겨울날 부추가 행여 얼어버릴 새라 거
둬들여 찬거리에 대비하는 노인의 모습으로 궁색하나마 소박한 서
민의 일상을 말해주고 있다.

　미적 범주가 제한되어 있었던 와카적 전통과 달리 서민적인 소재
로 '메밀蕎麦'과 부추를 들 수 있다. 메밀의 경우는 에도 하이진들이
좋아하는 소재이다. 넓게 펼쳐진 전원의 메밀밭의 풍경은 나그네의
여정을 자극하기도 하고 하이진들의 시정을 유발하여 많이 등장한
다. 바쇼와 같은 방랑객도 부송과 같은 칩거자도 모두 좋아하여 메
밀에 관한 구를 즐겨 읊고 있다. 그런데 부추는 사철 내내 텃밭에 조
금 심어서 시시때때로 반찬으로 먹는 것으로 그야말로 소박한 소채
라고 할 수 있을 것이다. 부추와 관련한 위의 작품들은 부송 자신의
일상생활의 단면을 말해주고 있는 것으로 짐작된다.

천연두 신

　'痘の神(이모노카미)'는 역신 즉, 천연두신을 의미한다. 초기 하이쿠인
데이몬 · 단린 하이쿠에서 조금 다루어지고 있다. 『하이분가쿠 다이

케이』에 '痘の神'로 4구, 'いものかみ'로 9구 검색되는데 그 중에서 부송은 2구이다.

가는 봄이여
강물에 흘러가는
마마 역신
ゆく春や川をながるる痘の神　　　　　　　　　　(無名集, 安永6[1777]?)

「마마신을 모시다疱瘡神祭る図」
(『천연두경계서疱瘡心得草』)

역신은 사람에게 붙어서 천연두를 발병하게 하여 곰보자국을 남긴다고 믿어지고 있었다. 때문에 당시 사람들은 집안에 선반을 만들어 모시고 빨간 종이 폐백을 세워서 제물을 바치고 기도를 했다. 또한 회복 후에 이것을 강물에 떠내려 보내는 풍습이 있었다. 위의 작품은 천연두가 회복된 후, 부적을 강물에 띄워 보내는 것을 바라보고 읊은 구이다.[9]

학질

병꽃 피었네
오늘은 소리 없는
학질앓이
卯の花やけふは音なきわらは病み　　　　　　　　(落日庵, 明和8[1771]?)

'병꽃이 흐드러지게 피어있는데 오늘은 어쩐지 학질 발작 증세가 없네? 오랜만에 병꽃을 마음껏 감상할 수 있었다'라는 의미이다. 병꽃은 4월의 꽃으로 초여름을 상징하는 계어이다.

빚쟁이

천둥이라면
장롱 속에 숨으련만
연말 빚쟁이
雷は戸棚もあるを年のくれ   (落日庵, 明和5[1768]?)

에도시대에 조닌町人을 중심으로 한 상업자본주의가 일찍 발달했다고는 하나 이하라 사이카쿠井原西鶴의 『세켄무네산요世間胸算用』에서 연말 빚쟁이를 피하는 방법이나 설날을 넘기는 방법이 리얼하게 나와 있듯이 많은 서민들은 그날그날의 생계를 걱정하며 살고 있었다. 연상되는 말을 모아놓은 쓰케아이슈付合集 『하이카이루이센슈俳諧類船集』에 '빚쟁이借錢乞' 항목을 보면 '도망가다', '울고불고 소리 지르다', '큰소리치다' 등이 나와 있어서 매우 흥미롭다.[10]

『야마노이山の井』의 '세모歳暮'의 항목을 보면 분주한 세모의 풍경을 묘사하며 '세키조로(역주: '각설이' 같은 것) 소리가 시끄럽고, 빚쟁이가 분주하게 오고가는 대로의 풍경'[11] 이라고 나와 있어서 연말의 이미지에 빚쟁이가 등장하는 것을 엿볼 수 있다. 부송의 경우도 서간문을 보면 실제로 빚을 자주 얻어 쓴 것으로 보인다.[12] 생계를 걱정하며 살아가는 서민들의 모습을 잘 보여주는 소재이며, 그야말로 삶

의 현장의 목소리라고 할 수 있다. 금전에 쪼달린 경험이 없는 사람
은 그와 같은 생생한 느낌은 읊을 수 없었을 것이다.

골목풍경

부송은 집에 대한 집착이 강했다는 이야기를 4장에서 언급했다.
그 중에서도 작은 집小家 23구, 파는 집売屋敷/売家 3구, 뒷집 전셋집裏借家
2구, 가난한 저택貧乏屋敷 1구 등, 집으로 인한 삶의 고단함을 자주 그
려내고 있다. 그와 함께 얼른 보기에는 아무 감흥이 없을 듯 보이는
골목 풍경들이 자연스럽게 그려진다.

① 뒷마을에
　파 장수 소리여
　초저녁 달빛
　うら町に葱うる声や宵の月　　　　　　　　　　(新五子稿, 年次未詳)

② 메꽃이여
　앓고 있는 소
　머리맡에
　昼がほや煩ふ牛のまくらもと　　　　　　　　　(夜半叟, 安永6[1777])

③ 우리 세숫물에
　이웃집 복숭아의
　송충이가
　我水に隣家の桃の毛虫哉　　　　　　　　　　(新花摘, 安永6[1777])

④ 바닥이 없는

　통이 굴러다니는

　가을 태풍

　底のない桶こけ歩行野分哉　　　　　　　(落日庵, 明和5[1768]?)

　뒷마을의 파장수 소리, 소가 앓고 있는 외양간, 세숫물에 떨어지는 이웃집 복숭아의 송충이, 바닥이 빠진 채 바람에 굴러다니는 통 등등, 전혀 아무렇지도 않은 일상의 단면을 예술적 장면으로 구상화하고 있다. 파장수 소리에는 초저녁 달빛을 배치하고, 소외양간에는 메꽃을, 세숫물에는 송충이를, 바닥 빠진 통에는 가을태풍이 배경으로 곁들여지면서 아무렇지도 않은 삶의 풍경이 채색이 되고 있다고 할 수 있다.

낡은 것들의 찬가

　부송은 '작은小~', '가느다란細~'라는 말을 즐겨 쓰고 있다고 앞에서 언급했는데 그와 더불어서 '낡은古~'라는 말도 아주 즐겨 쓰고 있다. 오랜 시간 사람들의 숨결이 배어 있는 '시간성'을 표현한 것이다. 낡은 부채古扇, 낡은 우산古傘, 낡은 책력古曆, 낡은 인형古雛, 낡은 우물古井·古井戸, 낡은 집古家, 낡은 정원古庭, 낡은 역古驛, 오래된 연못古池, 오래된 강古河, 오래된 궁궐古御所, 오래된 절古寺, 오래된 길古道 등등과 같은 것이 그것이다.

　시간의 흐름에 따라 낡은 것, 혹은 사람의 손때가 묻어 빛이 바랜 것에 대한 예찬이라고 할 수 있다. 새것에서는 느낄 수 없는 고적한 정취는 심리적 편안함과 깊이를 더해 주는 요소가 있다. 부송은 화

려한 색채미를 강조하기도 했지만 낡은 것의 미학을 찾은 것은 사비
寂び의 미학과도 상통하는 것이 있다.[13]

① 낡은 우산을
　바삭! 펴는 달밤
　지나가는 비
　古傘の婆娑と月夜のしぐれ哉　　　　　　　　(自筆句帳, 安永6[1777])

② 허름한 절간의
　해거름엔 새하얀
　메밀꽃 가득
　古寺の暮真白也そばの華　　　　　　　　　　(夜半叟, 安永6[1777])

　①은 부송이 편지에서도 자찬한 구이다. '달밤에 "바삭!"이라고 말
한 것은 겨울밤 달빛에 비치는 나무들의 황량한 모습을 나타낸 것이
다. (중략) 낡은 우산과 배합시킨 것이 잘된 것 같다' (1776년 기토几董
에게 보낸 편지)[14]라고 나와 있듯이 겨울달이 은근히 비쳐드는 숲길
에 갑자기 비가 내려 낡은 우산을 펴는 소리가 '바삭!'하고 남으로써
황량함이 더해지는 느낌을 표현하고 있다.
　②는 절간에 유백색의 메밀꽃이 빛을 발하고 있는 풍경을 읊은 것
으로 해거름의 허름한 절간과 화사한 메밀의 색채감이 서로 상승작
용을 하여 그림같은 분위기를 연출하고 있다.

　이 장에서는 인간의 의식주와 관련된 주거, 도구, 질병, 풍속, 환경

등에 대해서 부송이 그려내고 있는 삶의 미학을 살펴보았다. 그날그날 살아가는 삶의 순간, 스쳐가는 시간의 편린이 부송의 예술적 구도 안에 들어옴으로써 빛을 발하고 있다. 아무렇지도 않게 지나쳐버릴 수 있는 평범한 일상이 하나의 '의미'를 획득하게 되는 순간이다. 그 '의미'는 생명을 부지하고 살아가고 있는 사람들이 일상을 온전히 느끼며 살아갈 때 바로 그 순간순간마다 발현되는 아름다움이라고 할 수 있다. 늘 그대로인 듯 보이는 의식주라고 하더라도 흐르는 시간 속에 놓여있는 존재로서 인간 삶과 어떠한 형태로 마주하게 되느냐에 따라 시시각각 다르게 다가오는 정경을 하이쿠라는 틀에 담아 보여주고 있는 것이다. 다른 시가의 형태에서는 발견하기 어려운 부송 하이쿠의 독특한 맛이라고 할 수 있다.

1 津田左右吉(1960)『文学に現はれたる国民思想の研究』第一巻, 第二篇 第六章「自然観」岩波書店.
2 보충 설명하면 '헤이지의 난平治の乱' 때에 패한 미나모토노 요시토모源義朝가 쫓기는 몸이 되어 1159년(平治 元年) 오와리尾張에 있는 요시다 다다무네田忠致에게 의탁을 했으나, 요시다의 가신이 역적을 숨겨줬을 경우의 후한이 두려워 목욕탕에서 요시토모를 살해한 사건이다.
3 「語源・由来辞典」http://www.geocities.co.jp/HeartLand-Hinoki/7339/gogen.html (2013.9.1. 검색).
4 藤田真一・清登典子(2003)『蕪村全句集』おうふう, p.468.
5 객지에서 고용살이 하다가 하루 동안 휴가를 받아 고향에 귀가하는 일, 앞장의 야부이리 참조.
6 『今昔物語集』에 보면 지장보살이 이승에 현신할 때는 아이나 동자의 모습으로 나타난다는 데서 빨간 턱받이를 한다고 전해진다.
7 尾形仂・中野沙恵校注(2008)『蕪村全集5、書簡』講談社, p.273.
8 현대의 사이지키에서는 봄의 계어라고 보는 견해도 있다.
9 国会図書館デジタル資料 志水軒朱蘭『疱瘡心得草』「疱瘡神祭る図」 http://dl.ndl.go.jp/info:ndljp/pid/2539520(2013. 8. 30 검색)

10 野間光辰監修(1973) 近世文芸叢刊『俳諧類船集 付合語編』別巻1 般庵野間光辰先生 華甲記念会, p.211.

11 CD-ROM 古典俳文学大系『増補巻 山之井』冬部.

12 大谷篤蔵・藤田真一(1992)『蕪村書簡集』岩波文庫.

13 유옥희(2002)「사비(寂び)의 미학」『바쇼 하이쿠의 세계』보고사, pp.51-73.

14 大谷篤蔵・藤田真一(1992) 앞의 책, pp.177-178.

제7장

다양한 인간군상과
하이쿠

    부송은 삶의 깊숙한 공간 속으로 파고들어 그 속에서 생을 영위하는 사람들의 움직임이나 표정을 마치 그림을 그리듯 하이쿠를 읊고 있다. 인물들에 대한 부송의 관심은 실로 다양하면서도 광범했다. 그 인물들은 역사속의 인물이거나 혹은 상상속의 인물 혹은 당대 사람들이기도 했다.

    인물들의 부류에 있어서도 광녀, 뱃사공, 무녀, 신관, 유학자, 무사, 불자, 병든 사람, 파발꾼, 씨름선수, 목공, 벙어리, 온갖 장수, (남색)소년, 순례자, 과수댁, 씨름꾼, 사냥꾼, 중풍 든 사람, 도적, 유배자, 상인, 백정, 걸인 등, 다양한 계층과 부류의 사람들이 등장한다. 각자의 생업의 현장에서 하루하루를 힘겹게 살아가는 사람들의 모습이 데생이나 스케치를 하듯 묘사되고 있다는 점이 이채롭다. 작품 속의 인물들은 극적인 장면의 주인공들도 있지만, 주어진 일상을 소박하게 살아가는 서민들이나, 상업자본주의 하에서 그늘진 삶을 살아가는 인물들이 많다.

인물, 혹은 그 인물들이 기거하는 집이나 마을들에 대한 묘사에는 모든 존재에 대한 연민과 아울러 자신에 대한 연민이 녹아들어 있다. 앞장에서 봐 온 '작은~', '가느다란~', '~없는' 것들은 모두 무언가를 상실한 채 생을 영위하는 존재들과의 교감의 언어라고 할 수 있다. 부송의 마음속에 내재한 실향의 상흔과 아울러 생계의 곤궁함도 그의 인간관에 크게 영향을 미치고 있다고 본다. 부송은 하이쿠도 읊고 그림도 그리며 요즘 식으로 말하면 소위 '투 잡'을 하고 있었지만 경제적으로는 근근이 생계를 유지하고 지내는 형편이었다.

2장에서 보았듯이 향락문화를 누림에 있어서도 친구나 제자의 경제력에 의지할 수밖에 없었고, 말년까지 금전적인 곤궁함에서 벗어나지 못했다. 1777(安永6)년 12월 2일 다이로大魯에게 보낸 편지를 보면 '이歯는 듬성하고 / 붓끝의 얼음을 / 씹는 밤이여歯豁に筆の氷を嚙夜哉'라는 하이쿠를 써 보내면서 '빈생독야貧生独夜를 중얼거린다'[1]라고 토로하고 있다. 곤궁한 삶으로 인해 추운 방에서 붓끝의 얼음을 녹여가며 글을 쓰고 있다는 것이다. 실제 작품에서 '빈貧'이라는 글자를 자주 쓰고 있다. '가난한 선비貧乏な儒者', '가난한 중貧僧', '가난한 촌부貧しき賤', '가난의 신貧乏神', '가난한 시골貧乏村', '가난한 마을貧しき町', '가난한 집貧しき家', '가난한 저택貧乏な屋敷' 등등의 표현이 그것이다.

이러한 배경을 염두에 두고 다양한 인간군상에 대한 부송의 관심을 추적해 보기로 한다.

1. 불가佛家, 유가儒家, 신도神道, 무가武家

1) 불가佛家

부송의 작품에는 수많은 인간 군상 중에서도 불교와 관련된 사람들이 가장 많이 등장한다. 비구와 비구니, 고승과 동승, 객승, 탁발승 등 관견의 범위 내에서 60예 이상이 등장한다. 그런데 중요한 사실은 이들이 고고한 구도자로서가 아니라 불자들 역시 애환을 안은 범인凡人의 모습으로 그려지고 있다는 점이다.

2장에서 보았듯이 부송은 젊은 시절 실제로 승려생활을 했다. 인생의 황금기라고 할 수 있는 31세부터 45세 사이에 승려의 신분이었던 것으로 추정된다. 환속還俗을 하고 나서도 사찰에 자주 드나들며 불교적인 습속에 친숙한 생활을 했던 것으로 보인다. 1780(安永9)년, 제자 기토几董에게 보낸 것으로 추정되는 편지에 유마경維摩經에 대해 언급하고 있다. 이 편지에서 유불儒佛 모두에 관심을 지닌 부송의 견해를 짐작할 수 있다.

유마경은 불서이지만 불법 중에서도 아주 각별한 풍류서이다. 불가에 유마가 있고, 유가에 장자가 있다고 할 수 있다. 그래서 다른 여러 불경보다는 문장이 매우 운치있고 고매하여 유가의 문장이나 시구에만 집착하는 사람들은 유마경을 꼭 보지 않으면 안 된다. 유마경이라는 이름도 재미있고 또한 유교와 불교의 사이의 경전이기 때문에 내 집에 걸어 두고 소란스럽지 않게 외우고 있다.

(기토에게 보낸 편지, 1780[安永9])

維摩経ハ釈ニ而候ヘ共仏法之内にて又各別の風流家也。仏ニ維摩有、儒ニ
荘子有といふもの也。それ故外々の仏経よりハ文章甚洒落高邁成故、儒家文
章詩句ヲ専らとする者、必維摩を見ずんバ有べからず。維摩経の名もおもしろ
く又儒釈の間ダのもの故、我庵への寄うるさからぬ様ニ覚候。

(几董宛書簡, 安永9)[2]

불교의 유마경에 대해 문장이 운치있고 고매한 '풍류서'이며, 유
불간에 통하는 경전이라고 하고 있다. '유가의 문장이나 시구에만
집착하는 사람들은 반드시 유마경을 보지 않으면 안 된다' 라는 언
급과, '유교와 불교의 사이의 경전이기 때문에 내 집에 걸어 두고 소
란스럽지 않게 외우고 있다'등의 말에서 유불 모두를 의식하면서도
불가에 좀 더 무게가 실리고 있음을 알 수 있다.

고전해설『유마경維摩經』에 나와 있는 유마경의 주요 특성을 살펴
보면 대체로 이러하다.

첫째, 현실의 국토가 불국토이다. 불국토라는 것은 이상적인 것이 아
니라 우리들이 현재 살고 있는 곳이다. (중략) '이 마음이 청정하면 불
국토도 청정하다'라고 하여 정토라는 것은 그것을 실현하고자 하는 보
살의 실천정신 가운데 이미 표현되어 있으므로 현실 국토가 바로 정토
라고 하였다.
둘째, 자비정신의 실천이다. '문질품'에서 "어리석음과 탐욕, 성내는
마음으로부터 내 병이 생겼습니다. 모든 중생들이 병에 걸려 있으므로
나도 병들었습니다. 만일 모든 중생들의 병이 나으면, 그때 내 병도 나
을 것입니다"라는 유마거사의 말은 중생과 고통을 함께하는 보살의

모습을 표현한 것이다. (중략)

셋째, 평등의 불이사상不二思想의 실천이다. 출가, 재가와 같은 이분법적 구분으로는 궁극적인 깨달음을 얻을 수 없다. 보리와 번뇌가 둘이 아니고, 부처와 중생이 둘이 아니며, 정토와 예토가 둘이 아니라는 불이不二사상을 통해 절대 평등의 경지에 들어가야 깨달음을 성취할 수 있다. (중략)

넷째, 중생들에게 모두 깨달음의 가능성이 있음을 말한다. 유마거사는 현실의 인간이 비록 번뇌를 가지고 악을 행하고 있더라도 궁극적으로는 깨달음을 이룰 수 있다고 주장한다. "일체의 번뇌가 곧 여래의 종성이다"라고 하여 불법은 번뇌 가운데 나타난다고 하였다.[3]

마음먹기에 따라 현실이 곧 정토이며, 중생과 고통을 함께 하는 것이 보살이라는 것, 보리와 번뇌가 하나라는 것, 또 모든 중생이 깨달음의 가능성이 있다고 설하는 유마경의 내용은 서민들이 불교에 친숙할 수 있는 사상적 근거가 되고 있다.

일본의 경우, 중세까지 '근심 많은 이 세상을 하루 빨리 벗어나야 한다'는 '憂世(우키요, 근심에 가득 찬 세상)'관념이 사람들의 마음을 지배했다. 그러나 근세로 접어들면서 '덧없는 세상, 즐기고 보자'는 식의 '浮世(우키요, 뜬구름 같은 세상, 속세)' 관념으로 세계관이 바뀌게 바뀌었다. 인간 존재를 죄업의 덩어리로 보는 것이 아니라, 아등바등 살아가는 인간 삶의 현실이 긍정되며 예술로 승화하게 되었다. '현실이 곧 불국토'라는 『유마경』이 부송의 마음에 와 닿았음은 충분히 짐작이 간다.

막부의 정책에 의해서도 불교는 싫든 좋든 서민들의 삶을 지배했다. 17세기 전후, 막부는 쇄국정책에 의한 크리스트교 금지령과 함께 '단가제도檀家制度'를 실시했다. 단가제도는 모든 사람들이 반드시 한 사찰에 소속하여 대소사 일체를 그 사찰에 일임하는 제도이다. 이러한 배경 하에 불교는 이미 종교적인 차원을 넘어 민간의 일상 깊숙이 전파되어 생활과 의식을 지배하고 있었다고 볼 수 있다.

부송의 작품을 유불선儒佛仙, 신도神道 등의 종교적인 요소와 관련시켜 봤을 때 불교적인 습속이 가장 두드러지게 드러나며 불교와 관련한 인물들이 빈번히 등장한다. 예컨대 아래와 같은 인물들이다.

승僧, 법사法師, 대사大師, 네고로법사根来法師, 하쓰세법사泊瀬法師, 나라법사南良法師, 부모법사親法師, 아이법사子法師, 객승客僧, 수행승聖, 승도僧都, 아사리阿闍梨, 좌주座主, 비구比丘, 비구니比丘尼, 사미沙彌, 율사律師, 중坊主, 동승小坊主, 입도入道, 소승小僧, 수행자修行者, 순례자順礼, 탁발승梵論, 중도衆徒, 선사禅師, 소화所化[4]

하이쿠 작품에서 '승僧'이라는 말도 20례 이상, '법사法師'라는 표현도 20례 이상 등장한다. '달 밝은 밤을 / 조카 법사의 / 절에서 자고月の夜を甥の法師の寺に寝て', '보릿가을이여 / 하룻밤은 머무네 / 조카 법사麦秋や一夜は泊る甥法師'와 같이 '조카 법사甥法師'라는 말을 홋쿠 3구, 렌쿠 1구를 읊고 있는 것을 보아 승적에 있는 조카뻘 되는 사람이 있었던 것으로 추정된다. 또한 '부모법사親法師', '아이법사子法師'라는 말이 나오는 것을 보아, 당시 가족끼리 승적에 있는 경우가 많고 불교와 밀접한 관계를 가진 생활을 했음을 알 수 있다.

승려의 모습을 묘사한 것으로 아래와 같은 작품들을 볼 수 있다.

팔꿈치 하얀
스님의 선잠이여
봄날 초저녁
肘白き僧のかり寝や宵の春 　　　　　　　　　　　(句集, 明和6[1769])

가는 허리의
법사가 들떠서
춤을 추네
細腰の法師のすずろにおどり哉 　　　　　　　　　(自筆句帳, 安永3[1774])

　여기서 묘사되고 있는 불자들은 구도자의 면모가 아니라, 지극히
인간적이고 세속적인 인물들로 묘사되고 있다. '팔꿈치 하얀 스님',
'가는 허리의 법사'라고 하는 묘사에서 그와 같은 면을 엿볼 수 있는
데, 대개 정신적 측면을 강조하는 출가자에 대해 그 살갗이나 몸을
묘사하고 있다는 사실이 흥미롭다. 불자들도 몸뚱어리를 지닌 한 인
간으로서 부송의 예술적인 심미안 속에 비쳐지고 있다.

수사슴이여
승도의 처마에도
가느다란 기둥
小男鹿や僧都が軒も細柱 　　　　　　　　　　　　(遺稿, 安永6[1777])

‘가느다란 기둥’이라는 표현에서 작고 소박하게 살아가는 출가자의 모습을 연상케 하고 있다. 본서의 4장에서 보았듯이 눈앞의 대상에 대해 ‘작고~’, ‘여위고~’, ‘~없는’ 존재로 인식하는 부송의 대상 파악이 여기서도 나타나는 것이다.

고독한 선사
말린 연어에 백발의
시를 새기네
わび禅師乾鮭に白頭の吟を彫る   (自筆句帳, 安永4[1775]?)

이것은 바쇼의 작품 ‘어린 선승 / 두부에다가 달빛의 / 시를 새긴다 禅小僧豆腐に月の詩を刻む’(次韻)라는 시를 의식한 것이며, 그 정서를 이어받아 말린 연어에 시를 새긴다고 읊은 것이다. ‘백발의 시白頭の吟’는 민요풍의 서민적인 시를 일컫는 악부樂府의 한 곡명이다. ‘말린 연어乾鮭(가라자케)’는 하이쿠에서 빈한함의 상징으로 자주 등장하는 겨울의 계어이다. 여기서는 비록 궁색하지만 말린 연어에 시를 새길 정도로 시심을 추구하는 고독한 선승의 이미지를 나타내고 있다.

2) 유가儒家

부송 하이쿠에 있어서 유가, 즉 유학자는 그 출현 횟수에 있어서 불가와는 비교도 안 될 정도로 적다. ‘원두막의 / 달빛에 젖었는가 / 숨은 군자瓜小屋の月におはすや隠君子’와 같은 구도 가끔 있지만, 유가들 역시 불가들에 대한 시선과 마찬가지로 그 고고함이라든가 미덕을 찬

미하기 보다는 퇴락한 모습이나 세속적인 인간으로 표현하고 있음을 알 수 있다.

부송이 살았던 때와 비슷한 시기에 나온 하이쿠로 '손톱과 수염이 / 한 짐이나 되는 / 선비의 이사爪髭-荷儒者の宿替'(享保俳諧集)와 같은 렌쿠를 볼 수 있다. 재물은 없고 손톱과 수염만이 쌓여서 집을 옮기고 있다는 것이다. 당시의 유학자들은 가난하고 궁색한 이미지가 강했던 것으로 보인다. 또한『하이카이 루이센슈俳諧類船集』에 '미워하다にくむ'라는 말의 연관어에 '불자는 유자를 비난하고仏者は儒者をそしり'라는 것이 있는 것으로 보아 불자와 유가와의 관계는 껄끄러웠던 것으로 추정된다.

근세 하이쿠에는 유가에 대해 읊은 작품은 그다지 용례가 보이지 않는다. 바쇼나 잇사의 경우도 유가에 대한 구는 그다지 읊지 않고 있다. 그러나 부송은 미야케 쇼잔三宅嘯山(1718~1801)과 같은 교토의 유학자와 친숙하여 유학에도 관심이 많았다. 미야케 쇼잔은 유학자이면서 하이진으로도 활발하게 활동했다.

부송의 하이쿠에는 선비들의 퇴락한 모습들을 인간적으로 그려낸 것들이 많다.

① 썩은 선비가
부추 국물을
먹고 앉았네
腐儒者韮の羹くらひけり   (自筆句帳, 安永6[1777])

② 가난한 선비가

　집에 찾아오는

　동짓날이여

　貧乏な儒者訪来ぬる冬至かな　　　　　　　　　（自筆句帳, 明和5[1768]?）

　①에서는 '썩은 선비腐儒者'라는 비속하지만 친근감이 가는 표현을 쓰고 있는 점이 독특하다. 부추국은 중국에서 제사 때에 쓰는 것으로 영락한 선비가 거드름을 피우면서 부추국을 먹고 있는 모습을 그리고 있다. ②의 가난한 선비를 읊은 작품도 부송과 유학자들과의 인간적인 친교를 짐작케 하는 작품이다.

　3) 신도神道

　신도 관련 인물들 역시 종교적 성스러움보다는 친숙한 인간상으로 등장한다. '무녀巫女', '신관禰宜', '음양사陰陽師', '수도자験者', '하급 신관犬神人'과 같은 것이 그것이다.

　젊은 신관의

　싱싱한 모습이여

　여름 가구라

　若禰宜のすがすがしさよ夏神楽　　　　　　　　（夜半叟, 安永6[1777]）

　'가구라神楽'는 신에게 제사지낼 때 행하는 춤과 음악인데 여름 가구라는 마쓰리나 여름 액막이굿인 '나고시노 하라에夏越の祓え' 때의 무

악을 의미한다. '여름 가구라'는 에도 근세 하이쿠에서 여름의 계어로 정착되어 있다. 에도 초기 하이론서『게후키구사毛吹草』(1645), 『조야마노이增山井』(1663)에 등장한 이후부터이다.

위의 작품에서는 청정하게 액을 털어내는 가구라 행사의 분위기를 '젊은 신관의 몸의 싱싱함'으로 표현하고 있다는 점이 새롭다고 할 수 있다. 인간 신체에 대한 묘사가 비속하지 않으면서도 감각적으로 그려지고 있어 부송의 화가적인 시선이 드러난 작품이라고 할 수 있다.

4) 무가武家

부송이 생존했던 당시에는 큰 전란이나 전쟁이 없었기 때문에 전투 장면이 묘사된 것은 없지만 다양한 부류의 무사들을 묘사한 것이 보인다. 예컨대 다음과 같은 것들이다.

활잡이弓矢取り, 궁사弓師, 노무사老武者, 호위병帯刀, 가마쿠라무사鎌倉武士, 병졸들侍衆/兵/もののふ, 로쿠하라홍위병六波羅禿

① 활잡이의
오비의 가느다람이여
시원한 대자리
弓取の帯の細さよたかむしろ   (自筆句帳, 明和3[1766])

② 사랑에 빠진
　가마쿠라 무사의
　쥘부채여
　恋わたる鎌倉武士のあふぎ哉　　　　　　(自筆句帳, 安永3[1774])

①은 활잡이 무사가 멍석 돗자리에 앉아 있는데 허리에 두른 오비가 가느다란 것이 매우 날렵해 보인다는 의미이다. '멍석 돗자리'는 여름을 나타내는 계어인데 엷은 여름옷을 입은 무사의 날렵한 몸맵시를 '가느다란 허리띠'로 상징하고 있는 부송의 수완이 돋보인다.

②은 '겐페이源平' 전쟁 이래 '거칠고 투박한' 이미지로 통용되어 온 가마쿠라 무사가 사랑에 빠져 '쥘부채'를 손에 들고 짐짓 우아한 척하고 있다는 것이다. '가마쿠라 무사'와 '쥘부채'를 연결시켜 특정 부류의 캐릭터를 암시적으로 표현한 흥미로운 작품이라 할 수 있다.

2. 생업에 고단한 인간상

2장 '부송 하이쿠의 배경'에서 상업자본주의의 발달에 대해 언급한 것처럼 이 당시에는 실로 다양한 계층의 사람들과 다양한 부류의 직업인들이 등장하며 부송은 이들에게 세심한 관심을 쏟고 있다.

1) 다양한 직업

소농민小百姓, 농민百姓, 의원医師, 하이카이시俳諧師, 뱃사공船頭, 봉재사

お物師, 뗏목꾼筏土, 나무꾼樵者, 어옹漁翁, 어부漁者, 해녀(수부)海土, 가모가와 강둑감독訪鴨河使(ぼうかし), 새 쫓는 사람鳴子引, 종지기鐘つき, 낚시꾼釣人, 씨름꾼すまひ取/角力/力者, 장사剛力, 판관判官, 국사国師, 감사国の守, 마을 어르신宿老, 영주대리庄司, 애송이小冠者, 감사나리かうのとの, 어르신長, 봉사나리惣検校, 학승学匠, 봉술사범棒の師匠, 귀하신 분やかた, 벼 작황 조사관毛見の衆, 상궁内侍, 칙사勅使, 악공과 광대伶人

소농민에서부터 의원, 나무꾼, 어부, 씨름꾼, 또한 궁중의 지체 높은 사람이나, 지방관, 벼 작황 조사관, 광대 등 실로 광범한 범위에 걸쳐져 있다.

> 사팔눈을 한
> 의원의 초라한
> 두건이여
> 眇なる医師わびしき頭巾哉   (夜半亭句蓮控, 安永3[1774])

사팔뜨기 눈을 지닌 의원이 추운 겨울 두건頭巾을 쓰고 있는 모습이 고달파 보인다. '두건'은 겨울을 나타내는 계어로, 바람이 쌩쌩 부는 겨울날의 민가의 정서를 전달하는 시어이다.

> ① 강둑 감독이
> 패랭이꽃 바라보며
> 주먹밥 먹네
> 訪鴨河使や撫子見つつ昼餉   (夜半翁　安永[1777])

② 목욕탕 안에

　봉술 사범 들어왔네

　봄날 저녁

　居風呂に棒の師匠や春の暮　　　　　　　　　(自筆句帳, 天明元[1764])

　①은 헤이안시대 교토의 가모가와鴨川 강둑을 수리하는 관리 '보카시訪鴨河使'가 잠시 일을 쉬고 패랭이꽃을 바라보며 주먹밥을 먹고 있는 풍경을 읊은 것이다. 패랭이꽃은 강변의 자갈밭에 잘 피는 꽃이다. 헤이안시대를 상상한 것인데 왠지 서로 어울리지 않을 것 같은 공사장 감독, 주먹밥, 강변의 풀꽃을 서로 조화시켜 그림 같은 장면을 연출하고 있다. 부송이 패랭이꽃을 주제로 읊은 것은 이 한 작품뿐이다. 패랭이꽃은 『만요슈』이래 일본 시가의 콘텍스트에서 '가을의 일곱가지 풀꽃秋の七草'의 하나로 수많은 가인들이 읊었으며, 특히 헤이안시대에는 '가을 여인'의 이미지로 정착되어 있었다. 그러나 부송의 경우는 '여름날 강변의 인부'를 배치하여 삶의 현장을 읊고 있음에 그 특징이 있다.

　②에서 '居風呂(据風呂, 스에부로)'는 큰 통 밑에 아궁이를 달아서 물을 끓여 사용하는 공중목욕탕이다. 공중탕이 발달된 에도시대 당시 목욕탕 안에서 접하는 여러 부류의 인간 군상에 대한 관찰을 하이쿠로 읊고 있다. 봄날 저녁에 한가로이 목욕을 즐기는데 땀에 젖은 건장한 봉술 사범이 들어와서 그를 눈여겨 바라보는 부송의 시선을 느낄 수 있다. 주로 웅크리고 앉아만 있는 부송 자신의 체구와 비교해 보았을 수도 있다. 봉술 사범을 읊은 것은 『하이분가쿠 다이케이』에 보면 부송뿐이다.

2) 온갖 상인들

씨앗장수ものだね売, 두부장수豆腐売り, 숯장수炭売り, 점원丁稚, 숯 굽는
사람炭やき, 고래고기장수鯨売, 다선장수茶筅売り, 우렁이장수田にし売,
목면장수木綿売, 생선장수魚屋, 아이즈 상인会津商人, 조닌町人, 소상인小
商人, 시장사람市人, 전당포주인典主(質屋の主人)

① 숯장수에
저녁햇살 비치는
섣달이여
炭売りに日のくれかかる師走哉   (遺稿 明和8[1771]?)

② 교토를
구경할 틈도 없는
우렁이 장수
そこそこに京見過しぬ田にし売   (句集, 宝暦4[1754]~7[1757])

③ 알록달록
단풍드니 아이즈 상인
반가와지네
村紅葉会津商人なつかしき   (自筆句帳, 天明2[1782])

④ 고래고기 장수
시장에서 식칼을

놀리는 소리

鯨売市に刀を鼓しけり　　　　　　　　　　　　　　　　　　(句集, 年次未詳)

　에도시대 당시 '조닌町人'(상인계층)의 활약에 힘입은 상업의 발
달로 대도시는 온갖 종류의 장사치들이 북적대는 환경이었다. 때
로는 고달프게, 때로는 억척스럽게, 무언가를 열심히 팔아서 생계
를 이어가는 상인들의 모습을 유심히 관찰하고 있다. 숯장수, 전
당포주인, 아이즈상인, 고래고기장수 등, 실로 관심의 눈길이 다
양했다.
　①과 같이 숯장수나 숯 굽는 사람이 가장 용례가 많으며, 4구나 보
인다. ③은 단풍들 무렵이면 꼭 찾아오는 아이즈会津 지방의 행상이
반가워지는 마음을 읊고 있다. 에도시대 당시 대도시는 지방에서 식
재료나 물건을 팔러 오는 행상들이 많았다. 잇사의 경우도 '보릿가
을에 / 아이업고 정어리 파는 / 행상 여인麦秋や子を負ひながら鰯売り'과 같
이 에치고越後에서 장사 나온 행상녀를 읊고 있다.
　④는 '고래고기장수鯨売'가 칼을 능숙하게 놀리며 고래 살을 바르
는 겨울 저잣거리의 풍경이다. 고래는 겨울의 계어인데 부송은 특히
'고래'를 많이 읊고 있다. 겨울의 계어로 고래를 읊은 것은 7구나 있
다. 위 작품에서는 '고래고기장수'의 '식칼 놀림'으로 리얼한 삶의 한
장면을 클로즈업하고 있다. 부송은 봄에도 '유채꽃이여 / 고래도 오
지 않고 / 저무는 바다菜の花や鯨もよらず海暮ぬ'와 같이 읊고 있는데 이때
'고래'는 '평온하고 무료한 일상과 대조되는 그 무엇'을 상상케 하는
매개체로 쓰고 있다.
　하이쿠에서 '고래'라는 소재는 다소 '뜬금없다'는 인상을 줄 수도

있지만, 터프하게 살아가는 저잣거리 사람들의 모습을 보여주거나, 때로는 독자로 하여금 먼 동경의 세계로 데려다 주는 매개체로 활용되고 있음을 볼 수 있다.

3) 장인

에도시대는 서민들의 일상이 다변화하고 화폐경제가 발달함으로써 의식주와 연관된 각종 장인들이 넘쳐났다.

목수大工, 배 목공舟大工, 수레 목공車大工, 석수장이石工, 봉재공繍師(ぬいものし), 세공장이玉人(たますり), 갑옷 세공사具足師(ぐそくし)

① 옥을 가는
　세공장이 보란 듯이
　피는 동백꽃
　玉人の座右にひらく椿かな　　　　　　　　(自筆句帳, 安永8 [1779])

② 갑옷 깁는 장인
　유서 깊은 집이여
　매화 피었네
　具足師の古きやどりや梅の花　　　(安永10几董初懐紙, 天明元[1764])

①은 옥을 세공하는 장인을 의미하는 '다마스리玉人'라는 말에서 동백꽃의 미칭인 '다마쓰바키玉椿'를 연상하고 있는 것이다. 동백처

럼 곱게 옥을 세공하라고 하듯 동백꽃이 피었다는 의미이다.

②는 '갑옷 세공사具足師(ぐそくし)'가 살고 있는 유서 깊은 집에 매화가 피었다는 의미인데, 오랜 세월 갑옷을 기워온 고매한 장인정신과 매화의 이미지가 서로 조응하고 있다. 부송은 다양한 장인들의 모습을 그려냈는데『하이분가쿠 다이케이』를 살펴보면 '옥을 가는 세공장이玉人(たますり)', '봉재공繡師(ぬいものし)', '갑옷 세공사具足師(ぐそくし)'를 읊은 사람은 부송이 유일한 것으로 보인다.

4) 파발꾼

상업적 교류가 활발했던 에도시대에는 서신이나 금전을 배달하는 '파발꾼飛脚(ひきゃく)'이 아주 중요한 역할을 하였으며 문학 작품에도 많이 등장한다. 극작가 지카마쓰 몬자에몬近松門左衛門은 조루리인 형극浄瑠璃人形劇『저승길의 파발꾼冥途の飛脚』이라는 제목으로 유녀에게 빠진 주인공이 '배달하는 돈'의 봉인을 뜯어 비극에 이르는 이야기를 제작했다.

부송은 다른 하이진들에 비해 파발꾼에 관한 홋쿠를 가장 많이 읊고 있는데 '파발꾼飛脚' 5구, '금전파발꾼金飛脚(かねびきゃく)' 1구로 총 6구를 읊고 있다.

섣달 연말에
세타를 돌아가는
금전파발꾼
ゆく年の瀬田を廻るや金飛脚   (句集, 年次未詳)

'금전파발꾼金飛脚(けねびきゃく)'은 돈을 전달하는 파발꾼이다. 섣달 연말에 돈을 들고 달리는 파발꾼이 세타瀬田의 긴 다리를 돌면서 달려가고 있는 모습을 읊은 것이다. 한해의 마지막이라는 의미의 '도시노세年の瀬'와 지명 '세타瀬田'의 '세瀬(급류)'라는 글자를 서로 엇걸고 있다. 파발꾼의 빠른 발걸음에서 세모의 정서를 읽어내는 부송 특유의 작품이라고 할 수 있을 것이다.

5) 지킴이

'~모리守' 즉, '~지기', '~을(를) 지키는 사람'에 해당하는 종류의 사람들이다. 홀로 무언가를 지켜내고 있다는 데서 외로움을 읽어내는 소재로 쓰이고 있다. 연민의 마음이 여백에 담겨있다고 할 수 있다.

꽃지기花守, 산지기山守, 들지기野守, 관문지기関守, 근위병御垣守, 당지기堂守, 처녀뱃사공女のわたし守, 묘당지기 노인御園守ル翁, 궁궐지기尊き御所を守る身

관문지기의
화로도 자그마한
늦추위여
関守の火鉢小さき余寒かな　　　　　　　　　　(夜半叟, 安永8[1779])

'관문지기関守'는 지방과 지방의 경계가 되는 고갯길의 '검문소 지킴이'를 이르는 말이며 와카 이래의 가제歌題이다. 『고킨슈古今集』에서

'남몰래 / 숨어 다니는 길의 / 관문지기는 / 밤마다 밤마다 / 잠깐만 잠들었으면人しれぬわが通ひ路のせきもりはよひよひごとにうちも寝ななむ'라고 읊은 이 래로, 주로 연인사이의 길을 가로막는 장애요소로 묘사되는 것이 일반적인 이미지였다. 그러나 위의 작품에서는 '아직 늦추위가 심한 때에 별로 따뜻할 것도 없는 자그마한 화로를 끼고 앉은 관문지기' 그 자체의 모습을 읊은 것이다. 화로의 '작음'에서 쓸쓸한 관문과 그 관문을 지키는 이의 '외로움'을 읽어낸 작품이라고 할 수 있다.

6) 농민, 사냥꾼

부송의 작품에 나오는 사람들은 그가 살았던 환경에 따라 주로 상공업이나 예능, 문학에 종사하는 도회지 사람, 혹은 종교인이 많았다. 농민이나 수렵민, 어민은 그다지 등장하지 않았다. 그래도 일부 전원의 인물들이 소재가 된 경우를 보면 아래와 같다.

소농민小百姓, 농민百姓, 밭가는 사람畑の人, 사냥꾼さつ男, 작은 매 사냥꾼小鷹狩

'百姓'을 '햐쿠세이ひゃくせい'라고 읽었을 때는 백성이라는 의미로 쓰이지만, 위의 경우는 '햐쿠쇼ひゃくしょう'라고 읽으며 농민을 뜻한다. 또 '소小~'를 붙인 '소농민小百姓'은 아주 작은 농지를 경작하는 빈한한 농민을 가리킨다. 부송은 약자에 대한 연민을 담은 '소小~'라는 말을 많이 쓴다는 이야기를 앞에서 언급했는데 여기서도 궁핍하게 살아가는 농민에 대한 연민을 담고 있다고 하겠다. 농민을 읊

은 작품은『하이분가쿠 다이케이』에 총 7구가 보이는데 그 중에서 부송이 3구, 부송의 제자인 구로야나기 쇼하黑柳召波가 2구를 읊고 있다.

> 보릿가을이여
> 여우에게 홀려 있는
> 소농민
> 麦秋や狐ののかぬ小百姓　　　　　　　　　(新花摘 安永6[1777])

'가지고 있는 토지가 얼마 되지 않는 작은 농민이지만 이제 보리가 익어 거두어 들여야 할 계절이 되었다. 그런데 여우에게 홀린 농민은 아직 정신을 못 차리고 있어 안쓰럽기 짝이 없다'는 내용이다. '보릿가을'은 가을이라는 말이 붙어있지만 '보리를 추수하는 여름'을 가리킨다. 이때의 '가을'은 추수를 의미하고 있다. '소농민'이라는 말자체가 애처로운 마음을 내포한 말이라고 할 수 있다.

3. 그늘 속의 사람들

1) 약자, 하층민, 병자

부송은 약자나 하층민, 병자들에 대한 구를 많이 읊고 있다. 비루함이나 고달픔에 대한 한탄보다는 밝음과 어두움, 기쁨과 슬픔, 비속함과 우아함 등을 적절히 버무려 그림 같은 구도 안에 담아냄으로써 구차하고 고통스런 삶의 장면을 예술적으로 승화시키고 있다. 아래와 같은 인물들이 등장한다.

백정穢多, 걸인袖乞/乞食, 걸인의 아내乞食の妻, 유녀遊女, 하인僕/下部/つぶね,
비루한 남자賤, 장님めくら, 절름발이蹇(あしなえ), 병을 회복한 사람病上
り, 병자病人, 중풍 앓는 사람中風病身, 벙어리딸唖の娘, 귀머거리聾, 다리
가 약한 사람足よは

　① 백정 마을에
　　아직 꺼지지 않은
　　등불빛이여
　　穢多村に消のこりたる切籠哉　　　　　　　(落日庵, 明和5[1768]?)

　② 춤이 좋아서
　　중풍 든 내 몸을
　　차마 못 버려
　　おどり好中風病身を捨かねつ　　　　　　　(夜半叟, 明和5[1768]?)

　③ 이를 잡는
　　걸인의 아내여
　　매화꽃 아래
　　虱とる乞食の妻や梅がもと　　　　　(時々庵己未歳旦, 元文4[1739])

　④ 겨울 달 아래
　　하인의 방을 찾는

하인이여

　　冬の月下部訪よる下部哉　　　　　　　　　　(落日庵, 明和5[1768]?)

⑤　설 복권 뽑는

　　견습공 세 사람

　　하녀 두 사람

　　宝引や丁稚三人下女二人　　　　　　　　　　(夜半叟, 年次未詳)

　　비록 비천하게 살아가지만 밤늦도록 등롱을 켜고 생업에 애쓰는 백정들의 마을, 중풍이 들어도 춤 본능을 참지 못하며 병든 자신의 몸을 애틋해 하는 중풍환자의 모습, 저마다 나름의 마음의 안식과 즐거움을 찾는 하인, 하녀, 견습공들의 모습 등을 정감어린 시선으로 바라보고 있다.

　　①은 '에타穢多'라고 불렸던 우리나라의 '백정'과 같은 신분의 사람들이 모여 사는 마을을 바라보며 읊은 구이다. '에타'는 관서지방에서는 주로 '성하도시城下町' 근교에서 소와 말을 잡아서 가죽 제품을 만드는 일에 종사했다.[5] 『게후키구사毛吹草』에 보면 '강변'이라는 시어에 '짝으로 쓰이는 말付合'이 '에타'라고 나와 있어서 강변에 주로 모여 살았음을 알 수 있다.[6] 이 외에도 부송은 '초겨울이여 / 향이며 꽃을 파는 / 백정의 집初冬や香華いとなむ穢多が宿'이라는 작품도 남기고 있다. '백정'이라는 소재를 하이쿠라는 시 형식에 담아내어 인간의 애환을 그려냄으로써 하이쿠 문학의 무한한 가능성을 열어 놓았다고 할 수 있을 것이다.

　　②는 '중풍中風' 즉 '뇌졸중腦卒中'이라는 병증을 읊은 작품이다. 계절

감각과 생활감정을 바탕으로 하고 있는 하이쿠에서 도저히 등장할 수 없을 것 같은 '중풍'이라는 무거운 소재가 '웃음과 고통이 교차된 희비극'으로 그려지고 있다.

에도시대 당시 가이바라 엣켄貝原益軒의 「양생훈養生訓」(18세기 초)에 중풍이 만연했던 사실이 기록되어 있고, 마쓰라 기요시松浦淸의 「갑자야화甲子夜話」(19세기 초)에 특히 분카·분세이기文化文政期(1804-30)에 중풍이 유행병처럼 번져 있었다고 나와 있다.[7] 도시화와 육식, 음주 등으로 인해 부송이 살았던 교토에도 중풍환자가 많았을 것으로 추정된다.

중풍이 들어 반신불수가 되어도 춤이 너무 좋아서 몸을 흔들며 '그래도 살아 있으니 춤을 출 수 있구나'라는 의미이다. 거부할 수 없는 춤 본능의 처절함을 직시했다고 볼 수 있다. 마비된 모습으로 몸을 흔드는 모습을 상상케 하여 우스꽝스러우면서도 깊은 비애를 느끼게 한다. '중풍'이라는 소재는 초기 하이카이의 렌쿠連句에서 조금 언급되기는 했으나 시가詩歌를 통틀어 잘 등장하지 않았다. 『하이분가쿠 다이케이』를 보면 22구 정도가 보이는데 초기 하이카이 몇 구를 제외하면 널리 알려진 하이진으로서는 부송이 유일하다고 할 수 있다. 실제로 중풍이 들었던 잇사一茶도 '병든 몸'에 대한 소회를 읊은 하이쿠가 있고, 일기나 서간문에서 언급하고 있지만 '중풍'이라는 병증 그 자체를 읊은 것은 잘 발견되지 않는다.

부송에게 있어서 '중풍이 든 채 춤을 추는 인간의 모습'은 '어떤 고통 속에서도 몸속에서 솟아오르는 욕구를 버리지 못하는 인간의 모습'을 보여주는 절호의 피사체였던 것이다. 우리나라의 경우 공옥진의 '문둥이 춤'을 통해 묘사되는 삶의 애환과도 일맥상통하는 것이 있다고 할 수 있을 것이다.

③은 '걸인乞食의 아내'를 읊고 있다. 서민문학으로 정착된 하이쿠
에서 '걸인'은 자주 등장하는 소재이다. 떠돌며 살았던 잇사는 자신
을 걸인으로 대상화한 것까지 포함하여 무려 35구 이상의 작품을 남
기고 있다. 상인층이 많고 도시화가 진행되는 상황에서 실제로 걸인
이 배회하는 경우가 많았던 때문이기도 하다. 이 작품은 봄날, 매화
꽃 아래서 걸인의 아내가 이를 잡고 있는 풍경에서 우아함과 비속함
이라는 '부조화의 조화'를 이야기하고 있다. 동양화의 소재이기도
하고, 『만요슈』이래의 가제歌題이기도 한 '수하미인樹下美人'[8]의 패러디
라고 할 수 있다.

2) 죄인, 무법자들

부송은 사회의 그늘에 있는 죄인, 무법자들에게까지 시선을 던지
고 있다. 종래의 시가가 심미주의의 틀 안에 갇혀 있을 때는 좀처럼
등장할 수 없는 소재들이라고 할 수 있다.

도적盗人, 산적山だち, 강도追剝, 좌천인左遷人, 유배인流人

① 치수도 묻지 않고

    대충 기워 만든

    유배자의 겹옷

    ゆきたけを聞かで流人の袷哉   (落日庵, 明和6[1769])

② 도적떼의

　두목도 와카 읊는

　오늘 달밤

　盗人の首領歌よむけふの月　　　　　　　　　　(自筆句帳, 安永5[1776])

③ 벌써 햅쌀에

　좌천된 사람의

　가슴앓이여

　新米に左遷人の痞哉　　　　　　　　　　　　　(落日庵, 明和5[1768]?)

　①은 유배 가는 죄수의 옷이라 치수도 묻지 않고 대충 기워 입힌 옷이 우스꽝스러우면서도 비애가 묻어나는 장면을 읊은 것이다. '겹 옷袷'은 본래 겨울에 입는 옷이지만 에도시대에는 초여름과 초가을에 입는 습관이 있었다. ②는 멋진 달밤에 도적떼의 괴수도 와카를 흥얼거린다는 데서 영화의 한 장면 같은 분위기를 연출하고 있다. ③은 지방에 좌천된 사람이 벌써 햅쌀이 나는 철을 맞이하여 시간의 흐름을 느끼며 가슴을 앓는 정경을 묘사하고 있다.

　어느 작품이나 인물들의 모습만 묘사한 것인데도 극적인 스토리가 연상된다는 점에서 부송의 인물 관찰의 수완이 돋보인다고 할 것이다.

4. 지역성, 역사성을 지닌 사람들

1) 지역의 이름이 붙은 사람들

부송의 작품에는 지역의 이름이 붙은 인물들이 많이 등장한다. 각
지역의 사람들이 지닌 특성들을 유심히 살펴보고 그 지역에 어울리
는 정서를 시로 승화시키고 있다.

나니와 사람浪花人, 오사카 사람大坂人, 나니와　여인なには女, 와카사
사람若狹人, 가와치　여인河內女, 히타치노스케常陸介, 히에의 아이比枝
の児, 야세마을 사람矢瀨の里人, 고가무사甲賀衆

가와치 여자
집을 비운 날이여
꿩 울음소리
河內女の宿に居ぬ日やきじの声　　　　　　　　　(遺稿, 天明2[1782])

'가와치 여자'는 '베를 짜는 사람'으로 기호화되어 있다. 날이면 날
마다 베 짜는 소리가 들렸는데 오늘은 그 소리가 안 들린다 싶더니
꿩 울음소리가 선명하게 들린다는 의미이다. 지역의 정서를 상징적
인 정서로 나타내면서 '여인의 고달픈 삶'을 여백에 드러내고 있다.

여름옷 입은
야세 마을 사람의

그윽함이여

更衣矢瀬の里人ゆかしさよ   (新花摘, 安永6[1777])

　교토 북쪽의 '야세八瀬'는 옛날부터 조정의 의례 때에 가마꾼을 담당한 '야세동자八瀬童子'를 배출하여 세금이나 부역을 면제받았다. 원문의 '고로모가에更衣'는 6장에서 보았듯이 초여름에 겹옷에서 홑옷으로 갈아입는다는 의미로, 여름의 계어이다. 위 작품은 여름옷으로 갈아입은 야세 마을 사람이 더욱 기품 있게 보인다는 것이다. 초여름의 계절 감각이 인간 생활 속에 아름답게 녹아들어 있다.

2) 귀족시대의 사람들

　부송은 고전에서 얻은 상상력을 동원해서 시대와 공간을 초월하여 마음껏 시상詩想을 부풀렸다. 인간 본연의 동경심을 자극하여 독자들로 하여금 이향異鄉으로 데려다 준다. 그가 특히 좋아했던 시대는 헤이안平安 귀족시대(794-1192)와 중세 무사시대(1192-1603)였던 것으로 보인다. 그 시대를 연상케 하는 다음과 같은 인물들이 많이 등장한다.

　도읍사람都人, 상궁内侍, 명부命婦[9], 칙사勅使, 귀인貴人, 도련님公達, 로쿠하라 홍위병六波羅禿, 당상관公家衆, 대군親王, 찬자選者

　특히 교토 도읍의 사람을 의미하는 '미야코비토都人'를 4번이나 쓰고 있어서 부송의 도읍에 대한 애착을 엿볼 수 있는 부분이다.

도읍사람에게는
모자란 이불이여
봉우리 절간
都人に足らぬふとんや峰の寺   (句帳断簡, 安永7[1778])

　도읍사람이 봉우리 절간에 참배하러 갔지만 소박한 이불에 불편
해 하고 있는 모습을 읊은 것이다.

도련님으로
여우가 둔갑하는
초저녁 봄
公達に狐化けたり宵の春   (句集, 天明3[1783]?)

　어딘가 요괴스런 분위기를 연출하여 몽환적인 분위기를 자아내
고 있다. '긴다치公達'라는 것은 황족이나 귀족의 자제를 높여 부르는
'도련님'이라는 정도의 의미인데『헤이케모노가타리平家物語』와 같은
작품에서는 '헤이케平家' 가문의 자제들을 부르는 일반 호칭으로 쓰
였다.

어느 귀인이
언덕에 서서 듣는
다듬이 소리
貴人の岡に立聞くきぬたかな   (自筆句帳, 安永3[1774])

'귀인貴人(あてびと)'이 다듬이소리에 귀 기울이는 밤풍경을 연출하여 헤이안시대의 『겐지모노가타리源氏物語』와 같은 모노가타리의 한 장면을 연상케 한다.

3) 수많은 인명들

부송의 작품에는 수많은 역사적 인물들이 고유명사나 직함으로 등장한다. 그는 역사적인 애화哀話나 극적인 이야기들에 등장하는 인물들의 이미지를 효과적으로 활용했다. 그 인물들은 일본의 고대, 에도시대 당대, 중국과 같은 이국의 인물들이었으며 실로 광범하고 다양했다. 예컨대 다음과 같은 인물들이다.

무네토宗任, 슌쇼春正, 유하혜柳下恵, 아와지도노淡路殿, 사이교西行, 우라쿠有楽, 하치헤이시八平氏, 이누키いぬき/犬君, 겐코兼好, 백락천白楽天, 기요스케清輔, 간인閑院, 소기宗祇, 소칸宗鑑, 사나다真田, 오사다長田, 아코쿠소阿古久曾[10], 소사宗左, 로세이廬生, 요리미쓰頼光, 다이코太閤, 호넨法然, 유이마維魔, 남완南阮, 이나바도노稲葉殿, 여기呂記[11], 광거사狂居士[12], 아사히나朝比奈, 간제다유観世大夫, 도칸道観, 고노소츠江帥, 유교遊行, 히데히라秀衡, 사네가타実方, 도타藤太, 허유許由, 우라시마코浦島子, 철서기(정철)徹書記, 왕손王孫, 소아미相阿弥, 걸익ケツデキ, 기소木曽, 모토마사元政, 다이기太祇, 완큐椀久, 효타表太, 쓰나綱, 고이토小糸, 효타表太, 마타헤이又平, 유키노부雪信(女絵師), 모에몬茂右衛門, 남빈南蘋, 다이기太祇, 오미야와타近江やわた

한 작가의 작품들에 이 정도로 많은 사람의 이름이 나오는 것은 참으로 드문 일이라 할 수 있을 것이다. 그만큼 부송이 인간의 역사나 현실에 관심이 많았고 사람들의 개인사나 특성에 주의를 기울여 작품에서 활용하면서 시상詩想을 부풀리고 있음을 알 수 있다.

아코쿠소를
꿈속에서 만났는데
죽부인이었네
阿古久曽を夢の行衛や竹婦人   (夜半叟, 安永6[1777])

아코쿠소阿古久曽는 헤이안시대의 가인 기노 쓰라유키紀貫之의 아명을 가리키는 것으로 여기서는 쓰라유키의 와카 '지금은 이러해도 / 나도 예전에는 / 오토코야마를 / 힘차게 오르던 시절이 / 있었던 것을 今こそあれ我も昔は男山さかゆく時もありこしものを'이라는 와카를 연상하여 읊은 것이다. 여기서는 쓰라유키라고 하지 않고 아코쿠소라고 한 것에서 미소년 남색의 대상처럼 읊고 있다는 점이 특이하다고 할 수 있다.

꽃놀이 천막
겐코를 엿보는
여인이 있네
花の幕兼好を覗く女あり   (句集, 明和6[1769])

『쓰레즈레구사徒然草』128단에 겐코가 요염한 여인에게 붙들린 것을 궁녀들이 엿보고 있는 일화를 하이쿠로 읊은 것이다. 겐코가 승려의 몸이기 때문에 더욱 극적인 장면을 상상케 하고 있다.

고전을 탐독한 부송의 독서량과, 작은 일화도 놓치지 않고 소재로 삼는 시작태도를 엿볼 수 있는 부분이다.

5. 사연을 지닌 여인들

부송은 어머니와의 기억, 기녀와의 사랑, 딸 구노의 순탄치 않은 삶 등으로 여성의 애환을 직접적으로 겪었다. 또한 화가로서의 관심이 더하여 여인들의 모습을 많이 읊고 있다. 그리고 그 여인들은 무언가 말 못할 사연을 지닌 여인들이었다.

> 미인美人, 광녀狂女, 무녀巫女, 시라뵤시白拍子, 불사약 훔치는 여인薬盗む女[13], 오하라 아낙네小原女, 과수댁後家, 아이 못 낳는 여자石女(うまずめ), 유녀遊女, 기녀傾城, 유부녀人妻, 오사카 아낙네なには女, 여자뱃사공女のわたし守, 가와치 여자河内女, 첩妾, 상궁命婦, 가인よき人, 풋내기궁녀青女房, 마귀할멈山姥, 하급궁녀女嬬, 며느리嫂(よめ), 큰어머니伯母, 모내기하는 처녀早乙女, 아가씨娘, 장군의 딸守殿[14], 하녀下女, 왕녀大君, 할멈姥

이 중에서 특히 미인 5회, 광녀 6회, 무녀 5회 등으로 그 빈도가 높게 나온다.

'미인美人'이라는 한자어 표현은 일본 시가에 있어서 하이쿠에 이르러 쓰이기 시작한 언어이다. 그런데 바쇼의 경우는 주테이寿貞라는 여성과 잠깐 인연이 있었다는 설이 있고, 여류 하이진들과의 교류가 있었지만 여성에 대해 직접적인 묘사를 한 작품은 거의 없다. 당연히 바쇼 작품에는 '미인美人'이라는 표현이 안 나온다. 에도시대의 다른 하이쿠집을 둘러보면 미인이라는 말을 직접 쓰기보다는 '미인초美人草' 즉 '개양귀비'라는 말을 써서 간접적으로 미인을 연상케 하는 상징적 기법을 쓰고 있다.

그에 비해 부송은 앞장에서도 논했듯이 기녀들과의 염문도 잦았고 여성의 모습을 직접적으로 묘사한 것이 많다.

> 파란 매실에
> 눈썹을 찌푸린
> 미인이여
> 青梅に眉あつめたる美人哉　　　　　　　　　　(自筆句帳, 明和5[1768])

파란 매실을 깨물었는지 아니면 매실을 그냥 보기만 해도 얼굴을 찌푸리는지, 여하간 미간을 찌푸린 미인의 모습을 읊고 있다. 배가 아파 자주 얼굴을 찌푸려서 더 매력적이었다는 중국의 미인 '서시西施'의 패러디이기도 하다. 하이쿠에서는 드물게 미인의 이미지를 직접적으로 읊고 있다는 점에서 흥미롭다.

서간문에서도 절세미인을 의미하는 '국색國色'이라든가 '미인'이라는 말을 많이 쓰고 있다. '그저께는 국화루 요정에 □□(不明)갔는데 미인들이 엄청 많아서 흥에 젖었다오─昨昨(ママ)ハ菊楼へ□□麗こし、美人おびただしく佳興二候'[15], '그 고이토라는 미인과 우리들…彼小糸となん美人与我々…'[16] 등의 표현이 그것이다. 여인의 미색을 자주 언급한 것은 부송

이 화가로서의 아이덴티티가 강했기 때문이기도 할 것이다.

전통적인 일본시가에 있어서는 암시적으로 여인의 모습을 표현하거나 정신적인 그리움만을 강조하는 영법이 많았던 것에 비하면 부송의 작품들에 있어서는 마치 근대적 인물묘사 방법이 쓰이고 있는 듯한 느낌을 받는다. 여러 부류의 여성을 묘사한 것을 살펴보기로 하자.

1) 광녀

부송은 '미친 여인' 즉 '광녀狂女'를 소재로 한 작품을 총 6구 읊고 있다. 현실감을 잃은 채 초점 없이 넋 나간 모습의 광녀를 클로즈업한 작품이 돋보인다. 『하이분가쿠 다이케이』에 광녀를 읊은 것은 모두 21구만 검색이 되는데 그 중에서 부송이 6구를 읊고 있다는 것은 주목할 만하다. 넋 나간 여인의 표정에서 형언키 어려운 애수와 일말의 위태로움을 동시에 표현하고 있다.

① 야부이리¹⁷가
  자는 곳은 광녀의
  옆집이었네
  やぶ入の宿は狂女の隣哉   (自筆句帳, 安永8[1779])

② 보릿가을에
  쓸쓸한 얼굴빛의
  미친 여인이여

麦の秋さびしき貞の狂女かな　　　　　　　　　　(新花摘, 安永6[1777])

③ 차를 권해도[18]
　무심히 지나가는
　미친 여인이여
　摂待へよらで過行く狂女哉　　　　　　　　　　(自筆句帳, 安永7[1778]?)

④ 낮에 띄운 배
　미친 여인 태웠네
　봄날의 강물
　昼舟に狂女のせたり春の水　　　　　　　　　　(遺稿, 天明元[1781])

⑤ 홑옷 입은 날
　광녀의 눈썹
　애처롭고
　更衣狂女の眉毛いはけなき　　　　　　　　　　(自筆句帳, 安永2[1773])

⑥ 이와쿠라의
　광녀여 사랑하라고
　두견새 울음
　岩倉の狂女恋せよほととぎす　　　　　　　　　　(五車反古, 安永2[1773])

　이들 작품에서는 광녀의 모습이 '추醜하다'거나 '무섭다'거나 하는
느낌을 주지는 않는다. 낭만주의 소설에서 볼 수 있을 것 같은 '애처

로운' 모습으로 묘사되거나, '낮에 띄운 배'라고 했듯이 언제 무슨 일을 당할지 모르는 위태로운 상황으로 그려지고 있다. 그 원인이 무엇이든 감추어진 사연이 있을 것 같은 신비감을 느끼게 하고 있다.

'광기'라고 하는 것은 유전이나 뇌손상에 의한 병이 원인이 될 수도 있지만 과도한 정신적 충격이나 간절한 바람이 좌절되었을 때의 실망감이 원인이 되는 경우가 많다. 정신적 충격을 가져온 사연에 대한 상상이 극적인 깊이를 더한다. 가부키춤 『오나쓰 광란お夏狂乱』에 사랑의 번민으로 광기를 일으키는 '오나쓰お夏'의 이야기가 있다. 노能 『스미다가와隅田川』에서는 아이를 잃은 어머니가 광기를 일으킨다. 수많은 에도시대의 '광란물狂乱物'은 사별에 의한 상실감을 가누지 못해 현실감을 잃고 넋 놓은 모습이 처연하면서도 신비한 아름다움으로 승화되고 있다.

자신에게 어떤 위험이 닥칠지도 모른 채 멍하니 초점을 잃고 배회하는 광녀의 모습을 부송은 연민의 시선으로 바라보고 있는 것이다. 본서의 2장에서 보았듯이 다카하시高橋는 『부송의 전기傳記 연구』에서 '부송 작품의 광녀의 모습은 부송과의 강제이별 등으로 인해 정신 줄을 놓고 광기를 일으킨 어머니의 모습이 투영되어 있는 것으로 추정된다'[19]고 하고 있다. 다카하시는 부송의 어머니가 광기를 일으켰고 강에 투신했다고 까지 추정하고 있다. 확실한 자료가 발견이 되지 않는 한 단정하기 어렵지만 반드시 어머니가 아니더라도 광증을 일으킨 여성을 접한 경험이 있었으리라는 것은 충분히 상상이 간다.

위의 작품 ①은 다카하시에 의하면 부송의 어머니의 이미지일 수
도 있다는 추측이 있고, ②와 ③은『오나쓰 광란ぉ夏狂乱』의 이미지가,
④는『스미다가와隅田川』의 이미지가 연상되지만, 굳이 그러한 이야
기를 연상하지 않더라도 독자들의 상상력을 충분히 자극할 수 있는
요소를 지니고 있다.

2) 무녀巫女

『하이분가쿠 다이케이』를 보면 근세 하이진들이 무녀巫女를 읊은
작품은 총 12구만 검색되는데 그 중에서 부송이 5구를 읊고 있다.

① 가와치 대로여
　　샛바람에 날리는
　　무녀의 소매
　　河内路や東風吹送る巫女の袖　　　　　　　(自筆句帳, 安永8[1779])

② 무녀 마을에
　　애절함을 더하는
　　다듬이 소리
　　巫女町に哀を添ふる砧かな　　　　　　　(夜半叟, 安永7[1778]以後)

③ 무녀에게
　　여우가 사랑 품는

추운 가을밤
巫女に狐恋する夜寒哉   (自筆句帳, 安永5[1776])

무녀는 무당을 의미하기도 하고, 신전에서 가구라神楽를 봉납하는 미혼의 여인을 가리키기도 한다.

①은 여러 지역을 돌아다니며 기도나 굿을 하는 무녀를 읊은 것이다. 샛바람 부는 초봄에 가이노구니甲斐国[20]와 스루가노구니駿河国[21]를 연결하는 대로 가와우치 대로河内路를 소맷자락을 흩날리며 걸어가는 무녀의 모습을 그리고 있다. ②는 앞장에서 보았듯이 무녀들이 모여 사는 마을에 다듬이 소리가 들려오는 한밤의 정경을 읊고 있다. ③은 무녀에게 사랑을 품는 여우 이야기로 일종의 '요기妖氣'를 표현하고 있다.

이들 구에서는 보통사람들과는 다른 신기神氣를 지닌 비일상적 존재로서의 무녀의 애환이나 카리스마를 읽어내기도 하고, 때로는 신비감을 표현함으로써 상상력을 자극하고 있다.

3) 기타

그 외, 애 못 낳는 여인石女, 과수댁後家, 무희 시라뵤시白拍子, 오하라에서 땔감이나 꽃을 모아서 머리에 이고 교토에 팔러 다녔던 오하라메大原女, 처녀뱃사공女のわたし守, 벙어리 딸아이唖の娘, 혹은 정신적으로나 신체적으로 아픔을 겪고 있는 여인들 등, 부송의 눈길은 수많은 여인들의 애환을 향하고 있다.

① 강물이 풀릴

　　무렵이 되었구나

　　처녀뱃사공

　　水ぬるむ頃や女のわたし守　　　　　　　　　　（遺草, 年次未詳）

② 애 못 낳는 여인이

　　물 길러 가는데

　　겨울비 내리네

　　石女の水汲に出るしぐれかな　　　　　　　　（夜半叟, 安永6[1777]）

③ 과수댁이

　　수심에 찬 얼굴로

　　부채 부치네

　　後家の君たそがれがほのうちわ哉　　　　　（自筆句帳, 安永3[1774]）

④ 향주머니여

　　벙어리 딸아이도

　　어엿한 처녀

　　かけ香や唖の娘の成長　　　　　　　　　　（自筆句帳, 明和8[1771]）

　　①의 '물이 더워지다水ぬるむ'는 날이 따뜻해져 수온이 올라간다는
의미로 봄의 계어이다. 겨우내 얼었던 강물이 녹는 봄의 정서와 처
녀뱃사공을 연결시키고 있다. ②에서는 애 못 낳는 여인의 쓸쓸한 심
상풍경과 겨울비 '시구레時雨'가 조화를 이루고 있다. ③은 과수댁이

수심에 찬 얼굴로 부채질을 하는 모습을 그리고 있다. '부채'는 여름의 계어이므로 여름의 답답하고 더운 감각을 배경으로 하고 있다. ④는 벙어리 딸아이도 처녀가 되니 향주머니掛香를 지니게 되었다는 것이다. 향주머니는 여름의 계어이다. 여백에는 벙어리 딸아이를 바라보는 부모의 한숨이 녹아 있다고 할 수 있을 것이다.

위의 구들에서는 항간의 여인네들의 모습을 단순히 묘사만 하고 있는 것이 아니라 각자가 지닌 사연을 상상케 하는 기법을 쓰고 있다.

6) 남정네들

이 외에도 부송의 인간에 대한 관심은 무궁무진하다.

    ① 미소년이 쏜

      화살 수를 물어보는

      애인 남자

      少年の矢数問寄る念者ぶり   (新花摘, 安永6[1777])

    ② 순례자가

      코피를 흘리며 가는

      여름들이여

      順礼の鼻血こぼし行夏野かな   (自筆句帳, 明和5[1768])

    ③ 질 턱이 없었던

      씨름이라 잠자리서

푸념을 하네

負まじき角力を寝ものがたり哉　　　　　　　　(自筆句帳, 明和5[1768]?)

①에서 '소년'이라는 것은 남색 대상이 되는 '미소년'을 이야기한다. '念者'는 '넨샤ねんしゃ'라고 읽을 때는 일반적으로 '매사에 꼼꼼한 사람'을 일컫지만 '넨자ねんじゃ'라고 읽으면 남색 사이에 있어서 연상의 남자를 일컫는다.『와칸산사이즈에和漢三才図会』의 '슈도衆道'나『와쿤노시오리和訓栞』의 '가와쓰루미(남색의 의미)'의 항목에 의하면 에도시대에는 여색보다 남색이 더 '심하다甚し'라고 나와 있다.[22] 이것은 여색보다 숫자적으로 더 많다는 것이 아니라 남색을 추구하는 정신적인 강도가 훨씬 심했다는 의미일 것이다.

『일본풍속사전』에 의하면 남색은 고대에서부터 존재해 왔지만 중세 전국시대에 전장터에 여자가 없어서 남색이 성행했으며, 에도초기까지 무사들이 미소년에 빠져 언제나 소동이 그치지 않았다고 한다. 교토에서는 가모가와鴨川 동쪽의 미야가와마치宮川町라는 곳에 남색을 즐기는 자들의 찻집이 있었다고 한다.[23]

'야카즈矢数'는 음력 4월에 교토 히가시야마의 산주산겐도三十三間堂에서 화살을 쏘며 그 수를 겨루는 교토의 대표적인 연중행사의 하나이다. 위의 작품은 화살을 쏘고 있는 미소년에게 친숙하게 '구애하듯' 화살수를 물어보는 무사를 형용한 것이다. 당시의 풍습을 모르면 이해하기 어려운 작품이며, 부송의 인간 관찰의 폭을 알 수 있는 대목이기도 하다.[24]

②는 코피를 쏟으면서도 뜨거운 여름들을 전진해 가는 순례자들의 엄숙함과 고통을, ③은 씨름에 지고 잠자리에서 못내 아쉬워 잠

못 드는 씨름꾼의 모습을 그리고 있다. 씨름은 2장에서 보았듯 이 당시 대대적으로 행해져 흥행을 하고 있었고 부송도 자주 관람을 한 것으로 보인다.

7. 인간 신체의 표현

일반적으로 하이쿠에서는 인간의 신체에 대한 직접적인 묘사가 그다지 등장하지 않는다. 그러나 부송은 인간에 대한 관심이 많은 만큼 신체에 대한 표현도 자주 쓰고 있다. 인간의 용모에 대한 찬사나 병든 신체에 대한 애환을 그림을 그리듯 읊고 있다.

부송의 작품에는 인간의 신체에 대한 직접적인 표현이 자주 등장한다. '몸身'이란 말이 50회 이상 사용되고 있고, '얼굴貝/貌/顔'이라는 표현도 20회 이상, '눈썹眉'이라는 표현도 5회 이상, '정강이臑/脛' 4회 이상이며, 그 외 팔꿈치, 등짝, 상투, 가슴 털 등 신체와 관련된 표현이 실로 다양하게 쓰이고 있다.

그 중에서도 신체의 모습을 형용한 표현들이 자주 등장한다. '사팔뜨기 의사眇なる医師', '팔꿈치 하얀肘白き', '정강이 하얀臑白き/脛白き', '얼굴이 하얀 아이貌白き子', '마른정강이瘦脛', '여윈 몸細き身', '뜸을 뜨지 않은 등짝灸のない背中', '중풍 든 몸中風病身', '주름진 손皺手', '헝클어진 머리みだれ髪', '가슴 털胸毛' 등의 표현이 그것이다. 인간의 신체를 통하여 희로애락을 나타내는 것은 부송 하이쿠의 주요 특성이라고 할 수 있을 것이다. 인간의 몸을 화가적인 관심으로 바라보며 하이쿠로 나타내고 있음을 알 수 있다.

‘뜸灸’에 대한 것을 한 번 보기로 하자. 몸에 뜸을 뜨는 것은 에도시대에 아주 일반화되어 있었고 서민들의 생활상을 엿볼 수 있는 소재로 하이쿠에도 자주 등장한다. 에도시대 하이진 ‘기카쿠其角’(1661-1707)도 ‘뜸을 뜨는데 / 소나기 구름이 / 흘러가네灸すへて夕立雲のあゆみ哉’(五元集拾遺)라고 읊고 있다. 뜸을 뜨고 난 가뿐한 기분과 소나기가 한차례 내린 후 구름이 걷히는 모습이 서로 통하고 있다.

아래와 같이 ‘뜸 자국 없는’ 살갗을 언급한 부송의 작품은 역시 기발하다.

> 뜸 자국 없는
> 매끈한 등 씻어 내리네
> 여름 액막이
> 灸のない背中流すや夏はらひ　　　　　　　　　　　　(句集, 明和6[1769])

뜸 자국도 없는 매끈한 등짝에 대한 감탄을 읊은 것이다. ‘夏はらひ’는 ‘夏祓い’ 즉, 음력 6월 그믐에 행해지는 ‘액막이 행사’이다. ‘여름을 넘기는 액막이夏越の祓え(なごしのはらえ)’를 가리킨다. 이때는 띠풀로 엮은 둥근 고리 ‘지노와茅の輪’를 통과하거나 강에서 몸을 씻어 여름철의 액을 씻어낸다. 현재도 교토에서는 6월 30일 일제히 신사에서 액막이 행사를 한다.

액막이 행사를 위해서 강에서 몸을 씻을 때 등에 뜸 자국이 없어 매끈한 몸을 표현하여 산뜻한 계절감각을 나타내고 있는 것이다. 『에도의 묘약江戸の妙薬』[25]에도 나와 있듯이 쑥뜸은 서민생활에 한방요법으로 자리 잡고 있었으며 서민들의 몸에는 뜸을 뜬 흉터 자국이 많았던 것이다.

특히 부송의 경우 하얀 살갗에 대한 감각적인 표현이 눈에 띈다. '팔꿈치가 하얀 스님肘白き僧', '정강이가 하얀 부하臑白き從者', '얼굴이 뽀얀 아이頁白き子' 등이 그것이다.

　① 비갠 후의 달빛
　　　누구인가 고기 잡는
　　　정강이 하얗고
　　　雨後の月誰そや夜ぶりの脛白き　　　　　(句集, 安永6[1777])

　② 팔꿈치 하얀
　　　스님의 선잠이여
　　　봄날 초저녁
　　　肘白き僧のかり寝や宵の春　　　　　　　(句集, 明和6[1769])

　③ 얼굴이 뽀얀
　　　아이 모습 흐뭇하네
　　　작은 모기장
　　　頁白き子のうれしさよ枕蚊帳　　　　　　(新花摘, 安永6[1777])

모두 하얀 살결에 대한 감각적인 표현이 돋보이는 하이쿠이며 당시로서는 획기적인 작품이라고 할 수 있다. ①은 고기 잡을 때 옷을 걷어 올린 하얀 다리가 달빛에 반사되는 찰나의 모습을 그려내고 있다. ②는 불가의 스님의 하얀 팔꿈치를 그려내고 있다는 점이 이채롭다. 봄날 초저녁은 '요염'한 이미지로 일반적으로 정착이 되어 있다. 스님도 인간이므로 속살이 하얗다는 사실에 묘한 비애를 느꼈을지도 모른다. ③은 모기장 속에 평화롭게 잠든 아이의 얼굴이 뽀얀 모습에서 일상의 사소한 행복감을 표현하고 있다.

전술한 '뜸 자국이 없는 등'이나 '가느다란 정강이細脛', '오 척 되는 몸五尺のからだ'등의 수식어가 딸린 신체 표현이 자주 사용되고 있다.

① 마른 정강이
　털에 미풍이 부네
　여름옷 입고
　瘦脛の毛に微風有更衣　　　　　　　　　　　(自筆句帳, 明和6[1769])

② 여윈 정강이
　저녁바람 스치네
　멍석 돗자리
　細脛に夕風さはるたかむしろ　　　　　　　(自筆句帳, 明和8[1771]以前)

③ 하얀 이슬이여
　사냥꾼의 가슴 털이
　적셔질 만큼
　しらつゆやさつ男の胸毛ぬるるほど　　　　　(自筆句帳, 安永4[1775])

해설이 없어도 쉽게 이해되는 작품들이다. ①과 ②는 털이 부스스한 마른 정강이가 바람에 날리는 모습에서 여름날의 계절 감각을 나

타내고 있다. '멍석 돗자리'는 여름의 계어로 저녁 나절의 한가로운 분위기를 나타내고 있다. 특히 ③의 '사냥꾼의 가슴 털'이라는 것은 부송만이 할 수 있는 표현이라고 해도 좋을 것이다. '적셔질 만큼ぬる るほど'이라는 표현은 '봄비 내리네 / 갯바위 작은 조개 / 적셔질 만큼春 雨や小磯の小貝ぬるゝほど'에서도 읊고 있듯이 섬세한 감각을 자주하는 부 송 특유의 표현이다.

다음 구도 '무상無常'을 이야기하고 있지만 관념적이지 않고 인간 의 몸뚱어리 그 자체를 즉물적으로 의식한 작품이다.

사리가 될 몸이
아침에 일어나네
풀잎의 이슬
舍利となる身の朝起や草の露　　　　　　　　　　(自筆句帳, 安永7[1778]?)

인간의 몸이 한 줌 재로 돌아가고 말 것인데 그래도 아침이면 또 몸뚱이를 움직이며 일어난다는 것이다. 여기서 '사리'라는 것은 타 버린 재를 의미하고 있다. '한줌의 사리가 될 몸'과 '풀잎의 이슬'이 동일시되어 금방 사라질 인간의 신체에 대한 허망함을 이야기하고 있다. 수많은 무상을 읊은 시들이 있지만 이렇게 몸뚱이 자체를 즉 물적으로 읊으며 '사라질 몸'에 대해 읊은 것은 그다지 선례가 없다 고 할 것이다.

이 장에서는 다양한 인간 부류와 개개의 신체의 모습을 읊은 부송 하이쿠를 살펴보았다. 잠시 왔다가 사라져가는 무수한 인간들의 모습, 사리로 변해버릴 인간의 신체이지만 저마다 생명을 유지하면서 드러내는 갖가지 형상들에 대한 부송의 무한한 애착과 연민, 아름다움에 대한 예찬을 엿볼 수 있었다.

부송이 여러 부류의 사람을 묘사한 것이나 인간의 신체를 묘사한 것은 마치 인상파 화가가가 인물화를 그린 기법과도 닮아 있다. 단순한 형상의 묘사에 그치지 않고 몸짓이나 얼굴에서 뿜어 나오는 표정을 그려냈다. 찰나를 살아가는 인간들의 모습을 클로즈업하여 독자의 상상력 속에서 아름다움이 꽃피도록 하였던 것이다.

2장에서 보았듯이 일본의 근세는 막부의 상업자본주의의 장려로 말미암아 급속도로 도시화가 진행되고 인구가 폭증했다. 도회에 살면서 부송은 생업에 종사하는 다양한 사람들의 모습들, 그늘진 삶을 살아가는 모습들, 향락에 취한 모습들을 하이쿠로 읊었다. 적절한 명암과 색깔을 지닌 그림처럼 하이쿠를 읊었으며 단순한 묘사에 그치지 않고 사람들의 표정들 속에 담긴 삶의 애환을 느낄 수 있게 묘사한 것이 부송의 위대함이라고 할 수 있을 것이다.

---

1   大谷篤藏·藤田真一校注(1992)『蕪村書簡集』岩波文庫, pp.219-220.
2   大谷篤藏·藤田真一校注(1992) 위의 책, pp.320-321.
3   「유마경」http://terms.naver.com/entry.nhn?docId=730628&cid=41773&categoryId =41775(2014.9.1검색).
4   불도 수행중인 승려를 일컫는 말. 중생을 교화할 수 있는 부처와 보살을 능화能化라고 하고 교화를 받는 사람을 소화所化라고 하는 데서 비롯된 말이다.
5   国史大辞典編集委員会(1980)『国史大辞典』吉川弘文館, p.278.
6   CD-ROM版『古典俳文学大系』編集委員会(2004)CD-ROM版『古典俳文学大系』集英社.
7   青木和夫외 9인編(1995)『日本史大事典』7권 平凡社, p.691.
8   『만요슈』'봄날 드락의 / 붉고 향기로운 / 복사꽃 / 화사하게 빛나는 길에 / 서 있는

소녀여 春の苑紅にほふ桃の花下照る道に出で立つ娘子'.
9　5품 이상의 상궁이다.
10　헤이안시대 歌人이며『古今集』의 편찬자인 紀貫之의 별명이다.
11　중국 明代의 화가이다.
12　갈고(羯鼓, 양면으로 된 북)를 치면서 설교를 했다는 雲居寺의 東岸居士를 말한다.
13　서왕모西王母에게서 불사약을 훔쳐서 달나라로 도망갔다는 전설상의 여인이다.
14　에도시대 3품 이상의 다이묘에게 시집간 도쿠가와 장군가의 딸에 대한 경칭이다.
15　村松友次(1990)『蕪村の手紙』大修館書店.
16　『蕪村書簡集』앞의 책, 安永8 혹은 安永9무렵의 수취인 불명확한 편지.
17　객지에서 고용살이 하다가 돌아온 기간이나 그 사람(2장 '출생의 비밀' 참조).
18　'門茶'라고도 하며, 절에서 음력 9월에 절문이나 거리에서 참배객에게 차를 대접
　　하는 것이다. 尾形仂・森田蘭校注(1995)『蕪村全集』1卷, 発句編, p.545 참조.
19　高橋庄次(2000) 앞의 책, p.20.
20　현재의 야마나시현山梨県이다.
21　현재의 시즈오카현静岡県 중앙부이다.
22　古事類苑刊行会(1914)『古事類苑』人部 吉川弘文館, p.922.
23　江馬務외 2人(1967)監修『日本風俗事典』人物往来社, p.571.
24　日本国書センター(1967) 앞의 책, pp.571-572.
25　鈴木昶(1991)『江戸の妙薬』岩崎美術社.

제8장

맺 으 며

하이쿠는 계절적인 정서를 기본 바탕으로 하되 자연 변화의 아름
다움과 그 변화 속에 살아가는 인간 삶의 모습을 담아내는 그릇이
되고 있다. 근세 이전의 일본 시가詩歌가 자연물의 변화를 예찬하는
것에 중심이 있었다면 근세 서민사회로 넘어 오면서 인간 자체와 인
간 삶의 변화의 모습을 예찬하는 작품들이 많아지게 되었다. 서민문
학으로 정착한 하이쿠에는 일상의 생활감각적인 요소가 풍부하게
녹아 있어서 삶 자체를 아름답게 보고 긍정할 수 있게 해 준다.

하이쿠에 나타난 '삶의 미학'을 조망함에 있어서 부송에 초점을
맞춘 것은 부송이 자의든 타의든 다른 하이진들에 비해 매우 다채로
운 삶을 살았고 그를 바탕으로 삶에 밀착된 하이쿠를 읊었기 때문이

다. 에도시대 당시의 현실, 혹은 역사 속의 현실을 상상하면서 '스토리'가 내재된 인간 삶의 다양한 국면, 인간의 표정, 신체의 모습에까지 관심을 두고 작품 활동을 했기 때문이다.

우선 이번 연구를 통하여 부송은 다른 어떤 하이진보다도 굴곡과 명암이 있는 삶을 살았음을 알 수 있었다. 어머니의 사연과 관련한 출생의 비밀, 부모처럼 의지했던 스승의 갑작스런 타계, 바쇼를 흠모하여 떠났던 초년의 방랑, 불문으로의 출가하여 한 때 승려로서 살았던 인생, 교토 시정市井에 틀어박혀 지낸 중년의 삶이라는 대략의 인생사만 보아도 알 수 있다. 거기다가 남종화 화가라고는 하지만 결코 화려하지는 못했던 시정의 그림쟁이로서의 삶, 하나뿐인 딸 구노가 병약하여 소박맞고 돌아온 데에 대한 부모로서의 회한, 경제적으로는 결코 풍족하지 못하여 늘 제자나 동료들에게 의지하며 살아온 세월, 기녀와의 사랑과 실연 등은 부송이 지극히 인간적인 고뇌를 겪으면서 살아왔음을 짐작케 한다. 이러한 부송의 전기적인 요소는 오늘날까지 비교적 많이 보존되어 있는 그의 서간문을 통해서 대략 엿볼 수 있다. 서간문을 통해서 그의 인생역정, 살았던 공간, 누렸던 문화, 교류했던 사람 등을 추정할 수 있으며 작품과 직결되어 있음을 알 수 있다.

공간적으로 봐서 부송이 활동한 교토는 그의 예술에 매우 중요한 의미를 지닌다. 교토는 정치적으로는 중심이 되지 못했지만 권력의 각축장에서 도외시되었기 때문에 오히려 문화가 농밀하고도 화려하게 발달했다. 권력의 중심이 에도로 넘어간 뒤 교토는 '옛 도읍지로서 화려한 귀족문화의 여운과 음영'을 간직하고, 유학자, 승려, 화가, 신흥 상인, 기녀, 하층민, 떠돌이 부랑아, 무법자들이 함께 공존

하며 다양한 부류의 사람들이 북적대는 곳이었다. 부송은 계층을 불문한 인간들의 삶, 표정을 세심하게 그리고 연민의 마음을 담아 그려내었다.

교토는 4계절 12달 동안 종교행사를 비롯한 다양한 연중행사가 끊임없이 펼쳐졌고 또한 가부키와 같은 연극도 발달하여 부송은 이러한 향락적인 문화를 최대한 만끽하면서 보냈다. 가마우지 낚시, 씨름판, 가부키 가오미세와 같은 것이 그러하다. 특히 시마바라, 기온을 중심으로 한 유곽에 자주 드나들면서 기녀들과 어울렸고, 노년임에도 불구하고 고이토라는 어린 기녀와 사랑에 빠지고 실연의 아픔도 겪는다. 음식에 있어서도 복어, 나레즈시, 보양식 등을 즐기는 미식가였다. 그러나 단지 향락적으로만 지내는 것이 아니라 그의 시선은 열반회, 가구라와 같은 궁중행사, 또한 야부이리, 데가와리와 같은 서민들의 고달픔이 묻어나는 연중행사도 관심을 지니고 바라보았다. 역사적인 깊이와 아울러 삶의 명암이 교차하며 문화가 숨쉬는 교토라는 도시공간은 부송의 예술적 감각을 자극하기에 충분했다.

부송은 렌쿠도 많이 읊고 있지만 본고에서는 부송이 독자적으로 읊은 홋쿠発句 2866구만을 대상으로 하여 분석을 했다. 부송은 화가였기 때문에 섬세한 구심적 관찰력을 지니고 미술적인 감각을 발휘하여 아무리 '시시콜콜'하고 '자질구레'한 것들이라도 시간과 공간의 적절한 배치, 색감의 사용 등을 통하여 예술성이 지닌 것으로 재생산했다. 속俗에서 속을 벗어난다는 '이속론離俗論'은 시詩를 읽음으로써 가능했다고 부송은 피력하였다. 결국 '시심을 지니고 바라보면 모든 것이 그림이 되고 시가 된다'는 것이었다.

본고를 통해 부송은 '자연' 보다 '인간'의 체취에 관심이 많았음을 알 수 있다. 고려, 중국 등 먼 이국땅, 아득한 고대 일본에 대한 끝없는 동경 또한 인간 삶의 궤적에 대한 관심이라 할 수 있다. 역사적 사건, 인물들은 고달픈 현실에 몸을 두고 '행복한 상상력'을 유발할 수 있는 매개물이 되었기 때문이다.

부송이 살았던 현실에서 인간 삶이 클로즈업되어 있는 것을 '삶 속으로 파고들어', '생활미학', '인간군상'등의 장으로 나누어 살펴보았다. 그는 삶의 풍경, 인간 개개인의 표정, 몸짓, 살갗, 생활도구, 음식, 오락 등, 마치 근대 유화를 보는듯한 작품들을 쏟아냈다. 흡사 극의 한 장면, 사진의 한 쇼트, 인물화, 정물화 등을 연상케 하기도 한다. 또한 당시 교토에서 많이 행해졌던 가내수공업을 하는 직업인, 장사치, 지방에서 고용살이하러 나온 사람들의 모습도 '인상파 화가들의 그림에서 느껴지는 것 같은 표정을 지닌 인물들'로 묘사했다.

부송이 '하이쿠로 그려낸' 삶의 장면들은 사실적인 묘사나 단순한 사생이 아니라 무한한 애환과 표정을 담고 있다는 데 그 특성이 있다. '낮에 띄운 배 / 미친 여인 태웠네 / 봄날의 강물昼舟に狂女のせたり春の水', '춤이 좋아서 / 중풍 든 내 몸을 / 차마 못 버려おどり好中風病身を捨かねつ', '백정 마을에 / 아직 꺼지지 않은 / 등불빛이여穢多村に消のこりたる切籠哉'와 같은 것은 지극히 비속한 소재를 쓰면서도 스토리가 내재된 그림을 연상케 한다.

또한 '겨울바람이여 / 무얼 먹고 사는가 / 초가 다섯 채こがらしや何に世わたる家五軒'와 같이 거주하는 '집'이 자주 등장한다. 특히 '작은 집'을 자주 언급하고, 눈앞의 대상에 '작은~'을 즐겨 쓰고 있다. '작게', '고단하게', '부족하게' 살아가는 서민들에 대한 끝없는 연민의 시선이 행간에 묻어나오는 것이다. 궁색한 삶에 색채감과 온기를 더하는 데 가치를 둔 시인이었다. '작은小~', '먼遠い~'이라는 공간적인 표현과 아울러 '~없다なき'라는 부정적인 표현, '낡은古~' 이라는 시간적인 표현, '돌아간다帰~'라는 표현은 은연중에 그의 적적한 내면을 비춰주는 언어들이다.

후지타 신이치藤田真一는 바쇼芭蕉, 부송蕪村, 시키子規 이 세 사람이 하이쿠의 역사를 만든 존재라고 하면서, 부송은 바쇼류의 하이카이를 계승하면서 겐로쿠시대에는 없었던 아름다운 향기를 하이카이 세계에 불어넣었고, 시공을 초월한 관념이나 휘청거리는 정조情操와 같은 것을 크고 넓은 상상의 세계로 해방시켜 주었다고 하였다.[1] 기라스에오雲英末雄가 이야기하는 '바쇼의 고고孤高, 부송의 자재自在'[2] 함도 같은 맥락의 이야기일 수 있다. 고고함의 매력을 지녔던 바쇼 하이쿠와는 달리, 부송 하이쿠는 현실의 삶에 발을 딛고서 자유자재로 무한한 상상을 할 수 있게 하는 매력이 있다는 것이다.

필자는 바쇼 연구부터 하이쿠연구를 시작했으나 근래 들어 부송에 더욱 관심을 지니고 보게 된 것은 다름 아니다. 바쇼는 국경과 시공을 초월한 보편성을 내재한 작가라면 부송은 에도시대 서민사회가 아니면 나올 수 없는 작품을 읊었으며 끊임없이 그의 작품을 통해 당시의 세세한 일상과 삶을 거울 들여다보듯 들여다볼 수 있기 때문이다.

바쇼의 작품을 통해서 에도시대 서민의 삶을 상상할 수 있을까? 일정 부분 상상이 가능할 수는 있지만 바쇼의 하이쿠는 그 무대를 오늘날로 옮겨 놓아도 크게 무리가 없을 정도의 보편성 위에 작품이 성립되어 있다. 그러나 부송의 작품은 어떠한가? 부송의 작품은 그

무대가 반드시 에도시대가 아니면 안 될 정도로 당시의 시대적 현실에 밀착되어 있다. 또한 그 당시의 생활감각에 바탕을 두고 있다. '부송의 구에서 에도시대를 상상한다(생활감각의 하이쿠)蕪村の句から江戸時代を偲ぶ(生活感覚の俳句)'라는 인터넷사이트도 자주 눈에 띈다.[3]

부송의 작품을 통해 에도시대 서민의 삶 그 자체를 읽어낼 수 있고, 또한 에도인의 원근법으로 과거의 삶을 음미하게 해 준다. 그것이 바쇼와 다른 부송의 독보적인 경지라고 할 수 있을 것이다. 또한 당시 하이쿠가 상인들을 중심으로 한 서민들의 삶에 녹아들 수 있는 바탕이 되었다고 할 수 있다.

서론에도 밝혔듯이 최근 들어 시대상황 깊숙이 파고들어 문화를 '두껍게 읽어내기', '일상사 읽기'가 중요한 연구방법론으로 떠오르고 있다. 하지만 시대를 거슬러 오를수록 실제 작품이 씌어졌던 당시의 일상을 조망하기는 무척 어려운 것이 사실이다. 그러나 온갖 일상의 언어들이 계절적인 정서와 교감을 이루며 등장하는 부송의 작품은 그 당시의 일상의 모습뿐만이 아니라 생활감정까지 체험하게 해 주는 매력이 있다. 부송에게서는 관념이나 이성보다는 인간 본연의 '오감五感'이 섬세하게 작동되고 있기 때문이라고 할 수 있을 것이다.

또한 중요한 점은 그의 시선이 시정의 골목이나 작은 벌레, 부엌이나 뒷간을 묘사한다고 하더라도 그의 상상이 발밑에 머물러 있지 않고 무한한 아름다움의 세계, 자유로움의 세계로 확장되어 갔다는 점이다. 독서에 의해 발휘된 상상력과 인간의 역사에 대한 끝없는 관심이 그것을 가능하게 했다고 할 수 있다.

1 藤田真一(2011)『蕪村余響』岩波書店, p. 4.
2 雲英末雄編 (2005)『芭蕉の孤高 蕪村の自在』草思社.
3 蕪村の句から江戸時代を偲ぶ(生活感覚の俳句) 小林勇一.
   http://www.musubu.jp/hyoronedozeni.htm (2012.11.1검색)
   http://www.musubu.jp/hyouronbuson2.htm(2012. 12.5검색)

부송 하이쿠와
삶의 미학

부송 하이쿠와
삶의 미학

텍스트

藤田真一・清登典子(2003)『蕪村全句集』おうふう.
CD-ROM版『古典俳文学大系』編集委員会(2004) CD-ROM版『古典俳文学大系』集
　　英社.
尾形仂・丸山一彦ほか編(1992-2009)『蕪村全集』全9巻 講談社.

단행본(국외)

青木和夫外9人編(1995)『日本史大事典』7卷, 平凡社.
秋元不死男外13人編(1974)『図説俳句大歳時記』冬,　角川書店.
朝倉治彦校注(1990)『人倫訓蒙図彙』(東洋文庫) 平凡社.
阿部次郎(1948)『阿部次郎選集Ⅳ』羽田書店.
飯田龍太(1996)『俳句入門三十三講』講談社学術文庫.
池田弥三郎(1989)『たべもの歳時記』河出文庫.
石川英輔(1998)『雑学 大江戸庶民事情』講談社.
逸翁美術舘・柿衛文庫編(2003)『没後200年 蕪村』思文閣出版.
揖斐高(2000)『蕪村一茶集』貴重本刊行会.
臼井喜之介(1968)『カラーブックス161 京都の年中行事』保育社.
頴原退蔵著(1979)『頴原退蔵著作集3・俳諧史1』中央公論社.
大石慎三郎(1991)『田沼意次の時代』岩波書店.
大谷篤蔵(1987)『俳林閒歩』岩波書店.
　　　　　・藤田真一校注(1992)『蕪村書簡集』岩波書店.
尾形仂(1984)『日本古典文学大事典』岩波書店.
　　　(1993)『蕪村の世界』岩波書店.
　　　・小林祥次郎共編(1981)『近世前期歳時記十三種本文集成並びに総合索引』
　　　勉誠社.
　　　・森田蘭校注(1992)『蕪村全集 第1巻・発句編』講談社.

_____・山下一海校注(1994)『蕪村全集 第四巻 俳詩・俳文』講談社.

喜田川守貞著・宇佐美英機校訂(1996)『近世風俗志 守貞謾稿 (二)』岩波書店.

_____(2001)『近世風俗志 守貞謾稿 (四)』岩波文庫.

清登典子(2004)『蕪村俳諧の研究-江戸俳諧からの出発の意味』和泉書院.

雲英末雄編(1996)『安永三年蕪村春興帖』太平文庫.

_____(2005)『芭蕉の孤高　蕪村の自在』草思社.

栗山理一監修(1982)『俳諧大事典』雄山閣.

_____(1980)『俳諧の系譜』角川書店.

_____外校注(1989)『近世俳句俳文集』小学館.

芸術新潮(2006)『特集 芭蕉から蕪村へ 俳画は遊ぶ』新潮社.

国史大辞典編集委員会編(1980)『国史大辞典』吉川弘文館.

_____(1992)『国史大辞典 13』吉川弘文館.

古事類苑刊行会(1914)『古事類苑』飲食部, 吉川弘文館.

小西甚一(1997)『俳句の世界-発生から現代まで』講談社学術文庫, pp.223-224.

坂崎坦(1932)『論画四種』岩波書店.

清水孝之(1947)『蕪村の芸術』至文堂.

白石悌三編(1978)『図説 日本の古典-芭蕉・蕪村』14, 集英社.

鈴木昶(1991)『江戸の妙薬』岩崎美術社.

鈴木健一(1998)『江戸詩歌の空間』森話社.

高尾一彦(1975)『近世の庶民文化』岩波書店.

高橋庄次(2000)『蕪村伝記考説』春秋社.

高浜虚子(1936)『渡仏日記』改造社.

田中善信(1996)『与謝蕪村』吉川弘文館.

辻善之助(1980)『田沼時代』岩波文庫.

大石慎三郎(1991)『田沼意次の時代』岩波書店.

津田左右吉(1960)『文学に現はれたる国民思想の研究』第一巻 岩波書店.

寺島良安著・島田勇雄外(1987)『和漢三才図会7』東洋文庫.

成島行雄(2001)『蕪村と漢詩』花神社.

日本国書センター(1967)『近世日本風俗事典』人物往来社.

日本随筆大成編集部(1976)「嗚呼矣草」『日本随筆大成(新装版)第一期19』吉川弘文館.

野間光辰監修・近世文芸叢刊(1969) 別巻1『俳諧類船集 付合語編』般庵野間光辰先
　　　生華甲記念会.

芳賀徹(1986)『与謝蕪村の小さな世界』中央口論社.

萩原朔太郎(1988)『郷愁の詩人 與謝蕪村』岩波文庫.

服部幸雄(1995)『歌舞伎歳時記』新潮社.

馬琴・青藍編　古川久解説(1973)『増補俳諧歳時記栞草』下 八坂書房.
林屋辰三郎・加藤秀俊編(1975)『京都庶民生活史2』講談社.
原田信男(2008)『食を歌う』岩波書店.
福田アジオ外5人編(2000)『日本民俗大辞典 下』吉川弘文館.
藤田真一(2011)『蕪村余響』岩波書店.
正岡子規(1899)『俳人蕪村』ほととぎす発行所.
＿＿＿＿(1998)『俳人蕪村』講談社.
丸山一彦・山下一海校注(1995)「夜半翁終焉記」『蕪村全集 第七巻 編著・追善』講談社.
水原秋桜子外(1981)『カラー図説日本大歳時記』講談社.
村松友次(1990)『蕪村の手紙』大修館書店.
森下みさ子(1988)『江戸の微意識』新曜社.
山下一海(1993)『芭蕉と蕪村』角川選書.
＿＿＿＿(1994)『芭蕉と蕪村の世界』武蔵野書院.
＿＿＿＿(2009)『白の詩人―蕪村新論』ふらんす堂.
山本健吉(1988)『最新俳句歳時記』文芸春秋.
渡辺弘(1995)『一茶・小さな生命への眼差し』川島書店.

단행본(국내)

국립국어연구원(1999)『표준국어대사전』두산동아.
김희영(1988)『세계의 문학』민음사.
모로 미야茂呂美耶저・허유영역(2006)『에도일본』도서출판 일빛.
알프 뤼드케 저・이동기 역(2002)『일상사란 무엇인가』청년사.
유옥희(2002)『바쇼 하이쿠의 세계』보고사.
＿＿＿(2010)『하이쿠와 일본적 감성』제이앤씨.
정순분(2006)『일본고전문학비평』제이앤씨.
최충희(2007)『요사부손의 봄 여름 가을 겨울』제이앤씨.

논문

尾形仂・森本哲郎対談(1978)「蕪村・その人と芸術－特集：天明の詩人、与謝蕪村」
　　『国文学解釈と鑑賞』至文堂, pp.6-135.
柴田依子(1996)「西洋における蕪村発見-P. L. クーシューからR.M.リルケーへ」『国文学
　　-蕪村の視界-画人として・俳人として』学灯社.　pp.126-138.
兪玉姫(2008)「韓国時調に現れた季節の美と興」『東アジア比較文化』7. pp.50-61.
藤田真一(1985)「蕪村・嘯山・詠物詩」『ことばとことのは 』2号.

藤原マリ子(2008)「近世歳時記における『通俗志』の位置―季語の実態調査より」『東アジア比較文化研究』7, 東アジア比較文化国際会議日本支部, pp.62-73.

森川昭(1984)「歳時記の中の食」『国文学』学灯社, pp.66-67.

森田蘭(1978)「蕪村の感覚表現-特集：天明の詩人, 与謝蕪村」『国文学解釈と鑑賞』至文堂

유옥희(2001)「요사부송의 모란의 이미지」『일본학보』47, pp.329-346

_____(2004)「蕪村의 源風景과 陶淵明」『일어일문학연구』49, pp.273-292.

_____(2007)「부송 하이쿠에 나타난 '사소함의 포에지'」『일본어문학』, pp.421-442.

_____(2011)「'인간사'와 관련한 부송의 홋쿠 연구」『일본어문학』pp.353-372.

_____(2012)「부송하이쿠에 나타난 스시의 미학」『외국문학연구』46, pp.175-195.

히나타 가즈마사日向一雅(2010)「일본고전문학에 보이는 자연과 인간―『고킨와카슈』『마쿠라노소시』『겐지이야기』를 중심으로」한국학연구원 심포지엄.

참고자료

「2004京都市」文化史18 '京都の絵師文人画写生画'

    http://www.city.kyoto.jp/somu/rekishi/fm/nenpyou/htmlsheet/bunka18.html

    (2013.8.14 검색)

「京の花町」http://ja.wikipedia.org/wiki/ (2011.9.23 검색)

「語源·由来辞典」http://www.geocities.co.jp/HeartLand-Hinoki/7339/gogen.html

    (2013.9.1검색)

国会図書館デジタル資料 志水軒朱蘭『疱瘡心得草』「疱瘡神祭る図」

    http://dl.ndl.go.jp/info:ndljp/pid/2539520 (2013.10.1 검색)

고전해설ZIP『유마경』http://terms.naver.com/entry.nhn?docId=730628&cid=41773

    &categoryId=41775 (2009.5.10 검색)

「日次記事」http://www.lib.ehime-u.ac.jp/HINAMI/ (2014.4.16. 검색)

「蕪村南画」http://www.t-net.ne.jp/~kirita/kurata/kurata98.html　(2013.8.14 검색)

蕪村の句から江戸時代を偲ぶ(生活感覚の俳句) 小林勇一

    http://www.musubu.jp/hyoronedozeni.htm (2012.11.1 검색)

    http://www.musubu.jp/hyouronbuson2.htm(2012.12.5 검색)

「与謝蕪村と都島」http://www.city.osaka.lg.jp/miyakojima/page/0000083259.html

    (2013.10.9검색)

「与謝蕪村の母について」

    http://www.town-yosano.jp/wwwg/info/detail.jsp?common_id=2682(2013.

    9.20 검색)

「조선일보」2011년 8월31일자, 문화면.

(ㅂ)

(ㅅ)

〈ㅇ〉